William Faulkner

Frankie und Johnny

Uncollected Stories
Aus dem Amerikanischen von
Hans-Christian Oeser,
Walter E. Richartz, Harry Rowohlt
und Hans Wollschläger

Diogenes

Eine Auswahl aus der 1979 bei
Random House, New York, erschienenen Originalausgabe:
›Uncollected Stories of William Faulkner‹
Copyright © 1972, 1976, 1979 by Jill Faulkner Summers.
Copyright 1931, 1932, 1934, 1935, 1936, 1940, 1941, 1942, 1947, 1955
by William Faulkner.
Copyright renewed 1959, 1960, 1962 by William Faulkner.
Copyright © 1965 by Jill Faulkner Summers.
Copyright renewed 1975 by Jill Faulkner Summers.
Die deutschen Übersetzungsrechte
unter Vermittlung von Random House, Inc.
Umschlagillustration:
William Michael Harnett, ›Dinge für eine Mußestunde‹,
1879 (Ausschnitt)

Deutsche Erstausgabe

Alle deutschen Rechte vorbehalten
Copyright © 1992
Diogenes Verlag AG Zürich
40/92/44/1
ISBN 3 257 01930 0

Inhalt

Frankie und Johnny   7
Frankie and Johnny, deutsch von Hans Wollschläger

Nachmittag einer Kuh   21
Afternoon of a Cow, deutsch von W. E. Richartz

Beisetzung Süd: Gaslicht   37
Sepulture South: Gaslight, deutsch von Hans-Christian Oeser

Das hohe Tier   47
The Big Shot, deutsch von Hans-Christian Oeser

Eine Rückkehr   79
A Return, deutsch von Hans-Christian Oeser

Evangeline   119
Evangeline, deutsch von Hans-Christian Oeser

Mit aller gebotenen Vorsicht und ohne jeden Verzug   157
With Caution and Dispatch, deutsch von Harry Rowohlt

Anmerkungen   189

Frankie und Johnny

Wir werden ihn Frank nennen«, sagte ihr Vater, der Preisboxer, der nie einen Kampf gewann, aber auch nie geschlagen wurde, voller Zuversicht. »Schluß mit dem Gewusel, altes Mädchen. Wir heiraten, was?« Doch eines Tages dann beugte er verwirrt den runden sonnigen Kopf über sein schreiendes rotes Kind. »Ein Mädel?« flüsterte er mit verhaltener Bestürzung. »Donnerwetter, ein Mädel! Wie hat denn das passieren können?« Aber er war ein Gentleman und kein Spielverderber, und so gab er der Mutter einen Kuß auf die heiße Wange. »Kopf hoch, Alte, mach dir nichts draus. Beim nächstenmal klappt's besser.«

Sie sagte ihm nicht, daß es ein Nächstesmal gar nicht geben werde, sondern zeigte ihm nur ein schwaches Lächeln unter ihrem zerzausten Haar, und in der kurzen Zeit, die ihm mit seiner Tochter noch vergönnt war (er ertrank ritterlich, als er bei Ocean Grove Park einer fetten Badedame das Leben zu retten versuchte), söhnte er sich sogar mit dem Mädel aus. Wenn man ihn nach dem Geschlecht seines Kindes fragte, machte er keine albernen Ausflüchte mehr, sondern gab es zu: Ja, er wurde regelrecht stolz auf das kregle Geschöpf mit dem sonnigen Köpfchen. »Ganz der Papa, von oben bis unten«, erzählte er den Bekannten, die er hier und da hatte, mit großartiger Miene; und als er mit seiner bergschweren zappelnden Last gegen den Sog in die Tiefe kämpfte, galt sein letzter zusammenhängender Gedanke seiner Kleinen.

»Jesses, so ein schweres altes Luder«, japste er und sah in den Himmel hinauf, der zwischen den klaffenden Brechern wirbelte; und er verwünschte das Unmaß des fetten weichen Gewichts, das seine harte Jugend zu Tode zog. Aber er ließ nicht los und schwamm nicht ums eigene Leben, nein, er nicht! Schlimmer und bitterer als das Brennen in Kehle und Lunge war der Gedanke an Frankie. »Arme Kleine, sie wird's schwer haben jetzt«, dachte er unter gurgelnden grünen Blasen.

Frankie wurde denn auch ein energisches junges Mädchen. Das wenigstens fand Johnny, ihr Freund. Und jeder hätte das gedacht, der sie gehen sah: ihr sinnlich forsches Ausschreiten und das eckige Rudern ihrer dünnen jungen Arme, wenn sie ihren Johnny nahm am Samstagabend und die ungebärdige Synchronität ihres jungen Körpers mit ihm durch die Straßen schwingen ließ. Johnnys Kameraden dachten jedenfalls alle so; denn wenn er sie zum Tanzen mit in den Sportklub brachte, konnten sie keinen Blick von ihr wenden; sie blieben ihr während der ganzen Musik so dicht auf den Fersen, daß sie zum Tanzen kaum noch Platz hatte. Sie war einfach umwerfend, seit dem ersten Abend schon, als sie lachend an der Straßenecke herumlungerten und die vorüberkommenden Mädchen analberten. »Mann o Mann«, sagten sie, als sie da auf einmal auftauchte, und pikten Johnny, mit ihr anzubandeln. Johnny, mutig in seinem neuen Anzug, war dem nicht abgeneigt.

»Hallo, Kleine«, sagte er, indem er mit höflicher Eleganz an seinen Hut tippte und mit ihr Schritt hielt. Frankie bedachte ihn mit einem kühlen grauen Blick. »Geh deiner Wege, Junge«, erwiderte sie, ohne anzuhalten. »Äh, sag mal . . .«, fing Johnny lässig an, während seine Kumpane schallend hinter ihnen herlachten.

»Zieh Leine, du Lümmel, oder du kriegst eine gepfeffert«, befahl Frankie. Sie hatte es nicht nötig, nach einem Schutzmann zu rufen, Frankie nicht.

Johnny wahrte bewundernswert die Fassung. »Schön, Baby, schlag mich mal, ich mag das«, sagte er und griff nach ihrem Arm. Frankie versetzte ihm keinen wirkungslosen damenhaften Knuff: Sie holte mit voller Armeslänge aus, und ihre schmale Hand klatschte Johnny mit Wucht ins Gesicht. Das war vor einem ehemaligen Saloon: Durch Schwingtüren brach tabakrauchiges Lampenlicht.

»Schlag mich ruhig noch mal«, sagte Johnny, aufrecht und

rot, und Frankie schlug ihn abermals. Ein Mann kam aus dem
Saloon gestolpert. »Jetzt aber feste«, rief er, »polier ihr das
Lärvchen, Junge!«

Johnnys rotes brennendes Gesicht und das weiße Frankies
hingen wie zwei junge Planeten in der dunkeltrüben Straße,
und er sah, wie Frankies Nase sich kraus zu verziehen begann.
Sie fängt an zu weinen, dachte Johnny voller Panik, und die
Worte des Mannes durchdrangen sein singendes Hirn. Er wirbelte auf ihn zu.

»He, wen meinst du, Kerl? Was fällt dir ein, so in Gegenwart
einer Dame zu reden?« Er hielt dem Mann die Faust vor das
bierselige Gesicht. Der andere, vom Alkohol mutig, setzte zu
einer Antwort an: »Wieso, was heißt hier...« Da schlug
Johnny zu, und der Betrunkene flog schimpfend in die Gosse.

Johnny drehte sich um, aber Frankie war wimmernd davon-
gelaufen, die Straße hinunter. Er holte sie ein. »Nicht doch,
Baby«, sagte Johnny. Frankie beachtete ihn nicht. Mann o
Mann, so ein Dusel, und leicht schwitzend führte er sie in die
Mündung einer dunklen kleinen Gasse. Er legte seinen linki-
schen Arm um sie. »Aber, aber, Kleine, ist ja alles gut, nun wein
doch nicht!« Und ganz plötzlich wandte Frankie sich ihm zu
und klammerte sich leidenschaftlich an seine Jacke. Donnerwetter, so ein Dusel, dachte er noch einmal und tätschelte ihr
den Rücken, als wäre sie ein Hund. »Nun hör aber auf zu weinen, ja? Ich hab' dich nicht bange machen wollen, Schwester-
chen. Was willst du, was soll ich machen?« Er sah sich um, er
steckte in der Falle. Das war ja eine schöne Bescherung! Wenn
ihn die Bande jetzt hier ertappte! Mann, würden die ihn aber
aufziehen! Wenn man in Schwierigkeiten kam, rief man einen
Schutzmann; aber Johnny ließ sich, aus sehr vernünftigen
Gründen, nie näher mit Polizisten ein – nicht einmal mit dem
alten Ryan, der seinen Vater noch gekannt hatte, als Mann und
als Jungen. Ja, verdammt, was macht er jetzt? Der arme, so
wohlerzogen dumme Johnny.

Dann hatte er eine Eingebung. »Paß auf, Kleine, jetzt reiß

dich mal zusammen. Du willst nach Hause, stimmt's? Sag mir, wo du wohnst, und ich bring' dich, ja?« Frankie hob ihr überströmtes Gesicht. Wie grau ihre Augen waren und wie hell das Haar unter dem billigen kleinen Hut! Johnny spürte, wie straff und fest ihr Körper war. »Was macht dich denn so fertig, Baby? Erzähl dem alten Johnny mal, was dich bekümmert: Er bringt's wieder in Ordnung. Ich hab' dich bestimmt nie bange machen wollen.«

»Es ist . . . ist auch nicht wegen dir. Es war der Betrunkene da hinten.«

»Ach, der?« Er rief es fast laut vor Erleichterung. »Hör mal, hast du gesehn, wie ich die Niete flachgelegt habe? Ich hab' ihn aus dem Anzug gestoßen wie ein . . . wie einen . . . Sag mal, soll ich vielleicht wieder rübergehen und ihm das Genick brechen?«

»Nein, nein«, erwiderte Frankie hastig, »ist schon gut. War dumm von mir, daß ich mich wie eine Heulsuse aufgeführt habe: Tu' ich sonst gar nicht, meistens.« Sie seufzte. »Ach, ich glaube, ich geh' jetzt lieber.«

»Hör mal, es tut mir wirklich leid, daß . . . daß ich . . .«

»Du hast doch gar nichts gemacht. Daß du versucht hast, mit mir anzubandeln, da bist du nicht der erste. Die lass' ich normalerweise alle abblitzen, die das probieren, gleich auf der Stelle. Mann, wie findest du das, wie wir uns verdünnisiert haben eben, da auf der Straße?«

»Also, wenn du mir nicht böse bist, wegen was ich gemacht hab' da und was ich dir eingebrockt hab', ja, also, dann heißt das, du bist mein Mädel. Also, hör zu . . . laß mich dein Freund sein, willst du? Ich werd auch immer gut zu dir sein, Kleines.« Sie sahen sich an, und ein linder Wind strich über Blumen hin und durch die Bäume, und die Straße war auf einmal gar nicht mehr dunkel und schlimm und schmutzig. Ihre Lippen berührten sich, und ein blonder Morgen kam über Hügel, kühn in einer reinlichen Dämmerung.

Sie gingen in einem Park spazieren, hinter dem dunkle Fabriken lagen; vor ihnen streckte sich das Ufer hin, und das Wasser plätscherte gegen Pfähle und gegen zwei Fähren, die wie ein goldenes Schwanenpaar auf den Wellen schaukelten, gefangen in einem öden Kreislauf des Sich-Umwerbens, aus dem es kein Entrinnen gab.

»Hör zu, Baby«, sagte Johnny, »als ich dich noch nicht gekannt hab', da war das mit mir, wie wenn ich eine von den Fähren da drüben wäre und müßte immerzu über einen dunklen Fluß fahren oder so, ganz für mich alleine, herüber und hinüber, und das führte nirgendwo hin und zu nichts, aber davon hatt' ich keine Ahnung, und dabei dacht' ich die ganze Zeit, ich wüßte Bescheid. Verstehst du ... so voll von massenhaft Sachen und Leuten und so, die mich alle nichts angingen, und da dacht' ich die ganze Zeit, ich bin das As. Aber, jetzt hör mal:

Wie ich dann dich gesehn hab', wie du die Straße runterkamst, da hatt' ich das Gefühl, die beiden Fähren, die halten auf einmal an, wo sie sich begegnen, statt daß sie aneinander vorbeifahren, und sie drehn ab und fahren Seite an Seite weiter, irgendwo hin, wo keiner ist außer ihnen. Hör zu, Baby: Als ich dich noch nicht gekannt hab', da war ich ein junger Rüpel, wie der alte Ryan immer sagt, der Polizist, einer der nichts tut und der nichts taugt und der nichts im Kopf hat als den alten Johnny selber; aber wie ich den Betrunkenen da abgefertigt hab', da hab' ich das für dich gemacht und nicht für mich, und das war, wie wenn auf einmal ein Wind die ganze Straße saubergefegt hätte, von allem möglichen Abfall und Kram und so.

Und wie ich dann meinen Arm um dich gelegt hab' und du hast dich an mir festgehalten und geweint, da hab' ich gewußt, du bist bestimmt für mich, und ich bin nicht mehr der junge Rüpel, wie der alte Ryan immer sagt; und wie du mich geküßt hast, das war wie an dem Morgen damals, wo wir auf der alten Klapperkiste nach der Stadt zurück sind, eine ganze Bande von uns, verstehst du, und die Bullen nahmen uns hoch und jagten uns runter, und wir mußten zu Fuß weiter, und da sah ich, wie

der Tag anbrach über dem Wasser, um die Zeit so, weißt du, wo
es noch dunkel ist und schon blau wird zugleich, und die Boote
lagen still auf dem Fluß, und drüben standen die Bäume ganz
schwarz, und der Himmel war so was wie gelb und golden und
blau. Und dann kam ein Wind übers Wasser, der machte ganz
komische kleine saugende Geräusche. Es war, wie wenn du in
einem dunklen Zimmer bist oder was ähnliches, und auf einmal
macht jemand alle Lichter an, so etwa war das. Wie ich dein gel-
bes Haar gesehn hab' und deine grauen Augen, da war das genauso; es war, wie wenn ein Wind durch mich durchgefahren
wäre und hätte alles mögliche weggeblasen, und irgendwo sangen auf einmal lauter Vögel. Und da hab' ich gewußt, jetzt ist's
passiert mit mir.«

»Ach, Johnny!« weinte Frankie. Sie flogen sich in die Arme;
ihre Münder suchten sich und klammerten sich aneinander in
der milden freundlichen Dunkelheit.

»Baby!«

»Nun sag mir mal«, sagte Frankies Mutter, »wer ist dieser Bursche eigentlich, den du dir da angelacht hast?« Frankie starrte
über die Schulter ihrer Mutter in den Spiegel und forschte grau-
sam im Gesicht der anderen. Ob ich auch mal so aussehe, wenn
ich alt bin? fragte sie sich, und etwas in ihrem Innern antwortete mit einem leidenschaftlichen Nein. Die welken weißen
Hände der älteren Frau fingerten in ihrem gefärbten Haar,
dann riß sie auf einmal wild daran, in steigender Wut. »Was ist,
kannst du nicht antworten, oder glaubst du, es geht mich nichts
an? Was macht er?«

»Er... er... er arbeitet in einer Autoreparaturwerkstatt. Er
will sich nach oben arbeiten und Rennfahrer werden.« Wieso
eigentlich mußte sie Johnny ihrer Mutter gegenüber rechtfertigen, Johnny, der doch auf eigenen Füßen stand, verdammt
noch mal!

»In einer Reparaturwerkstatt? Und du, Kind, die doch gesehn hat, wie hart das Leben ist für eine Frau, du hast nicht

12

mehr Verstand? Du bist jung und hast eine Figur, wie Männer sie mögen, und da wirfst du dich an einen lumpigen Autoklempner weg, der nichts hat als seinen dreckigen Overall?«

»Geld ist nicht alles.«

Die Mutter starrte Frankie sprachlos an. Schließlich sagte sie: »Geld ist nicht alles? Komm her, stell dich da hin und sieh mir in die Augen – und sag das noch einmal! Ausgerechnet du, die gesehn hat, wie ich leben muß! Wo wärst du wohl heute, wenn ich mich nicht unentwegt abgeplagt hätte? Wo kämen die Kleider her, die du trägst? Kann dein hoffnungsvoller Schatz dir was zum Anziehn kaufen? Kann er tun, was ich für dich getan hab'? Weiß Gott, ich will nicht, daß du den Weg gehn mußt, den ich zu gehn hatte, aber wenn du's im Blut hast und nicht anders kannst, dann seh' ich dich hundertmal lieber auf der Straße, und du nimmst sie, wie sie kommen, als daß du dich an so einen billigen kleinen Angestellten hängst, der jeden Penny umdrehn muß! O mein Gott, wie schwer ist das Leben doch für uns Frauen!« Sie wandte sich zum Spiegel, um sich erneut mit ihrem Haar zu beschäftigen, und ihre Gekränktheit fand Erleichterung in redseligem Selbstmitleid. Frankie betrachtete steinern ihr Spiegelbild.

»Als dein Vater starb, ohne einen roten Heller zu hinterlassen, wer hat da mir geholfen? Eine von diesen hochintellektuellen Damen vielleicht, die nur so stinken vor Geld und sich unentwegt über Sozialprobleme den Kopf zerbrechen? Eine von diesen verdammten eiskalten Pfaffenfratzen, die in einer Tour vom Sold der Sünde faseln und von der Hebung des armen Sünders? Keine Spur, sag' ich dir! Du wirst noch lernen müssen, genau so wie ich, daß Männer einer Frau wie mir niemals um Gottes Lohn helfen; und wenn du dich mit ihnen einläßt, dann mußt du höllisch aufpassen auf dich und dich sehr anstrengen, daß du sie auch fest an die Angel kriegst und nicht wieder verlierst. Kein Mann hat noch je einer Frau aus Mitleid geholfen. Und noch etwas: Sich einen Mann angeln, das ist erst die Hälfte davon. Jede Frau, die nicht ganz auf den Kopf gefallen ist, kriegt einen ab; aber ihn halten können, das macht den Unterschied zwischen mir und den armen Dingern, die du auf der Straße siehst. Und egal, ob er gut ist oder schlecht, eins wird jede Frau tun, nämlich versuchen, ihn dir wegzunehmen, ob sie ihn nun selber will oder nicht.

Und das eine sag' ich dir, Kind: Kein Mensch wird dir helfen, wenn du's brauchst, so wenig, wie mir einer geholfen hat! Weiß Gott, ich hab' mir auch ein anderes Leben vorgestellt, als ich deinem Vater die Ehe versprach. Aber da muß er hingehn und jämmerlich ertrinken, bloß weil er eine wildfremde Frau aus dem Meer ziehen will. Frauen konnten mit deinem Vater immer machen, was sie wollten; sie in Ruhe zu lassen oder wenigstens was zu nehmen für seine Mühe, dazu hat er nie Verstand genug gehabt. Jetzt denk aber nicht, ich hätte ihm nicht vertrauen können: Ein besserer Mann als er hat nie Haare auf dem Kopf gehabt. Aber daß er auf die Art sterben mußte, und so früh!« Sie wandte ihrer Tochter wieder das Gesicht zu.

»Komm mal her, mein Kleines.«

Frankie näherte sich ihrer Mutter widerstrebend, und diese legte die Arme um sie. Ohne daß es sie es wollte, versteifte Frankies Körper sich vor Abneigung, und die Mutter brach auf der Stelle in Tränen aus. »Meine eigene Tochter wendet sich gegen mich! Nach allem, was ich für sie getan und gelitten habe, wendet sie sich gegen mich! O mein Gott!«

Ach, nun sei doch nicht albern, lag es Frankie auf der Zunge, aber statt es zu sagen, umarmte sie ihre Mutter linkisch. »Sei still, Mami, mach kein Theater: So hab' ich's im Leben nicht gemeint, das weißt du genau. Hör schon auf, sonst ruinierst du dir noch dein ganzes Make-up, das du dir mit so viel Mühe aufgelegt hast.«

Die andere wandte sich wieder dem Spiegel zu und tupfte mit einem fettigen Läppchen auf ihrem Gesicht herum; es sah aus wie ein Vogelpicken. »Mein Gott, sehe ich aus, wenn ich weine! Aber Frances, du bist so... so kalt; ich weiß wirklich nicht, was ich von dir halten soll. Ich schwöre dir, ich will, daß du mehr Glück im Leben hast als ich, und wenn ich sehe, daß du denselben Fehler machst wie ich, dann... dann...«, und schon wieder drohten ihr die Tränen zu kommen. Frankie beugte sich vor und umarmte ihre Mutter von hinten.

»Na, na. Ich werd' schon nichts tun, was ich bereuen müßte, das versprech' ich dir. Jetzt komm schon und zieh dich fertig an. Du weißt doch, du hast um vier eine Verabredung.«

Die andere hob wieder ihr verdrießliches, verschwollenes Gesicht und legte erneut die Arme um Frankie. Diesmal entzog sich die Tochter ihr nicht. »Du hast deine Mami lieb, nicht wahr, mein Kleines?«

»Aber natürlich hab' ich dich lieb, Mami.« Sie küßten sich. »Komm her, ich mach' dir das Haar, ja?«

Ihre Mutter seufzte. »Meinetwegen, du bist ja so viel schneller als ich. Ach, Frankie, ich wollte, du wärst wieder ein Baby wie damals!« Sie wandte sich wieder dem Frisiertisch zu mit ihren Ängsten, ihrem drohenden Problem und ihrer störrischen fraulichen Uneinsichtigkeit. Frankies Finger arbeiteten flink und geschickt im Haar ihrer Mutter, und das Telefon läutete.

Frankie nahm den Hörer ab, eine fette Stimme sagte »Wer ist denn da«, und sie mußte sofort an schwarze Zigarren denken.

»Wen möchten Sie sprechen?«

»Ah ja, ah ja«, kam die joviale Antwort, »wenn das nicht die kleine Frances ist! Na, wie geht's unsrer Kleinen denn? Ob du wohl raten kannst, was ich hier in meiner Tasche habe für ein hübsches kleines blondes Mädelchen, he?« »Wen bitte wünschen Sie zu sprechen?« Frankies Ton war eisig. Ihre Mutter stand schon an ihrer Seite, die Augen hellwach vor Argwohn. »Wer ist es denn?« fragte sie. Frankie bot ihr stumm das Instrument und ging zu einem Fenster hinüber, das in einen Luftschacht blicken ließ, erfüllt von Leitungsdrähten und schalem Spatzengeschwirr. Die Stimme ihrer Mutter drang in Fetzen zu ihr herüber: »...ja... ja... ich bin sofort... was? Ja, sicher... ganz bestimmt... ich bin sofort unten, Schatz. Bis gleich.«

Sie stürzte zum Spiegel zurück und tupfte erneut an ihrem Gesicht herum. »Mein Gott, ob ich das wohl je lerne... nicht zu heulen, wenn ich ausgehn will? Wie grauenhaft ich aussehe! Wo ist mein Hut... und die Handschuhe?« Frankie stand mit beidem schon neben ihr. »Wie findest du mich, Kleines? Ich wollte, du könntest mitkommen mit uns, es wird sicher ein netter Ausflug, aber... O Gott, o Gott, daß man alt werden muß! Mit mir ist bald nichts mehr los, Schätzchen; deswegen mach' ich mir auch so Sorgen um dich. Herr im Himmel, wie seh' ich nur aus!«

Frankie beruhigte sie und half ihr ihre verschiedenen Habseligkeiten richten.

»Montag bin ich wieder zurück«, sagte ihre Mutter von der Tür. »In der obersten Schublade liegt Geld, falls du was brauchst. Bleib schön brav, mein Kind.« Sie küßte Frankie flüchtig auf die Wange, dann griff sie sich plötzlich an die Nase.

»Also, jetzt lauf aber mal, sonst fängst du gleich wieder an zu heulen!« Frankie machte sich frei und schob ihre Mutter aus dem Zimmer. »Tschüs, Mami, amüsier dich gut.«

Als ihre Mutter endlich gegangen war, zog sie die heruntergelassenen Jalousien hoch, trat vor den Spiegel und untersuchte schonungslos ihr Bild, indem sie die Gesichtshaut verzog und sich ins Fleisch kniff, bis das helle gesunde Rot darauf erschien.

Frankie lag in ihrem Bett und blickte aus dem Fenster, über die Dächer weg, in den fernen dunklen Himmel. Hunderte von Mädchen lagen jetzt auf der ganzen Welt so da, dachten ein Weilchen an ihre Liebhaber, dann an ihre Babys. Früher hatte Frankie oft so gelegen und an Johnny gedacht, und manchmal hatte sie sich einsam gefühlt und nach ihm gesehnt, aber jetzt dachte sie kaum noch an ihn. Ach, sicher, sie liebte Johnny;

aber Jungens waren ja so taktlos und machten bloß Durcheinander bei ihren Versuchen, die rohen unausweichlichen Tatsachen des Lebens mit ihrer persönlichen Integrität übereinzubringen. Das konnte man eben nicht.

Wenn sie ehrlich sein wollte, langweilte Johnny sie manchmal, wenn er sich endlos über etwas ausließ, was nun einmal geschehen war und nicht ungeschehen gemacht werden konnte; wenn er versuchte, ihr und auch sich selber vorzumachen, er könnte das Schicksal wie ein Straßenräuber stellen und ihm sozusagen »Geld her oder das Leben« zurufen. Ach Gott, manchmal war Johnny schlimmer als ein Filmstar.

Und dann die verwirrte Wut ihrer Mutter, das war schrecklich gewesen. Glatt als hätt' ich ihr ein hochverzinsliches Wertpapier in den Ofen gesteckt, dachte Frankie.

»Und das nennst du nichts tun, was du bereuen müßtest!« hatte die Mutter sie fast angeschrien. »An mich denkst du wohl gar nicht? Was soll denn ich machen, wenn ich zu alt bin, daß die Männer mich noch mögen? Vergiltst du mir so, was ich dir alles gegeben habe, daß du mir ein zweites Maul zum Stopfen anbringst?«

Frankie versuchte vergebens, sich dem Wildbach der mütterlichen Wut entgegenzustemmen: Sie würde dann ihrerseits für ihre Mutter sorgen.

»Aber wie denn? Kann dieser Bursche das überhaupt? Kann er mir zurückzahlen, was ich alles für dich ausgegeben habe?« Aber schließlich löste sich selbst die Wut ihrer Mutter in Tränen auf, und selbst Gegenbeschuldigungen verloren allmählich ihren Reiz, wenn Frankie sah, wie die andere unermüdlich tränenreich hin und her lief, um ihr Eis zu bringen und Toast und die paar Dinge, die Frankie sich zu essen zwang.

»Und was sich die Leute erst denken werden«, stöhnte ihre Mutter, und Frankie erwiderte schroff, die Leute hätten sich überhaupt nichts zu denken und würden deshalb wohl auch nicht ewig weitergrübeln, was aber mehr war, als ihre Mutter fassen konnte. Tatsächlich hatte diese, seit ihr die Wahrheit aufgegangen war, sich grad so gebärdet, als sei das Ganze eine Sache, die Frankie alsbald wieder in Ordnung bringen könnte oder sollte. »Mutter ist ja so ein schrecklicher Kindskopf, aber sie ist auch immer lieb zu mir gewesen«, seufzte Frankie; sie ließ die Finger leicht über ihren jungen Bauch gleiten und versuchte sich vorzustellen, sie könnte das Baby bereits spüren; dann starrte sie wieder hinaus in den fernen dunklen Himmel.

Sie fühlte sich auf einmal ganz alt, und im Magen war ihr sehr übel; sie hatte den unbestimmten Wunsch, ihre Mutter möchte nicht ganz so albern sein. Sie hätte gern jemanden gehabt, mit dem sie ... auf den sie sich ... ach, das weiß ja jeder, wie das ist, wenn man einen langen Weg zu Fuß gegangen ist und ist schon fast zu Hause; man weiß, man könnte noch weiterlaufen, wenn man müßte, aber irgendwie geht's auf einmal nicht mehr, und dann kommt da jemand lang und nimmt einen im Wagen mit, und er macht gar keinen Versuch, einen dumm anzureden, sondern bringt einen einfach hin, wo man hin will, und läßt einen da raus! Nicht Gott, nein: Sie glaubte nicht sonderlich an das Gebet. Als sie fünf war, hatte sie einmal um eine Puppe gebetet, die die Augen auf- und zumachen konnte, und die hatte sie nicht bekommen.

»Ach, Mist«, sagte sie, »wenn mir bloß nicht so verdammt übel wäre! Das ist's, was mich so mit den Nerven runterbringt.« Aber die Übelkeit würde nach einer Weile vergehen; alles würde vergehen nach einer Weile. Nächstes Jahr um diese Zeit hab' ich das alles vergessen, dachte sie ... wenn ich dann nicht schon wieder im selben Schlamassel stecke. Nur eins werd' ich nicht wieder tun. Ich werde nie wieder Toast und Tee verlangen.

Frankie lag da und dachte an all die andern Mädchen auf der ganzen Welt, die jetzt mit ihren Babys im Dunkeln lagen. Wie der Mittelpunkt der Welt ist das, dachte sie, und sie überlegte, wie viele Mittelpunkte die Welt wohl hatte: ob die Welt ein rundes Ding war, mit dem Leben der Leute als lauter kleinen Pünktchen darauf, oder ob jedes Menschenleben der Mittelpunkt einer Welt war und man nur, außer der eigenen, die Welten der anderen nicht sehen konnte. Wie komisch mußte das aussehen für einen, der das Ganze gemacht hatte, egal wer! Falls er nicht selber ebenfalls der Mittelpunkt einer Welt war und eine andere Welt außer seiner gar nicht sehen konnte. Oder wenn er selbst nur ein Pünktchen war auf jemand anderem seiner Welt.

Aber tröstlicher war es doch zu glauben, daß sie der Mittelpunkt der ganzen Welt war. Daß alle Fäden der Welt in ihrem Bauch zusammenliefen. Und so will ich's auch halten und bewahren! sagte sie wild zu sich. Ich brauche weder Johnny noch Mutter, daß sie mir helfen, alle beide nicht.

»O mein Gott, o mein Gott«, jammerte ihre Mutter, »was soll nur jetzt aus uns werden! Wie kann ich mich noch hocherhobenen Hauptes mit meinen Freunden treffen, wenn ich eine Tochter habe, die in anderen Umständen ist? Was soll ich ihnen sagen?«

»Wieso mußt du ihnen denn überhaupt was sagen?« wiederholte Frankie müde.

»Und wer kümmert sich um dich? Wer gibt dir ein Heim? Denkst du denn, jeder Mann nimmt dein Gör einfach mit?«

Frankie begegnete ihrer Mutter mit einem langen festen Blick. »Glaubst du immer noch, ich warte bloß auf irgendeinen reichen Mann, der auf mich reinfällt? Glaubst du das immer noch, wo du mich doch eigentlich kennen solltest?«

»Nun, was willst du jetzt machen? Bildest du dir ein, es ist dir und mir geholfen, wenn du deinen Burschen heiratest? Was hat er denn schon?«

Frankie drehte ihr von Übelkeit verzerrtes Gesicht zur Wand. »Ich sag's dir noch einmal, ich brauche keinen Mann, der für mich sorgt.«

»Was in Gottes Namen«, fragte die andere in tränenvoller Erbitterung, »willst du dann machen? Wozu hast du das überhaupt gemacht?«

Frankie blickte ihre Mutter wieder an. »Du alte Närrin, ich

hab's bestimmt nicht getan, um Johnny zur Heirat zu bewegen oder sonst was von ihm zu kriegen. Ich brauche weder Johnny noch sonst einen Mann, der mich versorgt, und dabei wird es auch bleiben. Und wenn du dasselbe auch von dir sagen könntest, dann würdest du nicht in einer Tour heulen und dich selbst bemitleiden für Dinge, die du dir vom Leben hast antun lassen.«

Und nachdem sie sich so ihrer persönlichen Integrität wieder versichert hatte, war es ihr, wie Johnny einmal gesagt hatte, als sei sie in einem dunklen Zimmer gewesen, und jemand habe auf einmal alle Lichter angemacht. Das Leben kam ihr plötzlich so sonnenklar vor und unausweichlich, daß sie sich fragte, warum sie sich überhaupt je von den Dingen hatte aufreiben lassen; und seltsamerweise mußte sie an ihren Vater denken, an den sie sich kaum erinnerte: an die Art, wie er den runden gelben Kopf gehoben und wie er sie im Kreis herumgeschwenkt hatte, kreischend vor Lachen, in seinen harten Händen. Und ein kindliches Bild von ihm stieg wieder vor ihr auf: voller Triumph, obschon im Tode, unter grünen Wellen.

Das Schluchzen ihrer Mutter im anderen Bett verzitterte in Stille und Dunkel und in die regelmäßigen Atemzüge des Schlafs, und Frankie lag da in dem freundlichen Dunkel, strich leicht über ihren jungen Bauch und starrte hinaus auf eine dunkle Welt, wie Hunderte anderer Mädchen, die an ihre Liebhaber dachten und an ihre Babys. Sie fühlte sich so unpersönlich wie die Erde selbst: Sie war ein Streifen besäten fruchtbaren Lands, das unter Mond und Wind und Sternen lag durch alle Jahreszeiten, das dalag unter grauem wie sonnigem Wetter seit Anbeginn aller Zeit überhaupt, und das nur eben einen dunklen Winter verschlief und auf seinen eigenen Frühling wartete, mit allem Leiden und aller Leidenschaft seines unentrinnbaren Ziels: einer Schönheit, die nicht vergehen soll vom Angesicht der Erde.

Nachmittag einer Kuh

Mr. Faulkner und ich saßen unter dem Maulbeerbusch bei dem ersten kühlen Trunk des Nachmittags, wobei er mir mitteilte, worüber wir morgen schreiben würden, als plötzlich Oliver um die Ecke der Räucherkate gerannt kam; »Mr. Bill«, schrie er, »die ham die Weide angezündet!«

»– – –«, rief Mr. Faulkner – so unvermittelt sind seine Handlungen ja oft; »– – – diese Burschen zur – –«, wobei er aufsprang und seinen eigenen Sohn Malcolm meinte, ferner den Sohn seines Bruders, James, den Sohn des Kochs, Rover oder Grover. Er heißt Grover, aber sowohl Malcolm wie James (sie sind genauso alt wie Grover und sind nicht nur zur gleichen Zeit, sondern in innigster Eintracht zusammen aufgewachsen) wollten ihn unbedingt Rover nennen, sobald sie sprechen konnten, so daß jetzt der ganze Haushalt, einschließlich der Mutter des Kindes, und das Kind selbst natürlich auch, ihn ebenfalls Rover nennen – bloß ich nicht; denn es ist meine Gewohnheit und meine Überzeugung, daß man kein Lebewesen, sei es Mann, Frau, Kind oder Tier, seines rechtmäßigen Namens berauben soll – ebenso wie ich niemandem erlaube, mich meines Namens zu berauben, obwohl ich bemerkt habe, daß sowohl Malcolm wie James (und sicher auch Rover oder Grover) mir den Namen »Ernest Allzugut« verliehen haben – ein krasser und ordinärer Fall von sogenanntem Witz oder Humor, zu welchem Kinder – vor allem diese beiden – nur allzu sehr neigen. Bei mehr als einer Gelegenheit habe ich zu erklären versucht (also, das war vor Jahren – seitdem habe ich es aufgegeben), daß ich kein gewöhnlicher Dienstbote in diesem Haushalt bin, da ich seit Jahren Mr. Faulkners Romane und Kurzgeschichten schreibe. Aber ich bin schon lange davon überzeugt (hab mich sogar damit abgefunden), daß keiner von denen weiß, was damit gemeint ist, oder daran interessiert ist.

Ich glaube nicht, daß ich vorgreife, wenn ich sage, daß wir keine Kenntnis davon hatten, wo die drei Burschen sich jetzt aufhielten. Eine solche Kenntnis erwartete man nicht von uns, jedenfalls nicht mehr als ein allgemeines Gefühl, daß sie irgendwo im Dachboden der Scheune oder des Stalles versteckt waren – jedenfalls nach früheren Erfahrungen, obgleich diese Erfahrungen bisher niemals etwas mit einer Brandstiftung zu tun hatten. Ich glaube auch nicht, daß ich gegen die sonstigen Regeln der literarischen Ordnung verstoße, also gegen Einheitlichkeit und Gewichtung, wenn ich jetzt sage, daß wir uns keinen Moment lang hätten vorstellen können, ihr Aufenthaltsort sei dort, wo späterer Augenschein zeigte, daß er tatsächlich war. Aber genug zu diesem Thema: Wir dachten jetzt gar nicht an die Jungen; ich sage hier etwas, was Mr. Faulkner auch selbst hätte bemerken können: Man hätte zehn oder fünfzehn Minuten früher an sie denken sollen – jetzt war's zu spät. Nein, unsere Sorge war es nunmehr, zur Weide zu gelangen, obgleich nicht mehr in der Hoffnung, das Heu zu retten, das Mr. Faulkners Stolz und sogar Hoffnung gewesen war; ein hübsches, wenn auch kleines Feld, das mit Getreide oder Futtermitteln bebaut war, grenzte fast an die eigentliche Weide, wobei die drei Tiere, die sich der Weidewiese erfreuten, ein paar Korridore reingefressen hatten; das Feld nämlich war zur Abwechslung oder zum Ausgleich der Winternahrung für die drei Tiere gedacht. Wir hatten keine Hoffnung, davon etwas zu retten, denn der Monat September folgte einem trockenen Sommer, und wir waren uns darüber klar, daß das Heu wie auch die übrige Weide mit der Geschwindigkeit von Schießpulver oder Celluloid abbrennen würde. Vielmehr, wir hatten da keine Hoffnung, und Oliver hatte zweifellos auch keine Hoffnung. Ich weiß nicht, was Mr. Faulkner für Gefühle hatte, da es ein menschlicher Grundzug zu sein scheint, daß man ein Mißgeschick bezüglich eines erwünschten oder bereits besessenen und geschätzten Gegenstandes nicht wahrhaben will, solange es einen nicht einholt oder direkt überfällt wie der Moloch daselbst.

Ich weiß nicht, ob ein solches Gefühl bei mir angesichts eines Feldes mit Heu auftreten würde, da ich nie eines besessen habe oder zu besitzen wünschte. Nein, es war nicht das Heu, was uns jetzt zu schaffen machte. Es waren die drei Tiere, die beiden Pferde und eine Kuh, ganz besonders die Kuh, die, da sie weniger zur Eile befähigt war als die Pferde, von den Flammen eingeholt werden und davon erfaßt werden konnte, oder jedenfalls so stark angesengt, daß sie dadurch zeitweise für ihre naturgemäße Funktion unbrauchbar werden könnte; ferner, daß die beiden Pferde in ihrem Schrecken und zu ihrem Schaden in den Stacheldrahtzaun da drüben galoppieren könnten, oder sogar kehrt machen und sich tatsächlich in die Flammen stürzen könnten, denn dies ist eine der intelligenteren Verhaltensweisen dieses sogenannten Dieners und Freundes des Menschen.

Also schlugen wir uns, angeführt von Mr. Faulkner, wobei wir uns noch nicht einmal den Umweg durch den Heckenbogen erlaubten, direkt durch die Hecke und rannten unter den Anweisungen von Mr. Faulkner, welcher sich in einem wahrhaft staunenswerten Tempo für einen Mann von einer so gewaltigen Behäbigkeit bewegte, über den Hof und quer durch Mrs. Faulkners Blumenbeete und dann durch ihren Rosengarten, obgleich ich betonen möchte, daß sowohl Oliver wie ich selbst uns einige Mühe gaben, nicht auf die Pflanzen zu treten; dann weiter durch den sich anschließenden Gemüsegarten, wo sogar Mr. Faulkner keinen Schaden bewirken konnte, da dort um diese Jahreszeit nichts Eßbares wuchs; und weiter über den Weidenzaun aus Brettern, welchen Mr. Faulkner auch wieder mit einer Gewandtheit und Geschwindigkeit und spürbaren Nichtachtung seines Körpers überwand, welche wirklich verblüffend war – nicht allein wegen seiner von Natur aus gemächlichen Verfassung, auf die ich bereits hinwies, sondern auch wegen Umriß und Gestalt, welche gewöhnlich damit einhergeht (oder mindestens im Fall von Mr. Faulkner) – aber da waren wir auch schon augenblicklich von Rauch eingehüllt.

Doch es war sogleich an dem Geruch erkennbar, daß dieser nicht von dem Heu kam, das noch unversehrt, wenn nicht sogar frisch geblieben sein mußte, dann aber zweifellos während der wenigen Sekunden, in denen Oliver seine Nachricht ausrief, in der Feuersbrunst verschwand. Vielmehr mußte der Brand von dem Zederngebüsch am Ende der Weide ausgehen. Nichtsdestoweniger, mit oder ohne Geruch, bedeckte er einem Leichentuch gleich die ganze sichtbare Szenerie, obgleich wir vor uns die vorrückende Flammenfront sehen konnten, und davor die drei unglückseligen Tiere, die jetzt in ihrer Todesangst durcheinander liefen oder flohen. Das glaubten wir jedenfalls, während wir – noch immer von Mr. Faulkner angeführt – wie durch die Unterwelt über den wüsten Grund liefen, welcher fast sofort den Fußsohlen unangenehm wurde und Schlimmeres erwarten ließ, als irgend etwas von ungeheurer und wilder Gestalt aus dem Rauch hervorstürzte. Es war das größere Pferd Stonewall – ein von Geburt an bösartiges Vieh, welchem sich niemand außer Mr. Faulkner und Oliver nähern konnte und welches noch nicht einmal Oliver zu besteigen wagte (obgleich es mir unbegreiflich ist, warum Oliver oder auch Mr. Faulkner so etwas überhaupt wünschen konnten) und das nun auf uns zu rannte, wobei es offensichtlich die Absicht hatte, die Gelegenheit zur Vernichtung seines Besitzers und seiner jungen Hilfskraft zu nutzen, wobei ich selbst als Beigabe, oder vielleicht einfach aus Haß gegen die gesamte menschliche Rasse, mit einbezogen wurde. Jedoch änderte es offenbar seine Absicht, drehte ab und verschwand wiederum im Rauch. Mr. Faulkner und Oliver hatten nur kurz angehalten und ihm Beachtung geschenkt. »Ich schätz' dem passiert nix«, sagte Oliver. »Aber was schätzn Sie'n, wo Beulah is?«

»Auf der andern Seite von dem – Feuer, die steht da und geht rückwärts und brüllt«, antwortete Mr. Faulkner. Er hatte recht, denn fast unverzüglich hörten wir auch schon die erbärmlichen Klagelaute der armen Kreatur. Nun habe ich schon öfters bemerkt, daß sowohl Mr. Faulkner als auch Oliver sich offenbar auf irgendeine merkwürdige Art mit dem Huf- und Hornvieh, ja sogar mit Hunden verständigen können, wobei ich gerne eingestehe, daß ich das nicht kann und nicht einmal begreife. Das heißt, ich verstehe das nicht bei Mr. Faulkner. Bei Oliver kann man natürlich sagen, daß alle Arten von Vieh zu seinem Beruf gehören, wogegen sein Zeitvertreib (so muß man es ausdrücken; ich habe ihn öfters beobachtet, wie er unbewegt und anscheinend nachdenklich, wirklich so wie ein Pilger, auf den Stiel des Mähers oder der Hacke oder des Rechens gestützt dastand) mit dem Rasenmäher und den Gartengeräten, eher ein Steckenpferd ist. Aber so etwas bei Mr. Faulkner, einem angesehenen Mitglied der alten und edlen Literatenzunft! Aber schließlich kann ich auch nicht begreifen, wie er den Wunsch haben kann, ein Pferd zu reiten, und es ist mir der Gedanke gekommen, daß Mr. Faulkner diese Verständigungsmöglichkeit ganz allmählich erwarb, vielleicht im Lauf einer langen Zeit durch den Kontakt seines Hinterteils mit dem Tier, auf welchem er ritt.

Wir eilten weiter in Richtung des Gebrülls des gefährdeten Tieres. Ich dachte, es käme aus den Flammen und sei vielleicht der letzte Schmerzenslaut seines Todeskampfes – die Anklage der stummen Kreatur zum Himmel hinauf –, aber Oliver sagte nein, und daß es von der anderen Seite des Feuers käme. Plötzlich aber geschah es, daß sich diese Laute kurios zu verändern begannen. Nicht etwa, daß der Schrecken darin wuchs, was kaum mehr möglich gewesen wäre. Ich kann es am besten beschreiben, wenn ich sage, daß das Gebrüll nun plötzlich klang, als sei es in die Erde versunken. Wie wir feststellten, war es auch so. Ich glaube jedoch, daß es die Ordnung der Erzählung nunmehr erfordert, wie es auch der Forderung der alten Griechen nach Spannung und Überraschung entspricht, daß der weitere Fortgang so sei, wie der Erzähler ihn erlebt hat, obgleich die Darstellung des tatsächlichen Vorfalls den Erzähler auf Umstände hinführt, welche ihm bereits bekannt waren und von welchen er den Leser eigentlich hätte vorher unterrichten sollen. Demgemäß fahre ich fort.

Also stellen Sie sich vor, wie wir uns im Galopp (auch wenn der abgründige Schrecken in der Stimme des Unglückstieres kein ausreichender Antrieb gewesen wäre, so hatten wir doch den: Als ich am nächsten Morgen einen der Schuhe hochhielt, den ich an jenem ereignisreichen Nachmittag getragen hatte, zerbröselte die ganze Sohle zu einem Zeug, wie man's vielleicht zu Beginn der Schule im Herbst aus dem Boden eines eingetrockneten Tintenfasses herauskratzen könnte) über diesen höllischen Untergrund bewegten, wobei unsere Augen und Lungen vom Rauch schmerzten, an dessen äußerstem Rand die Linie des Feuers weiterkroch. Wiederum trat eine wilde und ungeheure Gestalt in heftiger Bewegung vor uns in Erscheinung, offensichtlich wiederum mit der unverkennbaren und ungestümen Absicht, uns umzurennen. Einen schrecklichen Augenblick lang glaubte ich, nun sei das Pferd Stonewall noch einmal zurückgekehrt, nachdem es uns in einigem Abstand überholt hatte (so wie es Menschen tun; dies mag auch bei Tieren geschehen, deren feineres Gespür vom Rauch und Schrecken betäubt ist) und sich dann erst an meinen Anblick erinnerte und nunmehr zurückkam, um ausgerechnet mich zu vernichten. Ich hatte das Pferd nie gemocht. Es war ein Gefühl, das noch stärker als bloße Furcht war; es war eine entsetzliche Abscheu, wie man sie wohl gegen eine Pythonschlange empfinden mag, und zweifellos hatte sogar die tierische Empfindsamkeit des Pferdes dies wahrgenommen, und nun kam es zur Vergeltung. Jedoch, ich hatte mich geirrt. Es war das andere Pferd, das kleinere, auf dem Malcolm und James offenbar mit Vergnügen zu reiten pflegten – es war wie eine kleinere Ausgabe der betäubten Unvernunft seines Vaters und Onkels – ein unausgeprägtes rundliches Wesen, ebenso sanft, wie das größere Tier bösartig war, mit traurig hängender Oberlippe und einem ausdruckslosen und verwirrten (für mich jedoch immer noch durchtriebenen und unzuverlässigen) Blick; auch dieses Tier lief im Bogen an uns vorbei und entschwand gerade, als wir die Flammenlinie erreicht hatten, welche weder so mächtig noch so furchterregend war, wie sie von weitem aussah, obgleich der Rauch jetzt dicker war und nun von dem lauten Schreckensruf der Kuh erfüllt zu sein schien. Die Laute des armen Wesens schienen jetzt tatsächlich überall zu sein: über uns in der Luft und unten in der Erde. Noch immer angeführt von Mr. Faulkner übersprangen wir das Feuer, worauf Mr. Faulkner sofort verschwand. Während er noch immer rannte, war er vor Olivers und meinen Augen einfach verschwunden, als ob auch er in die Erde versunken sei.

Und das war ihm auch wirklich widerfahren. Da nun Mr. Faulkners Stimme und das laute Schreckensgebrüll der Kuh aus der Erde zu unseren Füßen und aus der vorwärtskriechenden Flammenfront hinter uns aufstieg, erkannte ich, was geschehen war, und damit klärte sich die Frage von Mr. Faulkners Verschwinden ebenso wie die vorige Veränderung in der Stimme der Kuh. Es wurde mir nun klar, daß ich, durch den Rauch und die glimmende Empfindung an den Fußsohlen verwirrt, die Orientierung verloren und nicht wahrgenommen hatte, daß wir uns die ganze Zeit einer Senke oder Schlucht genähert hatten, deren Vorhandensein mir wohl bewußt war, da ich des öfteren auf nachmittäglichen Wanderungen in sie hinabgeblickt hatte, wenn Mr. Faulkner auf dem großen Pferd geritten war, und an deren Kante oder Rand Oliver und ich nunmehr standen und in die Mr. Faulkner und die Kuh, einer nach dem anderen und in umgekehrter Reihenfolge, gestürzt waren.

»Sind Sie verletzt, Mr. Faulkner?« rief ich. Ich werde nicht versuchen, Mr. Faulkners Antwort wiederzugeben, ich sage nur, daß sie in jenem reinen alten angelsächsischen Idiom abgefaßt war, welches durch unsere beste Literatur gutgeheißen und legitimiert wird und welches ich auf Grund der Erfordernisse von Mr. Faulkners Stil und Stoff oftmals zu benutzen habe, welches ich selbst jedoch niemals benutze, obgleich Mr.

27

Faulkner auch in seinem Privatleben stark dazu neigt, und das, wenn er es verwendet, einen Zustand von äußerst kraftvollem, wenn auch durchaus nicht ruhigem Wohlbefinden anzeigt. Ich wußte also, daß er nicht verletzt war. »Was werden wir jetzt tun?« erkundigte ich mich bei Oliver.

»Machn wir lieber, daß wir auch da runter kommen«, antwortete Oliver. »Merkn Sie'n nich, daß das Feuer hinter uns her is?« Über meiner Sorge um Mr. Faulkner hatte ich das Feuer ganz vergessen, aber als ich hinter mich blickte, spürte ich instinktiv, daß Oliver recht hatte. Wir robbten also oder glitten den steilen, sandigen Abhang hinunter, zur Sohle der kleinen Schlucht, wo Mr. Faulkner stand und noch immer redete und wo sich die Kuh nun im Gefühl der Sicherheit, jedoch noch immer in einem Zustand vollständiger Hysterie, befand, und von diesem Ort oder dieser Freistatt beobachteten wir, wie die Feuersbrunst über uns hinwegging, wobei die Flammen am Rand der Schlucht zusammensanken und flackernd erloschen. Dann erklärte Mr. Faulkner:

»Geh los und hol Dan, und hol aus dem Lager das große Seil.«

»Meinen Sie mich?« sagte ich. Mr. Faulkner gab keine Antwort, und also standen er und ich neben der Kuh, welche noch nicht zu erkennen schien, daß die Gefahr vorüber war – oder vielleicht wußte ihr schlummernder tierischer Verstand, daß das wirkliche Leiden, Greuel und Verzweiflung sich erst noch ereignen sollten –, und sahen zu, wie Oliver den Abhang hinauf kletterte oder robbte. Einige Zeitlang war er fort, kam aber nach einer Weile zurück und führte ein kleineres und folgsameres Pferd, welches halbwegs mit einem Geschirr versehen und mit dem Seil beladen war; nun begann das mühsame Geschäft des Kuh-Hinaufziehens. Ein Ende des Seiles wurde an ihren Hörnern befestigt, wogegen sie sich heftig wehrte; das andere Ende wurde an dem Pferd festgemacht. »Was soll ich tun?« fragte ich.

»Schieben«, sagte Mr. Faulkner.

»Wo soll ich schieben?« fragte ich.

»Mir sch- -egal«, sagte Mr. Faulkner. »Bloß schieben.«

Jedoch es stellte sich heraus, daß es nicht ging. Das Tier leistete Widerstand, vielleicht gegen den Zug des Seiles oder vielleicht gegen Olivers ermutigende Rufe und Schreie vom oberen Rand des Abhangs oder vielleicht auch gegen die Antriebskraft, welche von Mr. Faulkner (der direkt hinter ihr, fast unter ihr stand und seine Schultern gegen ihre Backen oder Lenden drückte und nun gleichmäßig fluchte) und auch von mir ausgeübt wurde. Sie machte einen tapferen Versuch und kletterte halb den Abhang hinauf, verlor aber den Halt und rutschte zurück. Wieder versuchten wir es, und es mißlang, und noch einmal. Dann ereignete sich ein äußerst bedauerlicher Vorfall. Beim dritten Mal entglitt das Seil, oder es riß, und Mr. Faulkner und die Kuh wurden auf das heftigste auf den Boden der Senke geschleudert, und zwar Mr. Faulkner zuunterst.

Später – um genau zu sein, an diesem Abend – erinnerte ich mich, daß ich – während wir Oliver aus dem Graben herausklettern sahen – wie durch Telepathie nicht bloß den Schrecken dieses armen Geschöpfes, sondern auch den Grund dafür begriff: daß sie mit dem heiligen Instinkt des Weibes spürte, daß die Zukunft etwas für sie bereit hielt, was für ein Weib viel schlimmer ist als irgendeine Furcht vor körperlichem Schaden oder Leiden: jenes Eindringen in weibliche Intimität, wobei sie sich, als hilfloses Opfer ihrer eigenen Leiblichkeit, als Objekt irgendeiner bösartigen Macht des Spottes und der Demütigung erblickt; und es wird dadurch nicht weniger schmerzlich, daß jene, die es mitansahen, auch wenn es Gentlemen sind, es nie vergessen, sondern mit dieser Erinnerung fürderhin, solange sie leben, auf Erden wandeln würden; – ja, *gerade deshalb* noch schmerzlicher, weil jene, die es mitansahen, Gentlemen sind, Menschen ihrer eigenen Klasse. Man erinnere sich, daß das arme erschöpfte, verängstigte Wesen einen ganzen Nachmittag lang das gepeinigte und blinde Opfer von Vorgängen gewesen war, die es nicht begreifen konnte, einem

Element ausgeliefert, das es instinktiv fürchtete, und gerade eben auf das heftigste einen Abhang hinabgeschleudert worden war, dessen Rand es zweifellos nie mehr zu erblicken glaubte. – Mir wurde von Soldaten erzählt (Ich diente in Frankreich, beim Christlichen Verein Junger Männer), daß in ihnen, beim Eintritt in die Schlacht, wenn es auch verfrüht sein mag, ein gewisser Antrieb oder Wunsch entsteht, welcher dann ein ganz logisches und ganz natürliches Ergebnis nach sich zieht, dessen Erfüllung unbestreitbar und natürlich unwiderruflich ist. – Mit einem Wort, Mr. Faulkner bekam in seiner unterlegenen Stellung von dem armen Tier die volle Ladung eines Nachmittags der Angst und Verzweiflung ab.

Ich hatte das Glück oder auch das Unglück eines Lebens, das man ein ruhiges, obgleich nicht zurückgezogenes nennen darf – oder nennen könnte; ich habe es sogar vorgezogen, mir meine Erfahrungen dadurch anzueignen, daß ich las, was anderen widerfahren ist oder was nach Meinung oder Glauben anderer Menschen den Geschöpfen ihrer Einbildungskraft widerfahren sein könnte, oder sogar durch die Vorstellung, was Mr. Faulkner sich an Geschehnissen betreffs gewisser und verschiedener Geschöpfe vielleicht ausdenkt, aus welchen seine Romane und Erzählungen bestehen. Nichtsdestoweniger könnte ich mir vorstellen, daß ein Mensch nie zu alt und nie ganz sicher ist, als daß er nicht Erfahrungen machen könnte, die man als einmalig und auf bizarre Weise originell bezeichnen könnte, wenn auch nicht immer von solcher Ungeheuerlichkeit, daß seine Reaktion fast unweigerlich aus dem Rahmen fällt. Oder vielmehr, wonach seine Reaktion jenen wahren Charakter enthüllt, welchen er vielleicht jahrelang erfolgreich vor der Öffentlichkeit, vor seinen Vertrauten und vor Frau und Familie verborgen gehalten hat; vielleicht sogar vor sich selbst. Ich nehme an, genau so etwas war es, was Mr. Faulkner soeben erlitten hatte.

Jedenfalls war sein Verhalten in den anschließenden wenigen Minuten für ihn äußerst absonderlich. Die Kuh – dieses arme Weibchen zwischen drei Männern – kletterte fast augenblicklich nach oben und stand dort nun, zwar immer noch außer sich, aber nicht mehr vor Wildheit, sondern vielmehr in einer Art von erschrockener Erniedrigung, die noch nicht in Verzweiflung übergegangen war. Mr. Faulkner jedoch, der auf die Erde hingestreckt war, rührte sich eine Zeitlang gar nicht. Dann erhob er sich. Er sagte »Wartet mal«, was uns natürlich sowieso oblag, bis er uns weitere Befehle oder Anordnungen erteilen würde. Sodann beobachteten wir – die arme Kuh, ich selbst und Oliver blickten ja nun neben dem Pferd vom Rand des Abhangs nach unten –, wie Mr. Faulkner ein paar Schritte den Graben hinunter tat und sich setzte, wobei er die Ellenbogen auf die Knie und sein Kinn in die Hände stützte. Nicht, daß er sich hinsetzte, war sonderbar. Dies tat Mr. Faulkner öfters – vielleicht ist regelmäßig das bessere Wort –, wenn nicht im Haus, dann (im Sommer) schön tief in einem großen Sessel auf der Veranda, gleich vor dem Fenster der Bibliothek, wo ich arbeitete; er aber bettete die Füße auf das Geländer und las ein Kriminalheftchen; und im Winter in der Küche mit den bestrumpften Füßen in der Backröhre. In dieser Haltung saß er auch jetzt da. Wie ich schon erklärt habe, hatte Mr. Faulkners Behäbigkeit etwas fast Gewaltiges; er konnte unbeweglich sein und war dabei doch keineswegs lethargisch, wenn ich mich so ausdrücken darf. Er saß nun in der Stellung von Monsieur Rodins *Denker*, aber, sagen wir, in der zehnten Potenz, da die vornehmliche Verwirrung des Denkers von seiner Unklarheit herrührt, während es für Mr. Faulkner keinerlei Zweifel gegeben haben kann. Wir beobachteten ihn still – ich und die arme Kuh, und diese stand jetzt mit gesenktem Kopf und zitterte noch nicht einmal in ihrer äußersten und jetzt hoffnungslosen weiblichen Schande; Oliver und das Pferd standen ein Stückchen höher am Rand. Ich stellte nun fest, daß hinter Oliver kein Rauch mehr zu sehen war. Der eigentliche Brand war vorbei, obgleich das Zederngebüsch zweifellos bis zum Herbst weiterglimmen würde.

31

Dann erhob sich Mr. Faulkner. Er kam ruhig zurück und sprach so ruhig (oder noch ruhiger) mit Oliver, wie ich ihn kaum je gehört habe: »Mach das Seil los, Jack.« Oliver band das Seil vom Pferd ab und ließ es fallen, und Mr. Faulkner nahm es, wandte sich um und führte die Kuh in die Schlucht hinunter. Einen Augenblick lang beobachtete ich ihn mit einer Verblüffung, welche Oliver zweifellos teilte; im folgenden Augenblick würden Oliver und ich uns gewiß mit dem gleichen Erstaunen angesehen haben. Aber das taten wir nicht; wir bewegten uns; wir bewegten uns unzweifelhaft im gleichen Augenblick. Oliver machte sich nicht einmal die Mühe, in die Schlucht hinunterzusteigen. Er *umrundete* sie einfach, während ich vorwärts stürzte und Mr. Faulkner und die Kuh überholte; wir waren ja nun wirklich drei Soldaten, welche sich soeben von der Betäubung des Kampfes erholt hatten, des Kampfes mit den Flammen um das Leben der Kuh. Es ist oft bemerkt worden, ja man hat literarischen Nachdruck darauf gelegt (ganze Romane sind auf dieser Basis geschrieben worden, obgleich keiner von ihnen von Mr. Faulkner ist), daß der Mensch, wenn er der Katastrophe gegenübersteht, alles unternimmt, nur nicht das Naheliegende. Aber dem Bestand meiner Erfahrung, der allerdings fast ausschließlich auf jenem Nachmittag basiert, entnehme ich die Überzeugung, daß er angesichts von Gefahr und Unglück das Naheliegende tut. Bloß ist es einfach das Falsche.

Wir liefen die Schlucht hinunter bis dahin, wo sie einen rechten Winkel macht und in das Gehölz einmündet, das dann bis zu seinem Grund hinunterreicht. Unter Führung von Mr. Faulkner und der Kuh wandten wir uns waldaufwärts und erreichten nun die schwarze Brandwüste der Weide, in deren Zaun Oliver, der auf uns wartete, schon eine Lücke oder Öffnung gebrochen hatte, durch welche wir hindurchkrochen. Dann, weiterhin unter Führung von Mr. Faulkner, wobei Oliver das Pferd und die Kuh führte und ich nebenher ging, folgten wir durch diese wüste Fläche hindurch der Bahn unseres kürzlich stattgehabten Laufes, welcher der Rettung diente, wenn wir uns nun auch etwas links hielten, um zum Stall oder zur kleinen Scheune zu gelangen. Wir hatten das, was einst der Heuhaufen gewesen war, fast erreicht, als wir uns, ohne Vorwarnung, drei Geistererscheinungen gegenüber sahen. Sie waren, als wir sie sahen, keine zehn Schritte entfernt, und ich glaube, daß weder Mr. Faulkner noch Oliver sie erkannten, wohl aber ich. Es war so, daß ich ein plötzliches und seltsames Gefühl hatte, nicht so sehr, daß ich diesen Moment vorhergesehen hatte, sondern daß ich auf ihn während eines Zeitraums gewartet hatte, den man in Jahren bemessen könnte.

Stellen Sie sich, wenn Sie wollen, vor, Sie stünden in einer Welt der totalen bildlichen und farblichen Umkehr. Stellen Sie sich vor, Sie stünden drei kleinen Gespenstern gegenüber, die nicht weiß sind, sondern von reinem und ungebrochenem Schwarz. Der Geist oder der Verstand weigert sich ganz einfach zu glauben, daß sie nach ihrem jüngsten Verbrechen oder Schandtaten gerade in dem Heuhaufen Zuflucht gesucht haben sollten, der nun abgebrannt war, und sie dennoch am Leben waren. Und doch waren sie das. Augenscheinlich besaß keiner von ihnen mehr Brauen, Augenlider oder Haare; die äußere Hülle und alles hatte den gleichen Farbton; und das einzige, woran man Rover oder Grover von den anderen beiden unterscheiden konnte, waren Malcolms und James' blaue Augen. Sie standen da und schauten uns in ihrer völligen Bewegungslosigkeit an; schließlich sagte Mr. Faulkner, wiederum mit jener ernüchterten Sanftmut und Ruhe, welche, wenn wir meine Theorie im Auge behalten, daß die Seele, falls sie ohne Vorwarnung in irgendeine unverhoffte und ungeheure Katastrophe stürzt, ihre wahre Seite zeigt, in all diesen Jahren Mr. Faulkners wahrer und verborgener Charakter gewesen ist: »Geht ins Haus.«

Sie kehrten um und verschwanden sofort, da es nur die Augäpfel gewesen waren, durch welche wir sie überhaupt von der höllischen Oberfläche der Erde unterschieden hatten. Sie hätten vor uns gehen, oder wir hätten sie überholen können. Ich weiß es nicht. Jedenfalls sahen wir sie nicht mehr, denn nun verließen wir die totenschwarze Fläche, welche Zeuge unseres Gethsemane gewesen war, und betraten die kleine Scheune, wo Mr. Faulkner sich zu uns wandte und das Pferdehalfter nahm, während Oliver die Kuh in ihre eigene und gesonderte Wohnstatt führte, von wo sogleich das Geräusch des Malmens zu hören war, da sie dort nun, befreit von Angst und Schande wiederzukäuen begann, in jungfräulicher Nachdenklichkeit und – wie ich hoffe – frei ihren Träumen hingegeben.

Mr. Faulkner stand in der Stalltür (im Inneren konnte ich nun nach und nach das größere und bösartigere Pferd Stonewall vernehmen, das sich schon übers Futter hergemacht hatte und das hin und wieder mit dem Huf gegen die Holzwand donnerte, als könnte es nicht einmal während des Fressens davon ablassen, mit höhnischen Geräuschen jenen Mann zu bedrohen, von dessen Futter es sich nährte) und legte seine Kleidung ab. Sodann wusch er sich mit Pferdeseife – dies alles im Blickfeld des Hauses, für jeden, der es mit ansehen wollte oder auch nicht – und stellte sich dann an den Wassertrog, während Oliver ihn mit vielen Eimern Wasser abspritzte und begoß. »Kümmere dich jetzt nicht um die Kleider«, sagte er zu Oliver. »Hol mir einen Schnaps.«

»Mir auch einen«, sagte ich; ich spürte, daß der Anlaß, selbst wenn es vielleicht nicht zulässig war, diese zeitweise Verirrung in die Alltagssprache des flüchtigen Augenblicks rechtfertigte. Wir saßen nun also, wobei Mr. Faulkner eine leichte sommerliche Pferdedecke aus Stonewalls Eigentum umgelegt hatte, wieder unter dem Maulbeerbusch bei dem zweiten kühlen Trunk dieses Nachmittags.

»So, Mr. Faulkner«, sagte ich nach einer Weile, »sollen wir fortfahren?«

»Mit was fortfahren?« sagte Mr. Faulkner.

»Mit Ihren Anregungen, für morgen«, sagte ich. Mr. Faulkner sagte gar nichts. Er trank einfach, mit jener gleichbleibenden Heftigkeit, die das Erbteil seiner Familie war, und so wußte ich nun, daß er wieder er selbst war und daß der wahre Mr. Faulkner, der sich Oliver und mir für Augenblicke auf der Weide gezeigt hatte, wieder in jene unzugänglichen Seelengründe zurückgekehrt war, aus denen nur die Kuh Beulah ihn hervorgelockt hatte und den wir zweifellos nie wieder erblicken würden. Ich sagte also nach einer Weile: »Ich werde somit, wenn Sie erlauben, morgen das Wagnis unternehmen und den Stoff verwenden, den wir selbst an diesem Nachmittag hervorgebracht haben.«

»Tun Sie das«, sagte Mr. Faulkner – recht kurz, wie ich fand.

»Nur«, fuhr ich fort, »werde ich auf meinem Recht und Privilegium bestehen, dies in meinem eigenen Sprachfluß und Stil mitzuteilen und nicht in dem Ihren.«

»T- - - - nochmal!« sagte Mr. Faulkner. »Das möcht' ich hoffen.«

Beisetzung Süd: Gaslicht

Als Großvater starb, sprach Vater aus, was ihm als allererstes durch den Sinn gefahren sein muß, denn was er da äußerte, entschlüpfte ihm ungewollt. Hätte er sich nämlich Zeit zum Nachdenken gelassen, so hätte er es wohl nicht gesagt: »Verdammt, jetzt verlieren wir Liddy.«

Liddy war die Köchin. Sie war eine der besten Köchinnen, die wir je gehabt hatten, und schon seit sieben Jahren bei uns, nämlich seit Großmutter gestorben war und die Köchin vor ihr uns verlassen hatte; und nach diesem Todesfall in der Familie würde jetzt auch sie fortgehen, widerstrebend zwar, denn sie mochte uns gut leiden. Doch so hielten es die Neger nun einmal: Nach einem Todesfall in der Familie, bei der sie arbeiteten, zogen sie davon, nicht, als folgten sie einem Aberglauben, sondern vielmehr einem Ritus: dem Ritus ihrer Freiheit: nicht der Freiheit von der Notwendigkeit, arbeiten zu müssen, die sollte ihnen erst in einigen Jahren zuteil werden, bei Einführung des staatlichen Arbeitsbeschaffungsprogramms, sondern der Freiheit, von einer Anstellung zur andern zu ziehen und dabei einen Todesfall in der Familie als Anlaß, als Ansporn zur Kündigung zu nutzen, denn nur der Tod besaß genügend Gewicht, um ein so bedeutendes Rechtsgut wie Freiheit in Anspruch zu nehmen.

Aber noch war sie ja nicht fort; ihr und Arthurs (ihres Mannes) Abreise sollte mit einer Würde vonstatten gehen, die in Einklang stünde mit der Würde von Großvaters Alter, seiner Stellung in unserer Familie wie in unserer Stadt und der gebührenden Würde seiner Beisetzung. Ganz zu schweigen davon, daß Arthur selbst jetzt die Krönung seiner Karriere als Mitglied unseres Haushalts erlebte, geradeso, als wären die sieben Jahre, die er bei uns gearbeitet hatte, nur die Wartezeit auf diesen Augenblick, diese Stunde, diesen Tag gewesen: So saß er (stand jetzt nicht: saß), frisch rasiert, das Haar heut morgen noch gestutzt, in einem frischen weißen Hemd und einer von Vaters Krawatten, angetan mit seinem Mantel, auf einem Stuhl im Hinterzimmer des Juweliergeschäfts, während Mr. Wedlow, der Juwelier, in seiner schön geschwungenen Schnörkelschrift die offizielle Anzeige von Großvaters Tod und der Stunde seiner Bestattung auf dem Bogen Pergament eintrug, den, mit Schleifen von Trauerflor und Sträußchen künstlicher Immortellen auf dem Silbertablett befestigt, Arthur von Tür zu Tür (nicht Hinter- oder Küchentüren, sondern Vordertüren) durch unsere Stadt tragen würde, angewiesen, die Klingel zu betätigen und demjenigen, der öffnete, das Tablett zu reichen, diesmal nicht als Dienstbote, der eine offizielle Mitteilung überbrachte, sondern als Mitglied unserer Familie, das ein förmliches Ritual vollzog, denn zu diesem Zeitpunkt wußte es schon die ganze Stadt, daß Großvater tot war. Dies also war ein Ritus: Arthur selbst dominierte den Augenblick, dominierte sogar den ganzen Vormittag, war er doch heute nicht nur kein Diener von uns, er war nicht einmal ein von uns geschickter Botengänger, sondern eher ein Abgesandter des Todes selbst, der zu unserer Stadt sprach: »Halt ein, Sterblicher, gedenke mein.«

Danach würde Arthur auch für den Rest des Tages zu tun haben, würde nunmehr im Mantel und Biberpelz des Kutschers, den er von dem Mann von Liddys Vorgängerin geerbt hatte, der sie seinerseits vom Mann ihrer Vorgängerin geerbt hatte, mit dem viersitzigen Kutschwagen die Züge abpassen, in denen unsere nähere und entferntere Verwandtschaft einzutreffen begänne. Und nun würde die Stadt die kurzen rituellen Beileidsbesuche antreten, nahezu wortlos oder unter Gemurmel, Geflüster. Denn das Ritual verlangte, daß Mutter und Vater den ersten Schock ihres schmerzlichen Verlusts alleine trügen, indem sie einander aufrichteten und trösteten. Daher hatten die engsten Anverwandten die Besucher zu empfangen: Mutters Schwester und ihr Gatte aus Memphis, denn Tante

Alice, die Frau von Vaters Bruder Charles, würde Onkel Charley trösten und aufrichten müssen – das heißt, solange man sie im Obergeschoß halten konnte. Und die ganze Zeit über würden die Nachbarinnen, ohne anzuklopfen, zur Küchentür kommen (diesmal nicht zur Vordertür: zur Küchen- und zur Hintertür), und ihre Mamselln oder Hofburschen würden Schüsseln und Tabletts mit Speisen herbeitragen, die sie zubereitet hatten, um uns und unsern Zustrom von Verwandten zu stärken, aber auch als Mitternachtsimbiß für die Männer, Vaters Freunde, mit denen er auf die Jagd ging und Poker spielte und die, wenn der Leichenbestatter den Sarg brachte und Großvater hineinbettete, die ganze Nacht hindurch bei ihm wachen würden.

Und auch den ganzen morgigen Tag, während die Kränze und Blumengebinde einträfen und alle, die es wünschten, in den Salon treten und Großvater betrachten könnten: eingerahmt von weißem Satin, in seiner grauen Uniform mit den drei Sternen auf dem Kragenspiegel, gleichfalls frisch rasiert und mit einem Hauch von Rouge auf den Wangen. Und auch den morgigen Tag, bis nach dem Mittagessen, als Liddy zu Maggie und den anderen Kindern sagte: »Jetzt geht ihr Kinderchen man auf die Weide und spielt, bis daß ich euch rufe. Und paßt mir auf Maggie auf.« Aber nicht zu mir. Nicht nur war ich der Älteste, sondern ein Bub, die dritte Generation erstgeborener Söhne seit Großvaters Vater; wenn Vater an der Reihe war, würde es mir zufallen zu sagen, bevor ich noch Zeit zur Besinnung hätte: Verdammt, jetzt verlieren wir Julia oder Florence oder wie immer ihr Name dann lauten mochte. Auch ich mußte zugegen sein, in meinem Sonntagsstaat, mit einer Trauerbinde aus Crêpe um den Arm, wir alle außer Vater und Mutter und Onkel Charley (Tante Alice hingegen war dabei, denn man entschuldigte sie, war sie doch, wenn sich ihr die Gelegenheit bot, noch jedesmal ein gutes Organisationstalent gewesen: und Onkel Rodney auch, obschon er Vaters jüngster Bruder war), wir alle hielten uns im Hinterzimmer auf, das Großvater sein Büro nannte und wohin, aus Rücksicht auf das Begräbnis, die Whiskeykaraffe aus der Eßzimmeranrichte geräumt worden war; ja, auch Onkel Rodney, der unbeweibt war – der schneidige Junggeselle, welcher Seidenhemden trug und sich mit duftendem Rasierwasser einrieb, der Großmutters Liebling gewesen war und der Schwarm einer Unzahl anderer Frauen – der Handelsreisende für das Großhandelshaus St. Louis, der auf seinen Stippvisiten einen Hauch, einen Duft, fast einen Glanz jener kosmopolitischen Fremde in unser Städtchen trug, die uns nicht vergönnt war: der von Menschen wimmelnden Großstädte mit ihren Hotelpagen und Varietés und Austernbars. Meine erste Erinnerung an ihn bestand darin, daß er mit der Whiskeykaraffe in der Hand vor der Anrichte stehenblieb. Auch jetzt hielt er sie in der Hand, allerdings hatte auch Tante Alice ihre Hand darauf, und wir alle vernahmen ihr ergrimmtes Flüstern:

»Du kannst nicht, du wirst nicht zulassen, daß man deine Fahne riecht!«

Daraufhin Onkel Rodneys »Schon gut, schon gut. Hol mir eine Handvoll Gewürznelken aus der Küche«. Also auch dies, der Geruch von Gewürznelken, der sich unentwirrbar mit dem von Whiskey und Rasierwasser und Schnittblumen vermengte, war Teil von Großvaters letztem Heimgang, da wir noch immer im Büro warteten, derweil die Damen den Salon betraten, wo sich der Totenschrein befand, und die Männer sich draußen auf dem Rasen aufstellten, würdig und verhalten, noch immer die Hüte auf den Köpfen, bis die Musik einsetzte, woraufhin sie sie abzogen und wieder stillstanden, die entblößten Schädel ein wenig gesenkt im strahlenden Sonnenschein des Frühnachmittags. Dann stand Mutter in der Diele, in Trauer und dicht verschleiert, und Vater und Onkel Charley ebenfalls in Schwarz; und jetzt begaben wir uns ins Eßzimmer, wo die Stühle für uns zurechtgerückt worden waren, die Falttür zum Salon hin offen, so daß wir, die Familienangehörigen, dem Leichenbegängnis zwar beiwohnten, aber doch noch nicht Teil davon waren, geradeso als müßte Großvater in seinem Sarg sich jetzt verdoppeln: einer für seine Blutsverwandten und Nachfahren, ein anderer für diejenigen, die lediglich Freunde und Mitbürger gewesen waren.

Sodann jenes Lied, jene Hymne, die mir längst nichts mehr bedeutete: kein schwermütiger Klagegesang an den Tod, keine Mahnung, daß Großvater nicht mehr war und ich ihn niemals wiedersehen würde. Denn nie wieder konnte das Lied an das heranreichen, was es mir einst bedeutet hatte – Entsetzen nicht vor dem Tode, sondern vor den Nicht-Toten. Ich zählte damals erst vier; Maggie, die nach mir kam, konnte kaum laufen, wir beide in einer Gruppe älterer Kinder, halb verborgen im Gestrüpp der Hofecke. Ich jedenfalls verstand nicht weshalb, bis er vorüberzog – der erste Trauerzug, bei dem ich je zugeschaut hatte –, der schwarze, mit Federbüschen geschmückte Leichenwagen, die schwarzen geschlossenen Droschken und Kutschen, in bedeutungsvollem Schrittempo die Straße hinauf, die mit einemmal völlig verwaist war, so wie mir wohl schlagartig klarwurde, daß die gesamte Stadt es wäre.

»Was?« sagte ich. »Ein Toter? Was ist ein Toter?« Und sie erklärten es mir. Ich hatte schon vorher tote Dinge gesehen – Vögel, Kröten, die Welpen, die der vor Simon (seine Frau hieß Sarah) in einem Jutesack im Wassertrog ertränkt hatte, weil er meinte, Vaters hübsche Vorstehhündin habe sich mit dem verkehrten Rüden eingelassen, und ich hatte ihm und Sarah dabei zugesehen, wie sie die Schlangen, über deren Harmlosigkeit ich inzwischen Bescheid weiß, zu blutigen, unförmigen Schnüren schlugen. Aber daß dies, diese Niedertracht, auch Menschen widerfuhr, das würde Gott doch wohl nicht zulassen, nicht dulden. Folglich konnten die im Leichenwagen gar nicht tot sein: Es mußte sich um eine Art Tiefschlaf handeln: um einen Streich, den dieselben feindlichen Kräfte und bösen Mächte den Leuten spielten, welche auch Sarah und ihren Mann dazu nötigten, die harmlosen Schlangen zu blutigem, unförmigem Brei zu schlagen oder die Welpen zu ertränken –

41

zum Scherz (ein grausamer, unergründlicher Scherz) ließen sie sie in ein hilfloses Koma fallen, bis die Erde festgedrückt war, ein Strecken und Strampeln und Schreien in dem stickigen Dunkel, aus dem es kein Entrinnen mehr gab. An dem Abend erlitt ich einen nahezu hysterischen Anfall, klammerte mich an Sarahs Beine und stieß hervor: »Ich werd' nicht sterben! Ich nicht! Niemals!«

Aber das gehörte nun schon der Vergangenheit an. Jetzt war ich vierzehn, und das Lied war Weibersache, ebenso wie die Leichenrede des Predigers, die darauf folgte, bis die Männer eintraten – die acht Sargträger, Vaters Jagd-, Poker- und Geschäftsfreunde, und die drei ehrenamtlichen, die schon zu alt waren, um noch eine Last schultern zu können: auch die drei alten Männer in Grau, aber im Grau der Gefreiten (zwei von ihnen hatten dem alten Regiment angehört, an dem Tag, als es sich, ein Teil von Bee, vor McDowell zurückgezogen hatte, ehe es sich vor dem Henry House zum Angriff gegen Jackson sammelte). So trugen sie Großvater hinaus, und die Damen wichen ein wenig zurück, um uns Platz zu machen, blickten uns dabei aber nicht an; auch die Männer draußen auf dem sonnigen Hof, barhäuptig, den Kopf leicht geneigt oder gar abgewendet, als ob gedankenverloren, unaufmerksam, blickten weder auf den vorbeikommenden Sarg noch auf uns; dann folgte ein bestürzendes gedämpftes halb hohles Geräusch, als nämlich die Träger, auch sie Amateure, den Sarg schließlich auf den Leichenwagen schoben, daraufhin rasch, mit eben schicklicher Geschwindigkeit, zwischen Leichenwagen und Salon hin- und herschritten, bis auch sämtliche Blumen verstaut waren: sich dann aber geradezu forsch, fast eilends, als ob sie sich bereits distanziert hätten, nicht nur vom Leichenbegängnis, sondern auch vom Tod selbst, um die Ecke begaben, wo der gedeckte Einspänner bereitstand, um sie durch Seitenstraßen zum Friedhof zu bringen, so daß sie uns schon erwarteten, als wir uns dort einfanden: ein fremder Südstaatler in unserer Stadt, wenn er Mittwochnachmittag um drei Uhr das mit schwarzgekleideten, frischrasierten Männern vollbesetzte Gefährt in flinkem Trab ein Seitensträßchen entlangfahren sah, hätte sich nicht erst zu erkundigen brauchen, was vorgefallen sei.

Ja, wie eine Prozession: vorneweg der Leichenwagen, dann unser Kutschwagen mit Mutter und Vater und mir, danach die Brüder und Schwestern und ihre Ehegatten, dahinter die Cousins und Cousinen ersten, zweiten und dritten Grades, deren Nähe zum Leichenwagen in demselben Maße abnahm wie ihr Verwandtschaftsverhältnis zu Großvater, die entvölkerte Straße hinan, über den Platz, der jetzt so leergefegt war wie sonst nur an Sonntagen, so daß mir bei dem Gedanken, daß Großvater in der Stadt so bedeutend gewesen sei, vor Überheblichkeit und Stolz die Eingeweide schwollen. Dann die leere Straße entlang, die zum Friedhof führte, und in fast jedem Hof standen die Kinder am Zaun und sahen uns mit demselben Schaudern und derselben Aufregung nach, an die ich mich erinnerte, als ich mich auf das Schaudern und Bedauern besann, mit dem ich mir einst gewünscht hatte, an der Friedhofstraße zu wohnen, um sie alle heimgehen sehen zu können.

Und jetzt konnten wir sie auch schon erkennen, riesig und weiß; höher auf ihren Marmorsockeln als der unter Rosen und Geißblatt erstickende Zaun, ragten sie sogar bis zu den Bäumen auf, den Magnolien und Zedern und Ulmen, und starrten aus hohlen Marmoraugen allezeit gen Osten – nicht Symbole, nicht Gnadenengel oder geflügelte Seraphim oder Lämmer oder Hirten, sondern Bildnisse der leibhaften Menschen selbst, wie sie zu Lebzeiten gewesen, jetzt jedoch in Marmor, dauerhaft, undurchdringlich, in heroischem Format, überragten sie ihren Staub in der unversöhnlichen Tradition des starken, kompromißlosen, grimmig aufwallenden Protestantismus unserer Methodisten- und Baptistengemeinden, von teuren italienischen Handwerkern in italienischen Stein gehauen und auf dem langen, kostspieligen Seeweg herübergeschifft, um sich den unbesieglichen Schildwachen zuzugesellen, die den Tempel unserer südstaatlichen Mores hüteten und vom Bankier, Kaufmann und Plantagenbesitzer bis hin zum letzten Pachtbauern reichten, dem weder der Pflug gehörte, den er lenkte, noch das Maultier, das diesen zog – Mores, welche verfügten, verlangten, daß, wie spartanisch auch immer das Leben, im Tode die Bedeutung von Dollars und Cents erlosch: daß Großmutter noch bis zum Tag ihres Todes Brennholz gehackt haben mochte und doch in Satin und Mahagoni und Silbergriffen unter die Erde kam, wenn auch erstere synthetisch waren und letztere aus Alpaka – ein Zeremoniell, das nicht im mindesten dem Tode, nicht einmal der Todesstunde galt, sondern dem Dekorum: das Opfer eines Unfalls oder gar eines Mordes bildlich dargestellt nicht im Augenblick seines Hinscheidens, sondern auf dem Gipfel seiner Vergeistigung, als ob es im Tode die Leiden und Torheiten menschlicher Veranstaltungen endlich auf immer verleugne.

Auch Großmutter; schließlich hielt der Leichenwagen neben der frisch ausgehobenen Grube, die gähnend unser harrte, der Prediger und die drei alten Männer in Grau (mit den sinnlos baumelnden Bronzemedaillen, die nicht etwa Tapferkeit, sondern Kameradentreffen signalisierten, denn in jenem Krieg hatten sämtliche Männer auf beiden Seiten Tapferkeit bewiesen, weshalb die einzigen Ehrenbezeigungen für individuelles Sich-Hervortun die bleiernen aus den Musketen der Hinrichtungskommandos gewesen waren), sie warteten, Schrotflinten präsentierend, daneben, während die Sargträger erst die Blumengebinde und dann den Sarg aus dem Leichenwagen entfernten; auch Großmutter mit ihrer Tournüre und ihren Puffärmeln und dem Antlitz, an das wir uns erinnerten, mit Ausnahme der hohlen Augen, die ins Leere stierten, während der Sarg hinabglitt und der Prediger ein Plätzchen fand, an dem er endlich festwurzeln konnte, und der erste Erdklumpen auf dem unsichtbaren Holz jenes tiefe, leise, halb hohle Geräusch verursachte und die drei alten Männer ihre zerflatternde Salve

44

abfeuerten und ihren zitternden, zerflatternden Schrei ausstießen.

Auch Großmutter. Ich konnte mich noch auf jenen Tag vor sechs Jahren besinnen, als sich die Familie versammelt hatte, Vater und Mutter und Maggie und ich im Kutschwagen, denn Großvater ritt sein Pferd – auf den Friedhof, unsere Parzelle. Großmutters Bildnis, da es nicht mehr in seiner Packkiste steckte, unverfälscht und blendend, hoch oben auf dem blendenden Sockel über dem Grab selbst; der Leichenbestatter, den Hut in der Hand, und die schwarzen Arbeiter, die das Denkmal schweißtriefend aufgerichtet hatten, waren zur Seite getreten, damit wir, die Familienangehörigen, es betrachten und gutheißen könnten. Und wieder in einem anderen Jahr, nach langwierigen Bildschnitzereien in Italien und der langen Schiffsreise über den Atlantik, Großvater auf seinem Sockel neben ihr, nicht als der Soldat, der er gewesen und wie ich ihn mir wünschte, sondern – in der alten, strengen, unabänderlichen Tradition des Gipfels der Apotheose – als der Anwalt, der Parlamentär, der Redner, der er nicht war: im Leibrock, das unbedeckte Haupt zurückgeworfen, den gemeißelten Folianten aufgeschlagen in der gemeißelten Hand, die andere ausgestreckt in der uralten Gebärde der Deklamation, diesmal Mutter und Maggie und ich im Kutschwagen, denn jetzt saß Vater zu Pferde, angetreten zu unserer formellen Privatinspektion und Einverständniserklärung.

Und drei-, viermal im Jahr kam ich zurück, ohne zu wissen weshalb, allein, um sie zu betrachten, nicht nur Großvater und Großmutter, sondern sie alle, die da im üppigen Grün des Sommers und im prächtigen Farbenmeer des Herbstes und im Regen und Ruin des Winters emporragten, ehe der Frühling wieder blühte, inzwischen befleckt, ein wenig getrübt von Zeit und Witterung und Leid, jedoch immer noch gleichmütig, undurchdringlich, entrückt, ins Leere starrend, nicht wie Schildwachen, nicht wie jemand, der, mittels seines ungeheuren, nach Tonnen zu bemessenden Gewichts und seiner Masse, die

45

Lebenden vor den Toten, sondern umgekehrt die Toten vor den Lebenden schützte, die hohlen, verwesenden Gebeine, den harmlosen, schutzlosen Staub schirmte vor dem Schmerz und dem Kummer und der Unmenschlichkeit des Menschengeschlechts.

Das hohe Tier

Als Don Reeves für den *Sentinel* arbeitete, pflegte er sechs Abende pro Woche auf der Polizeiwache Dame zu spielen. Am siebten Abend wurde gepokert. Er erzählte mir die folgende Geschichte:

Martin sitzt im Sessel. Govelli sitzt mit über der Kante baumelndem Schenkel auf dem Schreibtisch, Hut auf dem Kopf und Daumen in der Weste; die Zigarette auf der Unterlippe wippt auf und ab, während er Martin von Popeye erzählt, der mit einem Wagen voller Whiskey bei Rotlicht über die Kreuzung gefahren ist und um Haaresbreite einen Fußgänger überrollt hätte. Sie – die Zuschauer, die anderen Passanten – zwangen den Wagen mit dem puren Gewicht empörter, überstrapazierter Bürgertugend, personifiziert von geduldig leidendem und verwundbarem Fleisch und Knochen, an den Bordstein und hielten Popeye dort fest, die Frauen kreischten und schrien, und der Fußgänger auf dem Trittbrett fuchtelte Popeye mit seiner kümmerlichen Faust im Gesicht herum. Da zog Popeye – ein schmächtiger Mann mit einem leblosen, kinnlosen Gesicht, pechschwarzen Haaren und Augen und einer zierlichen kleinen Hakennase – eine Pistole und duckte sich zähnefletschend hinter den hübschen blauen Selbstlader. Er war ein kleiner, leblos aussehender Bursche in einem engen schwarzen Anzug wie ein Vaudeville-Sänger von vor zwanzig Jahren, mit einer schrillen Falsettstimme wie ein Chorknabe und galt in seinen Gesellschafts- und Geschäftskreisen als ziemlich bedeutende Persönlichkeit. Als er sich aus der Gegend hier absetzte, soll er unter der nachtblütigen Schwesternschaft der DeSoto Street mehr als ein klopfendes Herz zurückgelassen haben. Mit seinem Geld konnte er nichts weiter anfangen, als es wegzuschenken, verstehst du? Das ist ja unsere amerikanische Tragödie: Soviel von unserem Geld müssen wir verschenken, und es gibt niemanden, dem man's vermachen könnte, außer Dichtern und Malern. Und wenn wir's denen gäben, wären sie vermutlich die längste Zeit Dichter und Maler gewesen. Und die kleine, flache Pistole, die er immer bei sich trug, reizte mehr als eine männliche Drüse zur Überproduktion, und mindestens eine setzte ganz aus, in diesem Falle auch das Herz. Sein hauptsächlicher Versuch, bei ihnen Anteilnahme und Bewunderung hervorzurufen, bestand jedoch darin, daß er jeden Sommer nach Pensacola fuhr, um seine betagte Mutter zu besuchen, wobei er ihr weismachte, er sei Empfangschef.

Ist dir auch schon aufgefallen, daß sich Leute, deren Leben unbestimmt, um nicht zu sagen: chaotisch verläuft, stets von häuslichen Tugenden leiten lassen? Wer Lieder über Jungchen und Muttern hören will, der braucht nur ins Bordell oder Straflager zu gehen.

Der Schutzmann hat sie alle abgeführt – das Auto voller Alkohol, den hysterischen und empörten Fußgänger, Popeye und die Pistole, gefolgt von einer immer größer werdenden Traube öffentlicher Meinung, die wie die Amseln lärmte, darunter auch zwei Gelegenheitsreporter.

Die beiden Reporter mochten bei Martin den Ausschlag gegeben haben. Denn es dürfte weder die bloße Anwesenheit von Alkohol in dem Wagen gewesen sein noch die Tatsache, daß Popeye sich damit, als er bei Rot über die Kreuzung fuhr, auf dem Weg zu Martins Haus befand; darum hätten sich die Bullen schon gekümmert, war ihnen doch Popeye vom Sehen sogar besser bekannt als Martin. Erst vor zehn Tagen hatte Martin Popeye aus einer ähnlichen Zwangslage befreit, und die Bullen hatten den Wagen sicherlich schon von der Bildfläche verschwinden lassen, sobald sie auf der Wache ankamen. Es muß die Gegenwart der beiden Reporter gewesen sein, jener Symbole der veröffentlichten Meinung, die selbst dieser Vol-

48

stead-Napoleon*, dieser lausige Korporal der Wahlkabinen, nicht über ein gewisses Maß hinaus zu mißachten und vor den Kopf zu stoßen wagte.

Da sitzt er also in dem einzigen Sessel hinter dem Schreibtisch. »Ich hätt' nicht übel Lust«, sagt er. »Ich hätt' nicht übel Lust. Wie oft habe ich dir schon gesagt, du sollst darauf achten, daß die verdammte kleine Ratte keine Pistole mit sich herumschleppt! Habt ihr zwei denn schon die Geschichte vom letzten Jahr vergessen?«

Das war, als sie Popeye ohne Kaution ins Kittchen gesteckt hatten wegen diesem Totschlag. Von Rechts wegen hätten sie ihn auch aufhängen können; ein kaltblütiger Mord, wie er im Buche stand, selbst wenn Popeye der Öffentlichkeit damit einen Dienst erwiesen hatte (wie Martin selbst zugeben mußte, als er davon hörte: »Wenn er jetzt doch nur weitermachen und sich das Leben nehmen würde, dann würde ich allen beiden ein Denkmal setzen lassen.«). Jedenfalls hatten sie ihn dingfest gemacht, und nun saß er im Knast in der sonderbaren – aber vielleicht sind alle Junkies verrückt – in der sonderbaren Überzeugung der eigenen Unverletzlichkeit. Er hatte eine gewisse Art zu sprechen, wie er eine gewisse Art sich zu kleiden hatte, seine engen schwarzen Anzüge, beschränkt, aber entschieden. Er pflegte mächtig in Fahrt zu geraten und lange Schmähreden gegen den Alkoholschmuggel zu halten, wobei er heftig mit der Pistole gestikulierte. Er selbst wollte – oder konnte – nicht trinken, und den Alkohol verabscheute er mehr als ein baptistischer Geistlicher.

Soweit man je herausfinden konnte, traf er nicht einmal die simpelsten Vorkehrungen, um die Tat oder seinen Anteil daran zu verschleiern oder zu beschönigen. Weder gestand noch bestritt er die Tat, er wollte nicht einmal darüber reden oder in

---

* Anspielung auf den amerikanischen Gesetzgeber Andrew J. Volstead (1860–1947), der 1920 für die Aufnahme der Prohibition in die Verfassung verantwortlich war (d. Ü.)

den Zeitungen über sich nachlesen. Er lag einfach den ganzen Tag lang auf dem Rücken und sagte allen, die ihn in seiner Zelle besuchten – den Anwälten, die Govelli anheuerte, um seinen Kopf aus der Schlinge zu ziehen, den Reportern und allen –, sobald er wieder auf freiem Fuß sei, werde er einem der Wärter, der ihn einen Junkie nenne, eins auf die Rübe geben; das sagte er in demselben Tonfall, wie er über ein Baseballspiel sprechen würde – falls er denn je eins besucht hatte. Das einzige, was ich von ihm wußte, war, daß er von Verkehrspolizisten mit einem Auto, beladen mit Govellis Whiskey, geschnappt worden und nach Pensacola gefahren war, um seine Mutter zu besuchen; während des Gerichtsverfahrens ritt der Anwalt auf diesem Umstand ziemlich herum. War ganz schön gerissen, dieser Anwalt. Die Verhandlung begann mit der Frage, ob Popeye einen Mann getötet hatte oder nicht; enden tat sie mit der Frage, ob Popeye wirklich nach Pensacola gefahren war oder nicht und ob er dort tatsächlich eine Mutter hatte. Aber die Zeugin, die man beibrachte, mochte gut und gerne seine Mutter sein. Einmal muß er ja eine gehabt haben – der kleine, kalte, stille, leise Mann, der aussah, als rolle in seinen Adern Tinte oder jedenfalls etwas Kaltes und Abgestorbenes. »Ich hätt' nicht übel Lust«, sagt Martin. »Hab' ich wirklich.«

Govelli sitzt reglos über seinen eingehakten Daumen, der Rauch von seiner Zigarette kringelt sich quer über sein Gesicht, über das glatte Wundmal seiner Narbe. Die zieht sich schräg über seinen Mundwinkel wie ein weißer Faden. »Das haben sie ihm nie anhängen können«, sagt er verdrossen.

»Und warum nicht? Weil ich sie davon abgehalten habe. Nicht du, nicht er. Ich war's.«

»Klar doch«, sagt Govelli. »Du tust es ganz umsonst. Weil du ein so großes Herz hast. Ich muß blechen dafür. Viel blechen. Und falls ich nicht kriege, wofür ich zahle, weiß ich ja, was ich tun kann.«

Sie blicken einander an, die Rauchringe wandern langsam über Govellis Gesicht. Seit er sich die Zigarette angesteckt hat,

hat er sie noch nicht aus dem Mund genommen. »Soll das eine Drohung sein?« fragt Martin.

»Ich drohe nicht«, sagt Govelli. »Ich sag' dir nur Bescheid.«

Martin trommelt mit den Fingern auf den Schreibtisch. Er sieht Govelli nicht an; er blickt ins Leere: ein massiger, nicht eben großer Mann, der mit der energiegeladenen Unbeweglichkeit einer stillstehenden Lokomotive hinter dem Schreibtisch sitzt und mit den Fingern langsam sinnend auf den Schreibtisch klopft. »Verfluchte kleine Ratte«, sagt er. »Wenn er wenigstens besoffen wäre. Bei einem Mann, der trinkt, weiß man wenigstens, woran man ist. Aber bei einem gottverdammten Junkie.«

»Klar«, sagt Govelli. »Es ist seine Schuld, daß man in dieser Stadt Schnee kaufen kann. Er war's, der sie eingeladen hat, das Zeugs hier zu verkaufen.«

Martin schaut ihn immer noch nicht an, seine Finger sinnen auf der Schreibtischplatte. »Eine verdammte Ratte. Warum schaffst du dir auch diese Itaker und diese Junkies nicht vom Hals und besorgst dir ein paar anständige amerikanische Jungs, auf die Verlaß ist... Jetzt ist es nicht mal zehn Tage her, daß ich ihn rausgeholt habe, und schon muß er mitten auf der Straße vor 'ner Menschenmenge mit der Pistole herumwedeln. Ich hätt' nicht übel Lust; verdammt soll ich sein, wenn ich's nicht tu.« Er trommelte mit den Fingern auf die Schreibtischplatte und ließ den Blick durch den Raum hindurch aus dem Fenster schweifen, über die hohen Gebäude hin: seine Stadt. Denn einiges davon hatte er selbst gebaut, hatte die Aufträge gegen gutes Geld weitervergeben, seinen natürlichen Anteil bekommen, aber auf günstigen Verträgen, solider Arbeit bestanden – unsre Tugenden sind für gewöhnlich Nebenprodukte unserer Laster, nicht wahr? Deswegen ist es auch gut, wenn im Blutkreislauf der Stadtverwaltung irgendwelche Egoisten sitzen – und das alles hat er von seinem armseligen Büro, dem billigen gelben Schreibtisch und dem Patentstuhl aus hingekriegt. Es war seine Stadt, und wer sich daran nicht freute, der taugte nichts. Das waren nur die ewigen Optimisten, die Suzeräne möblierter Zimmer und lausiger Jobs auf Hockern oder hinter Theken, die auf diese legendäre Flut empörter Menschlichkeit warten, die niemals ansteigt.

Nach einer Minute, in der Govelli ihn betrachtete, rührte er sich. Er zog quer über den Schreibtisch das Telephon zu sich heran und nannte eine Nummer. Der Apparat antwortete. »Die haben Popeye auf die Wache gebracht«, sprach er in die Muschel. »Kümmer dich drum... Popeye, ja. Und gib mir umgehend Bescheid.« Er schob das Telephon wieder weg und sah Govelli an. »Ich hab' dir ja schon gesagt, das war das letztemal. Und dabei bleibt's. Wenn er noch mal Scherereien kriegt, mußt du ihn dir vom Hals schaffen. Und sollte man eine Pistole bei ihm finden, werde ich ihn höchstpersönlich ins Zuchthaus befördern. Haben wir uns verstanden?«

»Oh, ich werd's ihm ausrichten«, erwidert Govelli. »Ich hab' ihm schon immer gesagt, daß er für das Schießeisen doch gar keine Verwendung hat. Aber schließlich leben wir in einem freien Land. Wenn er eine Pistole bei sich führt, ist das seine Angelegenheit.«

»Sag ihm, ich werd's zu meiner Angelegenheit machen. Du gehst jetzt hin, holst das Auto und schickst das Zeug in mein Haus, und dann stößt du ihm Bescheid. Ich meine es ernst.«

»Sag du lieber deinen abgehalfterten Polypen Bescheid, sie sollen ihn laufen lassen«, sagte Govelli. »Der wär' schon in Ordnung, wenn sie ihn nur in Ruhe lassen würden.«

Als Govelli fort ist, bleibt Martin in seinem Sessel sitzen, reglos, mit der Unbeweglichkeit der Landbevölkerung, vor der Geduld nicht mehr ist als ein Geräusch ohne Bedeutung. Er war auf einer Farm in Mississippi geboren und groß geworden. Pächter, weißt du: die ganze Familie barfuß, neun Monate im Jahr. Er hat mir erzählt, wie sein Vater ihn eines Tages mit einer Botschaft zum Herrenhaus schickte, zum Haus des Besitzers, zum Boß. In seinem geflickten Drillich ging er zur Eingangstür, barfuß; er war noch nie vorher dort gewesen; vielleicht wußte er es auch nicht besser; für ihn war ein Haus einfach ein Ort, an dem man die Schlafdecken und das Maismehl vor dem Regen schützt (er sagte: »vorm Regn«). Und vielleicht kannte der Boß ihn nicht vom Sehen; vermutlich sah er genauso aus wie ein Dutzend anderer Leute auf seinem Land und hundert weitere in der Nachbarschaft.

Jedenfalls kam der Boß selbst zur Tür. Plötzlich blickte er – der Junge – auf, und zum erstenmal stand vor ihm in greifbarer Nähe jenes Wesen, das für ihn irdisches Behagen und Vergnügen versinnbildlichte: Muße, ein Pferd, auf dem man den ganzen Tag lang reiten konnte, das ganze Jahr über Schuhe. Und du kannst ihn dir vorstellen, wie der Boß zu ihm sagte: »Komm mir bloß nicht wieder zur Eingangstür gerannt. Wenn du schon hierherkommst, läufst du gefälligst zur Küchentür und bringst dein Anliegen einem der Nigger vor.« Damit hatte es sich, verstehst du? Hinter dem Boß war ein schwarzer Diener zur Tür getreten, die Augäpfel weiß im Düstern, und Martins Angehörige, obwohl sie Republikaner und Katholiken, die sie vermutlich beide nie leibhaftig gesehen hatten, mit etwa dem gleichen mystischen Entsetzen betrachteten, mit dem die europäischen Bauern des fünfzehnten Jahrhunderts Demokraten und Protestanten zu betrachten angehalten wurden, entwickelten eine umgehende und unzweideutige Antipathie gegenüber Negern, die biblisch, politisch und ökonomisch zugleich begründet war: jene drei Zwänge, die ihr dürftiges Leben bestimmten und gestalteten – die harte, unentwegte Arbeit auf dem Lande, die von Perioden der Demagogie und neurotischer Glaubenshysterie in spärliche Abschnitte unterteilt wurde. Eine mystische Rechtfertigung des Bedürfnisses, sich irgend jemandem überlegen zu fühlen, verstehst du?

Er trug sein Anliegen nicht vor. Er machte kehrt und ging die Auffahrt hinab, wobei er in der düsteren Halle auch die Zähne des Niggers hinter der Schulter seines Bosses schimmern sah, hielt den Rücken stramm, bis er außer Sichtweite war. Dann rannte er los. Er rannte die Straße hinunter und in die Wälder und versteckte sich dort den ganzen Tag, das Gesicht in einen Graben gedrückt. Er erzählte mir, daß er hin und wieder zum Rand des Feldes kroch und seinen Vater und seine beiden älteren Schwestern und seinen Bruder erkennen konnte, wie sie auf dem Feld arbeiteten und Baumwolle zerkleinerten, und er erzählte mir, ihm war, als sähe er sie zum erstenmal.

Doch nach Hause kehrte er nicht vor Einbruch der Nacht zurück. Ich weiß nicht, was er ihnen erzählte oder was geschah; vielleicht gar nichts. Vielleicht war die Botschaft ohne Bedeutung – ich kann mir nicht vorstellen, daß diese Leute irgend etwas von Wichtigkeit haben, was sich in Worten ausdrücken ließe – oder wurde abermals ausgeschickt. Und solche Leute reagieren auf Ungehorsam und Unzuverlässigkeit nur, wenn sie dessenthalben Arbeitszeit oder Geld einbüßen. Wenn sie ihn an diesem Tag nicht gerade auf dem Feld benötigten, hatten sie ihn vermutlich nicht einmal vermißt.

Dem Boß nahte er sich nie wieder. Manchmal erblickte er ihn aus der Entfernung, zu Pferde, und dann begann er ihn zu beobachten, wie er auf dem Pferd saß, seine Gesten und Manierismen, seine Art zu sprechen; er hat mir erzählt, daß er sich manchmal verbarg und mit sich selber sprach, wobei er die Gebärden und den Tonfall seines Bosses am eigenen Schatten auf der Scheunenwand oder der Grabenböschung erprobte. »Komm du mir bloß nicht wieder zur Eingangstür gerannt. Du läufst gefälligst zur Hintertür und nennst dem Nigger dort dein Anliegen. Komm mir bloß nicht wieder zur Eingangstür!« – dies in dem dürftigen Dialekt, der die Wörter verschliff, ausgelöst von den nachgeäfften Gesten jenes indolenten, arroganten Mannes, der allem, was er versinnbildlichte und verkörperte und was allein ihm zu atmen gestattete, unversehens den Todesstoß versetzt hatte. Erzählt hat er's mir zwar nicht, aber ich nehme an, er stahl sich von dem Feld, der Furche und der zurückgelassenen Hacke fort, um an dem Tor zum Herrenhaus herumzuschleichen und darauf zu warten, daß der Boß vorbeikäme. Er hat mir nur erzählt, daß er den Mann nicht im mindesten haßte, nicht einmal an dem Tag bei der Tür, als der schwarze Diener ihn über die Schulter des andern hinweg angegrinst hatte. Und daß der Grund, weswegen er sich versteckte, um ihn zu beobachten und zu bewundern, darin lag, daß seine Angehörigen jetzt dachten, er müsse ihn doch hassen, er aber wußte, daß er's nicht konnte.

Dann war er auch schon verheiratet, Vater und Eigentümer eines Kramladens an der Kreuzung. Diese Entwicklung muß ihm so etwa wie eine knappe Verlautbarung vorgekommen sein: Unversehens war er erwachsen und verheiratet und Besitzer eines Ladens in Sichtweite des Herrenhauses. Ich glaube nicht, daß er sich darauf zu besinnen vermochte, wie er erwachsen geworden war und das Geschäft erworben hatte, ebensowenig wie auf die Straße, den Pfad, den er überquerte, um zum Tor zu gelangen und sich rechtzeitig ins Unterholz zu kauern. Er hatte beides genauso hinter sich gebracht. Das Verstreichen, das Zusammenschnurren der Zeit hatte sich zu einem vergessenen Augenblick verdichtet; sein eigenartiger Körper – dieses Vehikel, in dem wir von einer unbekannten Station zur nächsten reisen wie in einem Zug, ohne zu wissen, wann die Lokomotive ausgewechselt, ein Waggon ab- oder angehängt wird, nur ein sonderbares neues Pfeifensignal dringt an unser Ohr – hatte sich verwandelt, hatte ihm neue Begierden und Obsessionen beschert, die gestillt und besänftigt, besiegt oder zugelassen sein wollten oder bestochen mit dem Wechselgeld, das ihm von seinem unerschöpflichen Traum verblieben war, als er im Unkraut beim Tor lag und darauf wartete, den Mann vorüberreiten zu sehen, der weder seinen Namen noch sein Gesicht kannte, noch den unerschütterlichen Daseinszweck, den er – der Mann – jenem weiblichen Teil eingepflanzt hatte, nämlich da, wo in jedem Kind der Ehrgeiz schlummert und der Befruchtung harrt.

So war er jetzt Kaufmann, eine Stufe über seinem Vater, seinen Brüdern, die noch immer an die widerständige und unentrinnbare Scholle gefesselt waren. Er konnte weder lesen noch schreiben; er betrieb ein Kreditgeschäft mit Rollen Zwirn und Dosen Schnupftabak und Sattelzubehör und Pflugscharen und behielt die Zahlen den Tag über im Kopf und sagte sie, auf den Penny genau, nach dem Abendessen auf, während seine Frau sie in das Kassenbuch auf dem Küchentisch übertrug.

Was die Ereignisse danach anging, war er ein wenig beschämt, aber auch ein wenig stolz: Der Charakter des Mannes, sein Ich, und sein Traum lagen im Widerstreit. In seinen Erzählungen stellte es sich als Bild dar, als Tableau. Mittlerweile war der Boß ein alter Mann, der sich unauffällig wieder seinen kraftlosen Lastern ergab. Er ritt immer noch ein wenig in der Gegend umher, doch den größten Teil des Tages verbrachte er in Socken auf einer Hängematte zwischen zwei Bäumen im Hof – der Mann, der es sich immer leisten konnte, den ganzen Tag, das ganze Jahr über Schuhe zu tragen. Martin erzählte mir davon. »Da hat mein Entschluß festgestanden«, sagte er. »Früher hatte ich geglaubt, daß ich, wenn ich die ganze Zeit Schuhe tragen könnte..., verstehst du? Und dann hab' ich gemerkt, daß ich mehr wollte. Ich wollte mich durch die Bedürfnisse hindurcharbeiten und allezeit Schuhe tragen können und auf der anderen Seite wieder herauskommen, wo ich, wenn ich wollte, fünfzig Paar auf einmal besitzen könnte, und dann nicht eines davon tragen wollen.« Und da er mir das erzählte, saß er auf dem Drehstuhl hinter dem Schreibtisch und ließ seine bestrumpften Füße auf einer offenen Schublade ruhen.

Aber um auf das Bild zu sprechen zu kommen. Es ist Nacht, in einem kleinen Kabäuschen brennt auf einer umgedrehten Kiste eine Öllampe; es ist der Lagerraum hinter dem eigentlichen Laden, voll ungeöffneter Kisten und Fässer, mit neuen Seilrollen und neuem Riemenzeug an Nägeln in der Wand; die beiden – der alte Mann mit seinem weißgefleckten Schnurrbart und seinen Augen, die nicht mehr so gut sehen, und seinen blaugeäderten, unsteten Händen, und der junge Mann, der Bauer in den besten Mannesjahren, mit seinem kalten Gesicht und der alten Angewohnheit der Ehrerbietung und des Gleichtunwollens und vielleicht sogar der Zuneigung (um etwas nachzuäffen, müssen wir's lieben oder hassen) und sicherlich ein wenig Scheu, die einander über die Kiste hinweg ansehen, die Spielkarten zwischen sich – als Zählperlen verwendeten sie gehämmerte Nägel – und ein Glas mit Löffel griffbereit neben dem Alten und die Whiskeykaraffe auf dem Boden im Schatten der Kiste. »Ich hab' drei Damen«, sagt der Boß und fächert zittrig, aber triumphierend seine Karten auf. »Mann, da kannst du nicht mithalten, wie?«

»Nun ja, Sir«, versetzt der andere, »da haben Sie mich wieder mal reingelegt.«

»Dacht' ich's mir doch. Ha, ihr jungen Leut', die ihr euch immer auf euer Glück verlaßt...«

Der andere legt seine Karten offen. Seine Hände sind schwielig, vom Pflug verkrümmt; er faßt die Karten mit einer gewissen Bedachtsamkeit an, die auf den ersten Blick steif und linkisch wirkt, so daß keiner ein zweites Mal hinschauen würde; jedenfalls keiner, dessen Sehkraft ohnehin geschwächt ist und obendrein ein wenig vom Alkohol getrübt. Aber ich bezweifle, daß der Whiskey diesem Zweck diente, daß er sich ganz darauf verließ. Ich nehme an, daß er sich seiner sicher war, langsame und geduldige Vorkehrungen getroffen hatte, so wie er auch hinausgegangen wäre und mit einem Beil geübt hätte, bevor er es unternommen hätte, einen Sumpf mit Zypressen zu roden, um jedes Scheit für Geld zu verkaufen. »Ich glaub', ich hab' doch noch gewonnen«, sagt er.

Der Boß hat nach den Nägeln gelangt. Jetzt beugt er sich vor. Er tut es langsam, seine zittrige Hand verharrt über den Nägeln. Er lehnt sich über den Tisch und späht, seine Bewegungen werden immer langsamer. Es ist, als wüßte er, was er da sehen wird. Es ist, als ob die ganze Bewegung ohne Überzeugung wäre, wie wenn man in einem Traum nach Geld greift in dem Wissen, daß man nicht wach ist. »Zeig sie her«, sagt er. »Verdammt noch mal, erwartest du etwa, daß ich sie von hier aus erkennen kann?« Der andere hält sie ihm hin – die 2, 3, 4, 5, 6.

Der Boß betrachtet sie. Er atmet schwer. Dann setzt er sich zurück und nimmt mit zitternder Hand eine kalte, angekaute Zigarre von der Tischkante und saugt daran, bringt die Zigarre in
wackligen Kontakt mit dem Mund, während der andere ihn
beobachtet, reglos, das Gesicht ein wenig gesenkt, aber er
greift noch nicht nach den Nägeln. Der Boß flucht und zieht an
der Zigarre. »Schenk mir einen Toddy ein«, sagt er.

Das war seine Starthilfe. Er verkaufte den Laden, und mit
Frau und Töchterchen zog er in die Stadt, in die Großstadt.
Und hier traf er genau zum richtigen Zeitpunkt ein – im Jahre
drei Anno Volstead. Sonst hätte er bestenfalls auf einen andern
Laden hoffen können, von dem er sich vielleicht mit sechzig
zurückgezogen hätte. Aber jetzt, im Alter von nur achtundvierzig Jahren (hierin liegt eine gewisse Ironie, die den Taten
von Berühmtheiten innewohnt. Es ist, als ob hinter seinem Sessel, an welchem Schreibtisch er auch immer thront, schräge,
parteiische Schatten drohten, deren jeder das vertraute und uralte Siegeszeichen des Glückauf macht und deren Triumph-
geschrei bei jedem Coup unter seinem eigenen Frohlocken
hervordröhnt – bis er sich über das höhnische Gebrüll eines
Tages plötzlich selbst entsetzt), im Alter von achtundvierzig
Jahren war er Millionär, lebte zusammen mit seiner Tochter –
sie war achtzehn; seine Frau ruhte nun schon seit zehn Jahren
in Gemeinschaft bedeutender Namen im ältesten Abschnitt
des ältesten Friedhofs unter einem marmornen Zenotaph, der
zwanzigtausend Dollar verschlungen hatte – auf eineinhalb bis
zwei Quadratkilometern einer unserer neuesten Parzellen in
einem spanischen Bungalow und ließ sich von seiner Tochter
in einem zitronengelben Sportzweisitzer allmorgendlich mit
siebzig, achtzig Sachen die Allee entlang chauffieren, wobei die
Verkehrspolizisten sich nur grüßend an die Mützenschirme
tippten, hin zu dem öden Büro, wo er in Socken dasaß und
jeden Dezember in kalter und geduldiger Verblendung im *Sentinel* die jährliche Liste der Debütantinnen auf dem Ball der
Chickasaw Guards studierte.

Der spanische Bungalow war eine Neuerwerbung. Das erste Jahr hatten sie in einer Mietwohnung gehaust, im zweiten Jahr bezogen sie – dem unwiderstehlichen Drang seiner ländlichen Kindheit gehorchend – das größte Haus, das er in der Nähe der Innenstadt, der Trambahnen, des Verkehrsgewühls, der Leuchtreklamen finden konnte. Seine Frau beharrte immer noch darauf, die Hausarbeit selbst zu verrichten. Sie wollte immer noch zurück aufs Land ziehen oder andernfalls einen von diesen winzigen, hübschen, kompakten Bungalows an den Ausfallstraßen außerhalb der Stadtgrenze kaufen, die von handtuchgroßen Rasenflächen und Gartengrundstücken und von sterilen Hühnerhöfen umgeben waren.

Aber innerlich begann er sich schon in ein säulengeschmücktes Backsteinhaus auf einem breiten, ein wenig vernachlässigten Rasen voller Magnolien hineinzudenken; in den Zeitungen und im städtischen Adreßbuch wußte er bereits auf einen Blick die richtigen Namen – Sandeman, Blount, Heustace – zu bestimmen. Er verschaffte sich das Haus, zahlte das Dreifache des geforderten Preises, und das kostete seiner Frau das Leben. Nicht etwa der überteuerte Kaufpreis, sondern der Anblick des Mannes, der bis dahin sämtliche Situationen gemeistert hatte und jetzt mit der gleichen geduldigen Beiläufigkeit, mit der er sich im Unterholz neben dem Tor zum Herrschaftshaus verborgen gehalten hatte, es seinen Nachbarn nachtat und mit den Männern einen gewissen Waffenstillstand über die Gartenhecke hinweg schloß, während ihre Frauen kalt blieben und in ihren schweren, leicht veralteten Limousinen in die Auffahrten ein- und ausbogen, ohne auch nur einen Blick über die trennende Buchsbaum- und Ligusterhecke zu werfen.

So starb sie denn, und er stellte ein italienisches Ehepaar ein, das ihm und dem Mädchen den Haushalt besorgte. Wohlgemerkt noch keine Neger. So weit war er noch nicht. Zwar hatte er das Haus, die äußere Form und Gestalt, aber noch war er sich seiner nicht sicher, noch nicht so weit, daß er die Überzeugung der eigenen Überlegenheit auch wirklich in die Praxis umsetzen konnte; noch würde er nicht aufs Spiel setzen, was ihn einst gerettet hatte. Er hatte noch nicht gelernt, daß es die Umstände sind, die den Menschen machen.

Der Bungalow kam vor fünf Jahren, als er das alte Haus praktisch verschenkte – da hatte er seine Lektion schon gelernt – und das neue errichtete: Die prunkvollen Stukkaturen auf Terrassen und Veranden und die schmiedeeisernen Arbeiten wirkten wie die höchste Veredelung einer Tankstelle. Vielleicht ahnte er, daß sowohl er als auch sie – der Bauer ohne Vergangenheit und die Schwarzen ohne Zukunft – wenigstens aus dieser paradoxen Position heraus einen Neubeginn wagen konnten.

Das Haus war mit Negern besetzt, mit viel zu vielen; mehr als er verwenden konnte. Er konnte sich nicht dazu überwinden, sie ins Herz zu schließen, ungezwungen mit ihnen zu verkehren: Das unablässige traurige leise Gemurmel ihrer Stimmen aus der Küche, ihre stete Bereitschaft, in Gelächter auszubrechen, versetzte ihn, der in Anwesenheit städtischer Politiker, Richter und Bauunternehmer ohne persönliche Bedenken »Das isses nich« statt »Das ist es nicht« sagte und billigen Schnupftabak zu sich nahm, zurück in jene Zeit, da er, die Zähne und Augäpfel des Niggers in der düsteren Halle spürend, mit steifem Rücken die Auffahrt vom Herrenhaus hinab stapfte und so für immer aus der Kindheit schritt, angetrieben von zwei Stimmen, deren eine sagte: »Du darfst nicht rennen«, die andere: »Du darfst nicht weinen.«

»Also hab' ich Tony und seine Frau dabehalten, damit sie sich um die Nigger kümmern«, erzählte er mir, »damit sie was zu tun haben.« Vielleicht glaubte er selbst daran. Vielleicht hatte er sich die monströse Form seines Ehrgeizes, seiner Verblendung noch nicht einzugestehen gewagt. Ganz gewiß nicht seiner Tochter, die ihn morgens immer in die Stadt fuhr – bis sie sechzehn wurde; binnen Jahresfrist chauffierte ihn einer der

Neger, denn das Mädchen stand, bei all dem Tanzen und Auto-
fahren bis in die Puppen, nicht vor zehn oder elf Uhr auf.

»Mit wem hast du dich letzte Nacht rumgetrieben?« fragte
er sie dann, und sie gab ihm mit einem verständnislosen, uner-
forschlichen Blick Auskunft, sie, die mit ihren siebzehn Jahren
mehr über die Welt in Erfahrung gebracht hatte, jene von
Frauen beherrschte Welt, die von aller Wirklichkeit und Notwendigkeit abgetrennt war und ihrer Mutter das Leben gekostet hatte, als er mit seinen achtundvierzig, rasselte die Namen
herunter, die er hören wollte – Sandeman und Heustace und
Blount. Und manchmal entsprach's sogar der Wahrheit, etwa
daß sie jemanden auf einem Ball kennengelernt hatte. Nur ver-
säumte sie es, den Ball und den Veranstaltungsort zu nennen –
den Freipavillon in den West End Gardens, wo die Sprößlinge
der Blounts und Sandemans und Heustaces Samstag abends
mit Flaschen von Govellis Whiskey hingingen, um Stenoty-
pistinnen und Verkäuferinnen aufzugabeln. Dort habe ich sie
gesehen – ein dünnes, trotz der beiden Monate auf der Kloster-
schule in Washington etwas zu vornehm gekleidetes Geschöpf. Martin brachte sie selbst hin, mit seiner Liste aus-
gewählter, dem *Sentinel* entnommener Adressen – »Miss
Soundso, Tochter des Soundso, Sandeman Place, auf Fami-
lienbesuch in den Schulferien«. Ich stelle mir die beiden gern
auf der sechsunddreißigstündigen Zugfahrt vor (bei all seinem
Einfluß und all ihrer urbanen Raffiniertheit, die sie den
Schmeicheleien von Ladenverkäufern verdankte, war dies vermutlich das erste Mal, daß sie mit einem Pullmanwagen in Berührung kamen), während sich die Welt vor dem Salonfenster
entfaltete, mit jenem unvergeßlichen Kitzel erster Reisen, jener Schmälerung des Ichs, jener Isolation und Abtrennung,
wenn wir zum erstenmal die unstreitige Tatsache der Erd-
krümmung in uns aufnehmen und unser Geist langsam, aber
sicher wieder auf allen vieren kriecht, um sich enger an sie an-
zuschmiegen, ganz außer Fassung über die Verletzung unseres
Waffenstillstands mit dem Schrecken des Weltalls.

Wahrscheinlich sprachen sie nie miteinander darüber, was sie da sahen: den neuen Anblick ferner Gebirgszüge, die majestätisch wie das schlechthin Unergründliche in die verkümmerte Selbstbehauptung des Bauern mit seiner Unterlippe voller Schnupftabak und seiner Liste hingekritzelter Anschriften und der Bäuerin mit Haaren von der unverwechselbaren Farbe verschlissener Seegrassträngе hineinragten: Erkennungsmerkmal und Stammbaum der »Rednecks«. Und auch wachsam, ihr Gesicht, ihr schmales, geschminktes Gesicht. Sie verstummte mehr und mehr. Hier, daheim, besaß sie eine gewisse Direktheit; auch sie war jeder Situation gewachsen, aber in Washington war es so, als hätte das bloße Zurücklegen von Entfernung, von ländlichem Terrain sie ihrer sorgenfreien Jahre beraubt. Ich stelle sie mir gerne vor, wie sie in einem Mietwagen die unversöhnliche Runde bei all diesen Adressen machen, sie stumm, auf der Hut, in ihrem kleinen lebhaften oberflächlichen Gesicht der Anflug von etwas Düsterem und Undeutlichem und Tiefgründigem, wie man es in den Gesichtern von Hunden sieht, von weniger vorteilhaftem Äußeren und ein hoffnungsloserer Fall von Landpomeranze als er, der aufgrund seiner Selbstbeschränkung eine gewisse Sicherheit im Auftreten besaß, war er sich ihrer doch nicht bewußt, da Frauen rascher reagieren.

Er übernahm es, Konversation zu machen, als er in den stillen, von ferne klösterlich wirkenden Empfangsräumen wartete, während Schwestern und Oberinnen (er entschied sich für eine katholische Konventschule; er hatte die Verblendung eines Napoleon, verstehst du? Auch er konnte gelegentlich über die alten Stimmen, die einen Mann ausmachen, hinauswachsen, ohne es zu wissen) mit verhalten gewisperten Zischlauten aus verschleierten, unirdisch heiteren Gesichtern eintraten. So ließ er sie dort zurück: eine dünne, linkische, kleine Gestalt, mit ihren tränenüberströmten Wangen und ihrem gehetzten, stummen Blick. »Willst du denn nicht da sein, wo du die Mädchen kennenlernen kannst?« fragte er.

62

»Hier kannst du dich mit ihnen anfreunden, und dann kommt ihr alle im selben Waggon nach Hause zum Ball.« Damit meinte er den Ball der Chickasaw Guards. Aber darauf komme ich noch zu sprechen.

So ließ er sie zurück und fuhr in denselben Kleidern heim, in denen er von zu Hause abgereist war, aber mit einer neuen Dose Schnupftabak. Davon hat er mir erzählt: wie ihm der Tabak ausging und er eine Übernachtfahrt bis nach Virginia auf sich nehmen mußte, um sich eine neue Dose zu besorgen. Er zeigte mir die Dose, die er mit der Hand liebkoste. »Kostet fünf Cent mehr«, sagte er, »überhaupt nich' zu vergleichen mit unserm. Nich' im geringsten. Also, wenn ich jemand 'ne Dose von dem Zeugs verkauft hätt', als ich noch den Laden hatte, hätten se mich hochkant aus 'm Land gejagt.« Dabei saß er in Strümpfen da, die Gesellschaftsspalte des *Sentinel* aufgeschlagen, wo die ersten Ankündigungen des Chickasaw-Balls zu lesen waren.

Der Jahresball und die Chickasaw Guards waren eine feste Einrichtung. 1861 war das Regiment zum erstenmal aufgestellt, der Ball zum erstenmal abgehalten worden; sie – die Bounts und Sandemans und Heustaces – trugen ihre neuen Uniformen unter den Klängen der Hymne, ihre Tornister stapelten sich im Vorraum; um Mitternacht ging der Truppentransportzug nach Virginia. Vier Jahre später kehrten achtzehn von ihnen zurück, die verwelkten Rosen jener Nacht noch im Knopfloch ihrer abgetragenen Waffenröcke. Die nächsten fünfzehn Jahre über hatte das Regiment in erster Linie politischen Charakter; im Grunde wurde es zu einer Art Geheimbund, dessen Mitglieder über den ganzen Süden verstreut lebten und von der Bundesregierung strafrechtlich verfolgt wurden, bis das Regime der Carpet-Bagger, der Abenteurer und Schwindler, die goldene Gans schlachtete. Dann wurde es zu einer gesellschaftlichen Einrichtung, behielt indes seine militärische Struktur als Einheit der Nationalgarde bei. Mithin waren es zwei eigenständige Organisationen mit einem

Stammpersonal von Armeeoffizieren – einem Oberst, einem Major, einem Hauptmann und einem Subalternoffizier –, die auf seiner wichtigsten Jahresversammlung: dem Dezemberball, auf dem die Debütantinnen in die Gesellschaft eingeführt wurden, stillschweigend geduldet waren. Das eigentliche Offizierskorps wurde nach gesellschaftlichen Gesichtspunkten zusammengestellt, war im Grunde erblich und verlieh seinen Angehörigen das Ansehen einer galanten Militärkaste, deren Daseinszweck in heiter-gelassener Nichtbeachtung jeder militärischen Nutzanwendung gänzlich auf den Kopf gestellt war. Mit anderen Worten, jeder, der wollte, konnte Oberst an seiner Spitze werden, während der Titel Fähnrich seinem Träger zu einem Ehrgefühl wie dem Lanzelots, einer Reinheit des Gemüts wie der Galahads und einem Stammbaum wie dem des Rennpferds Man o' War verhalf. Es kam auch im Europäischen Krieg wieder zum Einsatz, als die Sandemans und Blounts und Heustaces einschließlich des Fähnrichs in den Mannschaftsrängen dienten.

Er hieß Doktor Blount. Er war Junggeselle, um die vierzig. Das Amt befand sich nun schon seit fünfundvierzig Jahren in den Händen seiner Familie; an dem Tag, als Martin ihn aufsuchte, zwei Wochen nachdem er seine Tochter in der Konventschule zu Washington zurückgelassen hatte, hatte er es schon seit zwölf Jahren inne. Das hat er mir nicht selbst erzählt. Nicht, daß es ihm etwas ausgemacht hätte, eine vorübergehende Niederlage zuzugeben, aber er wußte im vorhinein, daß er diesmal eine Niederlage würde einstecken müssen, vielleicht weil er zum erstenmal in seinem Leben losziehen mußte, um etwas zu kaufen, statt in seinem Büro zu sitzen und etwas zu verkaufen.

Es gab nämlich niemanden, den er hätte fragen können, verstehst du? Er wußte, daß seine Richter und Stadträte und dergleichen hier trotz ihrer Leinenhemden kein Gewicht besaßen. Nicht, daß er, wenn er gekonnt hätte, gezögert hätte, sie für diesen Zweck einzusetzen, denn wie Napoleon hätte er nicht

64

gezögert, seine Illusionen praktischen Absichten dienstbar zu machen, oder wenn du willst umgekehrt. Auf diese Weise sammelt jemand praktische Kenntnisse: indem er seine praktischen Absichten seinen Illusionen dienstbar macht. Wenn er seinen praktischen Absichten materielle Fakten dienstbar macht, macht er sich lediglich Gewohnheiten zu eigen.

Also ging er zu Doktor Blount, dem erblichen Vorsitzenden. Diesem war, wie eine ererbte Rechtskanzlei, auch eine Art erblicher Arztpraxis für ältere Damen anvertraut – die Beratung Bettlägriger in Fragen der Diät und verschiedener Zipperlein; vielleicht, daß ein schwarzer Butler, der ihn mit Mister Harrison anredete und sich nach dem werten Befinden seiner Mutter erkundigte, Kaffee oder ein Glas Wein servierte.

Allerdings hatte er auch ein Büro, und er und Martin saßen einander am Schreibtisch gegenüber – der Arzt mit seinem schmalen Gesicht, seinem fragenden Blick hinter dem Kneifer auf der dünnen Nase und seinem schütteren Haar, und der Besucher in einem billigen, ungebügelten Anzug, mit der gleichen Unbeholfenheit, der gleichen wachen und stummen Vorahnung einer Niederlage, die die Tochter damals in Washington mit sich herumgetragen hatte.

Nach einer Weile sagte Blount: »Ja, bitte? Sie wollten mich sprechen?«

»Ich nehme an, Sie wissen nicht, wer ich bin«, sagte Martin. Dies war weder fragend noch mißbilligend noch suggestiv gemeint. Es war lediglich eine Tatsachenbehauptung, für sie beide ganz ohne Belang.

»Ich wüßte nicht. Wollten Sie...«

»Mein Name ist Martin.« Blount sah ihn an. »Dal Martin.« Blount musterte ihn mit leicht hochgezogenen Augenbrauen. Dann, als Martin sein Gesicht beobachtete, wurde sein Blick ausdruckslos.

»Ach ja«, sagte Blount. »Jetzt erinnere ich mich. Sie sind – Bauunternehmer, stimmt's? Ich entsinne mich, Ihren Namen in der Zeitung gelesen zu haben, im Zusammenhang mit der

Asphaltierung der Beauregard Avenue. Aber ich bedaure, ich habe keinen Sitz im Stadtrat...« Sein Gesicht hellte sich auf. »Ah, verstehe. Sie kommen wegen des geplanten neuen Zeughauses für die Chickasaw Guards. Verstehe. Aber ich...«

»Darum handelt's sich nich'«, entgegnete Martin.

Blount hielt, mit leicht hochgezogenen Brauen, inne. »Worum handelt...« Da sagte Martin es ihm. Ich nehme an, er sagte es ihm ohne alle Umstände, in einem einzigen knappen Satz. Und ich nehme an, daß sich Martins Herzschlag eine Minute lang beschleunigte und die schrägen Schatten hinter ihm sich unter dem zurückgehaltenen Atem des Jubels noch stärker krümmten, blieb doch der Arzt gelassen hinter seinem Schreibtisch sitzen. »Wer sind Ihre Vorfahren, Mr. Martin?« erkundigte sich Blount. Martin gab ihm über sich und seine Tochter Auskunft. Blount lauschte mit dem kalten Interesse, mit der Kenntnis der Frauenwelt, die Martin fehlte und immer fehlen würde und die seine Selbsttäuschung hinsichtlich des Mädchens mit einem Blick durchschaute.

»Aha«, sagte Blount. »Ich bezweifle nicht, daß Ihre Tochter in jeder Hinsicht der hohen Stellung würdig ist, zu der sie so offensichtlich auserkoren ist.« Er erhob sich. »Ist das alles, was Sie von mir wünschen?«

Martin blieb sitzen. Er beobachtete Blount. »Ich spreche von Bargeld«, sagte er. »Ich biete Ihnen keinen Scheck an.«

»Haben Sie es bei sich?«

»Ja«, sagte Martin.

»Guten Tag, Sir«, sagte Blount.

Martin rührte sich nicht. »Ich verdopple mein Angebot«, sagte er.

»Ich sagte Guten Tag, Sir«, wiederholte Blount.

Sie sahen sich an. Martin rührte sich nicht. Blount betätigte den Klingelknopf auf dem Schreibtisch, Martin beobachtete seine Hand. »Ich denke, ich kann die Sache sehr unangenehm für Sie werden lassen«, sagte er. Blount durchquerte den Raum und öffnete die Tür in dem Augenblick, da die Sekretärin dort auftauchte.

»Der Herr möchte gehen«, sagte er.

Aber Martin gab nicht auf. Ich stelle mir vor, wie er in seinem Büro saß, die bestrumpften Füße auf der geöffneten Schublade, und die Unterlippe langsam vorschob, glaubte er doch daran, daß alle Männer sich von ihren Gelüsten leiten lassen. »'s lag am Geld«, sagte er. »Was soll so 'n verfluchter Kerl wie der mit Geld anfangen? Also, was könnte's sonst sein?«

Herausfinden sollte er das jedoch erst im folgenden Jahr. Da war das Mädel zu Haus, zwei Monate nachdem er sie in Washington abgesetzt hatte und eine Woche vor dem Ball. Er holte sie vom Bahnhof ab. Weinend stieg sie aus dem Zug, und in der Bahnhofshalle blieben sie stehen, sie heulte in seinen Übermantel, und er tätschelte ihr linkisch den Rücken. »Schon gut, schon gut«, sagte er. »Is ja schon gut. Macht doch nix. Macht überhaupt gar nix. Kannst zu Haus bleiben, wenn's dir lieber is.«

Sie sah besser aus; Kummer, Heimweh, Sehnsucht hatten ihre Züge verfeinert. Sehnsucht, die angeborene Furcht vor Städten, die der Bauer nur dann verliert, wenn er sich in einer bestimmten Stadt eine aufgrund größerer Chancen bukolischere Existenz absteckt als jene, die er, die seine Knochen und sein Fleisch vorher kannten, noch ehe sie seine Knochen und sein Fleisch wurden. Zunächst vermutete Martin, daß es die anderen Mädchen in der Konventschule waren, die sie unglücklich machten. »Bei Gott«, sagte er, »bei Gott, denen werden wir's noch zeigen. Verdammt soll ich sein, wenn ich's nicht tu'.« Die Mutter Oberin schrieb in ihrem Brief, daß das Mädchen ziemlich krank gewesen sei, und man merkte es ihr an. Jetzt sah sie schon viel besser aus. Es war, als ob sie zum erstenmal in ihrem Leben mit etwas konfrontiert gewesen sei, vor dem sie sich nicht verstecken konnte hinter der kleinen Maske teuren Make-ups und Puders mit pseudofranzösischen Namen, die sie nach Art einer Hollywood verfallenen Kellnerin in einem Bahnhofsrestaurant auftrug, hinter den kleinen Manierismen der Städterinnen und der intensiven, unentwegten Beschäftigung wohlbehüteter Frauen mit Trivialitäten, an die sie sich klammern mit altbewährter weiblicher List, die um so vieles langlebiger und praktischer ist als irgendwelche von Männern ersonnenen Grundsätze.

Aber das sollte nicht lange vorhalten. Schon bald darauf war ihr lebhaftes, unzufriedenes Gesicht wieder in den kurzlebigen, ständig umbenannten Nachtklubs mit ihren falschen New Yorker Allüren – Chinese Gardens, Gold Slippers, Night Boats – zu sehen, doch was ihr am ehesten im Gesicht geschrieben stand, waren Ungläubigkeit und Zweifel: bäurisches Blut, das die Realität unbegrenzter Kundenkreditkonten bei Dessous-, Pelz- und Automobilhändlern selbst jetzt noch nicht zu akzeptieren vermochte, da sie ihren Vater wissen ließ, daß ihre männlichen Begleitpersonen Blount und Sandeman hießen.

Diese bekam er nie zu Gesicht. Er war viel zu sehr beschäftigt, hatte er doch entdeckt, womit er diesen vermaledeiten Kerl, der mit Geld nichts anzufangen wußte, doch noch herumkriegen konnte. Es wäre ihm ohnehin einerlei gewesen, solange es keine Strolche waren, nicht die Popeyes und Monks und Reds, die er benutzte, »so wie ich ein Maultier oder einen Pflug benutze. Aber keine Tagediebe. Mit Strolchen laß dich nicht blicken«, sagte er ihr.

Das war seine einzige Kritik. Er war zu sehr beschäftigt; im Jahr darauf, im Spätwinter – er saß, die Füße auf der Schublade, im Büro und dachte über Dr. Blount nach – hatte er plötzlich eine Eingebung. Natürlich ließ der Mann sich nicht von persönlichem Gewinn leiten, und schon hatte er die Lösung parat: Er würde hingehen und ihm anbieten, das neue Zeughaus zu stiften, falls seine Tochter in die jährliche Namenliste für den Ball aufgenommen würde.

Wegen einer Niederlage hatte er keine Befürchtungen. Er machte sich sogleich auf den Weg, zu Fuß, ohne Eile. Es war, als wäre es bereits vollbracht, wie zwei gleichwertige Briefe, Frage und Antwort, die im gleichen Augenblick in den Kasten eingeworfen werden. Erst als er das Gebäude betrat, fiel ihm der andere wieder ein. Ich stelle ihn mir gern vor, ein fast unauffälliger Mann, der die Straße entlangschreitet und in das Gebäude einbiegt und eine Sekunde lang den Schritt verhält, derweil ein aufflammendes Leuchten, eine innere Gewißheit, sein Gesicht überzieht und die schrägen, unsichtbaren Schatten ihre triumphierenden Hände in die Höhe werfen. Dann setzte er seinen Weg fort – man bemerkte ihn kaum – und stieg ins zehnte Stockwerk hinauf und betrat das Büro, aus dem er einst hinausspediert worden war, und sah sich dem Mann gegenüber, der ihn hinausgeworfen hatte, und unterbreitete ihm mit einem einzigen Satz sein unverblümtes Angebot: »Setzen Sie den Namen meiner Tochter auf die Liste, und ich werde eine Kunstgalerie bauen und nach Ihrem Großvater benennen, der im Jahre '64 in Forrests Kavalleriekommando gefallen ist.«

Und jetzt stelle ich mir gern Dr. Blount vor. Kannst du nicht hören, wie er sich sagt: »Es ist für die Stadt, für die Bürger; ich profitiere ja nicht selbst davon, nicht einen Deut mehr als die Bewohner irgendeiner Mietskaserne.« Aber die Tatsache, daß er hin und her überlegte, war schon Beweis genug. Vielleicht lag es zum Teil daran, daß er nicht die Wahrheit sagen konnte, aber zulassen, daß die Stadt einer Lüge Glauben schenkte, konnte er auch nicht; vielleicht dachte er manchmal, es sei nur ein Traum gewesen und die unwiderruflichen Worte habe er nur geträumt; vielleicht konnte er sich das im Frühjahr hin und wieder einreden: *Wie habe ich nur ja sagen können? Wie konnte ich nur?* Das Zeug dazu hatte er, das alte Blut, das alte Ehrgefühl, das im übrigen Amerika mit Ausnahme des Südens längst abgestorben war und auch hier nur von ein paar alten Damen am Leben erhalten wurde, die sich '65 dreingefunden, aber nie kapituliert hatten.

So suchte er eines Abends – es war der Tag, von dem an die Angelegenheit sich nicht mehr abstreiten ließ, als nämlich auf dem Baugrundstück ein Metallschild die noch nassen Lettern enthüllte: *Blount Memorial Art Gallery. Windham & Healy, Architekten* – eine dieser Damen auf, die ihn fast jedesmal, wenn sie das Fenster öffnete, konsultierte, nun schon seit fünfzehn Jahren. Auch die hatten das Zeug dazu, verstehst du? Nicht daß sie ihm zu tun riet, was er dann tat; vermutlich lachte sie ihn aus, mit etwas Mitgefühl und ein wenig Verachtung; vielleicht konnte er das nicht verkraften... Am selben Abend machte er Martin seine Aufwartung. Er war, sagt Martin, um zehn Jahre gealtert, wie er da so im Korridor stand – setzen wollte er sich nicht – und gleichfalls ohne Umschweife sein Anliegen vorbrachte: »Ich muß Sie bitten, mir zu erlauben, daß ich von unserer Abmachung zurücktrete.«

»Sie meinen...?« fragte Martin.

»Jawohl. Vollständig. Von Ihrer Seite und von meiner Seite.«

»Aber der Auftrag ist bereits vergeben, und die Baugrube kann ausgehoben werden«, entgegnete Martin.

Blount machte eine flüchtige Geste. »Ich weiß.« Aus seiner Innentasche holte er ein Bündel Papiere hervor. »Ich habe hier Obligationen in Höhe von fünfzigtausend Dollar, die alle mir gehören.« Er trat vor und legte sie neben Martins Hand auf den Schreibtisch. »Sollte das nicht ausreichen, könnte ich Ihnen einen Schuldschein für den Differenzbetrag ausschreiben.«

Martin ignorierte die Obligationen. »Nein«, sagte er.

Blount stand mit gesenktem Kopf neben dem Tisch. »Ich glaube, ich habe mich nicht klar genug ausgedrückt. Ich meine...«

»Sie meinen, Sie werden ihren Namen von der Liste zum Ball streichen, ob ich zustimme oder nich'?« Blount antwortete nicht. Er blieb neben dem Tisch stehen. »Das können Sie nich' tun. Wenn Sie das tun, müßte ich's dem Bauunternehmer erklären, vielleicht auch den Zeitungen. Daran haben Sie wohl nich' gedacht, wie?«

»Doch«, erwiderte Blount. »Doch, daran habe ich sehr wohl gedacht.«

»Dann weiß ich wirklich nich', was wir noch tun könnten. Sie vielleicht?«

»Nein«, sagte Blount. Er hatte etwas vom Tisch aufgehoben, es wieder hingelegt und sich umgewandt und bewegte sich jetzt zur Tür. Er sah sich im Büro um. »Hübsch haben Sie's hier«, sagte er.

»Uns gefällt's«, erwiderte Martin. Blount ging weiter auf die Tür zu. Martin beobachtete ihn. »Sie ham Ihre Wertpapiere vergessen«, sagte er. Blount machte kehrt. Er kam zurück, nahm die Obligationen an sich und steckte sie sorgfältig wieder in seine Manteltasche.

»Ich wünschte, ich könnte Ihnen meine Position klar-machen«, sagte er. »Aber wenn ich es könnte, wären Sie nicht Sie, und es wäre nicht notwendig. Und ich wäre nicht ich, und es täte nichts zur Sache.«

Dann ging er hinaus, und der schwarze Butler – der wußte, wer er war – schloß hinter ihm die Tür, und Martin saß in Sok-ken in der Höhle seines Salons, umringt von seinen lautlos und vergnügt glucksenden Schatten.

Tags darauf saß er in derselben Stellung in seinem Büro, als ich eintrat. »Das sind vielleicht Neuigkeiten heute morgen«, sagte ich.

»Was für Neuigkeiten?« fragte er. »Ich hab' noch keine Zei-tung gelesen.«

»Was? Ja, hast du denn nicht gehört, daß Doktor Blount sich gestern abend das Leben genommen hat?«

»Doktor Blount? Na, ich will verdammt sein. Dann hat er also das Geld verloren, was?«

»Was für Geld? Er kann kein Geld verlieren; der Nachlaß wird von einem Juristen verwaltet.«

»Weshalb hat er sich dann umgebracht?« fragte Martin.

»Dieselbe Frage stellen sich seit acht Uhr heute morgen hun-derttausend Menschen.«

»Ich will verdammt sein. Der arme, dumme Kerl!«

Er brachte die beiden Dinge überhaupt nicht miteinander in Verbindung, verstehst du? Mit dem angeborenen schamlosen Mißtrauen des Bauern gegen alle Frauen, die eigene eingeschlossen, konnte er sich nicht vorstellen, daß irgend jemand sich wegen der Anwesenheit einer Frau mehr oder weniger irgendwelche Gedanken machte, und was die persönliche Ehre anging... Aber er bekam, was ihm zustand. Oder vielleicht führte er einfach nur seinen Teil des Handels aus. Jedenfalls wurde die Arbeit an der Kunstgalerie fortgesetzt; im November, als der *Sentinel* die Jahresliste mit den Namen der Debütantinnen veröffentlichte, darunter dem seiner Tochter, hob sich die heitere attische Form des außen fertiggestellten Gebäudes gegen das falbe Laubwerk des Parks ab.

Und so hatte er vor zwei Wochen den Namen seiner Tochter dort lesen können, wo seine Überzeugung, seine Verblendung ihn schon vor zehn Jahren gedruckt hatten, und jetzt saß er in dem einzigen Sessel hinter dem Schreibtisch, reglos, wie Govelli ihn verlassen hatte, bis das Telephon läutete. Ohne seine Stellung zu verändern, streckte er die Hand aus, zog den Apparat zu sich heran und hob den Hörer ab. Es war Govelli.

»Ja... Ist er fort? Das Auto auch... Laß das Zeug in mein Haus schaffen und richte ihm aus, was ich gesagt habe.« Er legte den Hörer auf. »Scheißitaker«, sagte er. »Ich hätt' nicht übel Lust.« Er sah auf das Telephon, reglos. »Hätt' ich immer noch«, sagte er. »Verdammt soll ich sein, wenn ich's nicht noch tu.« Er öffnete die Schublade und holte die Dose Schnupftabak hervor, die gleiche Dose, die sich in einem Umkreis von zehn Meilen um die Stadt in zehntausend Overalls hätte finden lassen, zog den Deckel ab, kippte eine kärglich bemessene Prise auf den Deckel, schlürfte sie von dort auf die vorgeschobene Unterlippe und steckte die Dose wieder weg. Seine Unterlippe wölbte sich leicht, wie die Unterlippen zehntausend anderer Schnupfer, die auf den zerfressenen Veranden vergessener Gemischtwarenläden im Land kauerten.

Als der Polizist, der Kriminalbeamte in Zivil, mit der Verwarnung, der Vorladung, eintrat, saß er immer noch so da. »Das war einer von den Neuen«, sagte der Beamte. »Er hätte es wissen müssen. Ich hab' Hickey gesagt, wer das gelbe Auto nicht kennt, der gehört gefeuert, und wenn er's ihm nicht beigebracht hat, gehören er und Hickey beide gefeuert.« Seinem schäbigen, speckigen Sergemantel entnahm er eine fettige Brieftasche, fischte die Vorladung heraus und legte sie auf den Tisch. »Aber der blöde Trottel hat weitergemacht und einen Strafzettel ausgestellt, und als sie die Annahme verweigerte, hat er sie arretiert. Er hat sie auf die Wache gebracht, dabei hat sie ihm die ganze Zeit gesagt, wer sie ist. Da ist Hickey ihm vielleicht aufs Dach gestiegen. Aber der Strafzettel war schon ausgestellt, und die beiden Reporter, die mit Popeye gekommen waren, lungerten immer noch herum, und diese verfluchten Weiber schrien Korruption und so.«

Martin betrachtete den Bußgeldbescheid, ohne ihn zu berühren. Das war das einzige an ihr, das ihn verärgerte. Er haßte Ungeschicklichkeit, verstehst du, weil ihr ein schlechter Ruf stets auf dem Fuße folgt, und wenn's nur die Nichtbeachtung eines Rotlichts ist. Aber dann und wann tat sie's eben, und ich nehme an, in der ganzen Stadt war der Verkehrspolizist der einzige, der den zitronengelben Zweisitzer nicht kannte. Wieder und wieder versuchte er ihr auseinanderzusetzen, daß Bagatelldelikte die einzigen sind, die man nicht ungestraft begehen kann. Natürlich nicht mit diesen Worten. Er dürfte ihr eine Gardinenpredigt über Gesetzestreue gehalten haben, die in den Zeitschriften der Sonntagsschulen nicht fehl am Platz gewesen wäre. Aber sie hielt sich trotzdem nicht daran. Nicht oft, aber doch zu oft für ihn, der jetzt, da er sein Ziel erreicht hatte, vermutlich nicht verstehen konnte, wie ihr danach zumute sein konnte, überhaupt irgend etwas zu tun, statt einfach dahinzuvegetieren, bis der bewußte Tag im Dezember gekommen und vergangen wäre.

So saß er, über die Vorladung sinnend, da, während der Kri-

minale wie schon Govelli seinen Schenkel über die Schreib-
tischkante baumeln ließ und den Bowler abnahm, seiner Krone
einen Zigarrenstumpen entnahm und sich diesen ansteckte.
Seit der Süden vor etwa fünfundzwanzig Jahren erwacht ist,
ahmen unsere Städte Chicago und New York nach. Und es ist
uns besser geglückt, als wir geglaubt hatten. Aber wir sind
blind; wir erkennen nicht, daß man bei einem Vorbild nur das
Laster nachahmen kann und die Tugend selbst bei denen, die
sie praktizieren, Zufall ist. Doch haftet unserer Korruption
immer noch eine gehörige Portion Unbeholfenheit, eine Art
chaotischer und enervierender Unschuld an, und als er sinnie-
rend über dem Strafzettel saß, dachte er vermutlich, wieviel
Zeit er darauf verwenden mußte, die Korruption in Gang zu
halten. Da vernahmen sie auch schon beide im Korridor das
rasche Trippeln ihrer Stöckelschuhe, und als die Tür aufging
und die Tochter selbst eintrat, schauten sie auf.

Der Kriminalbeamte rutschte vom Schreibtisch, nahm die
Zigarre aus dem Mund und lüftete den Hut. »Morgen, Miss
Wrennie«, sagte er. Das Mädchen warf ihm einen Blick zu,
rasch, aggressiv, wachsam, und lief um den Schreibtisch herum
zur anderen Seite. Martin hielt die Vorladung hoch.

»Na schön«, sagte er. »Das wär's. Du kannst Hickey sagen,
ich bring' die Sache in Ordnung.«

»Werd's ihm ausrichten«, antwortete der Beamte. »Von uns
aus könnte die junge Dame bei Rot, Grün, Blau oder Lila
durchfahren. Aber Sie wissen ja, was für ein Geheul diese Re-
former anstimmen, wenn sich nur die Chance bietet. Ich sage
immer, wenn die Frauen da bleiben würden, wo sie hingehö-
ren, nämlich zu Hause, hätten sie genug Ablenkung, um kein
Unheil anzurichten. Aber Sie wissen ja, wie's um sie steht, und
dann legen die Zeitungen eben los.«

»Ja, ja. Ich kümmere mich drum. Danke bestens!« Der Beamte verließ den Raum. Martin legte die Vorladung wieder auf
den Schreibtisch und lehnte sich zurück. »Ich hab' dir oft genug gesagt«, setzte er an, »daß ich das nicht länger dulde.

Warum mußt du immer wieder damit anfangen? Du hast genügend Zeit, um bei Rotlicht anzuhalten.«

Das Mädchen blieb neben dem Sessel stehen. »Die Ampel ist umgesprungen, als ich schon mitten auf der Kreuzung war. Ich . . .« Er beobachtete sie. »Ich war in Eile . . .« Als ihre Blicke aus der kleinen geschminkten Maske rasch hierhin und dahin blitzten, wie huschende Mäuse, konnte er ihre Gedanken lesen, ihre Worte vorausahnen.

»Wohin wolltest du denn so eilig?«

»Ich – wir – Im Gayoso wurde ein Essen gegeben. Wir hatten uns verspätet.«

»Wir?«

»Ja. Jerry Sandeman.«

»Aber der ist doch zur Zeit in Birmingham. Stand in der Zeitung.«

»Er ist gestern abend zurückgekommen.« Sie sprach leichthin, in dem raschen, trockenen Tonfall, in dem ein Kind lügt. »Das Essen wurde ihm zu Ehren gegeben.«

Er betrachtete sie mit jener Blindheit, jener Dummheit, die sich mit wachsendem Erfolg einstellt. »Wollte er dich wegen des Balles sehen?«

»Wegen des Balles?« Sie sah ihn an über einen Abgrund von Verzweiflung, gequält, regungslos, wie ein gehetztes Wild. »Ich will nicht auf den Ball gehen!« rief sie mit dünner, schwacher Stimme. »Ich will nicht!«

»Na, na, na«, sagte er. Er sah wieder auf den Strafzettel. »Die Ampel da. Sie ist doch auch in deinem Interesse da. Stell dir vor, du würdest jemanden überfahren. Stell dir vor, du wärst auf einem Einkaufsbummel, und jemand würde bei Rot einfach weiterfahren und dich überrollen. Du mußt immer daran denken, daß Gesetze auch ihr Gutes haben. Sie funktionieren auf zweierlei Weise, wenn du dich mal bequemen würdest, darüber nachzudenken.«

»Tu ich ja. Ich werd' mich in acht nehmen. Ich werd's nicht wieder tun.«

»Dann nimm dich aber auch wirklich in acht.«

Sie beugte sich zu ihm herab und küßte ihn auf die Wange. Er rührte sich nicht. Er blickte ihr nach, wie sie, mit den dünnen Stöckelabsätzen klappernd, den Raum durchquerte, in ihrem leuchtenden Kleid, ihren klirrenden Perlen. Die Tür schlug hinter ihr zu. Er wischte sich die Backe mit dem Taschentuch ab und prüfte heimlich den matten roten Fleck auf dem Leinenstoff. Dann riß er den Strafzettel entzwei und ließ die Fetzen in den Spucknapf fallen.

Eine halbe Stunde später saß er immer noch da, regungslos, bis auf die sich langsam nach vorn schiebende Unterlippe. Da klingelte abermals das Telephon. Wieder war Govelli am Apparat.

»Was?« rief Martin aus. »Wenn das schon wieder dieser verfluchte Junkie ist...«

»Wart's ab«, sagte Govelli. »Wir sitzen ziemlich tief in der Patsche. Er hat auf der Straße 'ne Frau umgefahren. Er war mit dem Zeug unterwegs zu deinem Haus, und während ihr ein Bulle beim Reifenwechsel behilflich war, blieb sie mitten auf der Straße stehen, da hat er sie genau zwischen den beiden Wagen erwischt. Der Schutzmann, der ihr half, hat ihn auf der Stelle festgenommen.« Martin umklammerte den Hörer und fluchte ohne Unterlaß, während die schwache Stimme fortfuhr. »...ziemlich schwer verletzt... Rettungswagen... wenn die sich an ihn heranpirschen und er auspackt...«

»Du bleibst bei ihm«, sagte Martin. »Sorg dafür, daß er das Maul nicht aufmacht.« Er knallte den Hörer auf die Gabel, ging rasch zum Tresor, öffnete ihn und zog ein zweites Telephon heraus. Er brauchte die Nummer nicht zu nennen. »Einer von Govellis Jungs hat auf der Straße 'ne Frau überfahren. Er ist auf der Wache. Schafft ihn auf der Stelle aus der Stadt.«

In der Leitung summte es einen Augenblick. Dann sagte die Stimme: »Dürfte diesmal nicht leicht sein. Die Zeitungen sind schon...«

»Willst du, daß die Zeitungen dir Beine machen oder daß ich es tue?«

Wieder herrschte einen Augenblick Schweigen. »Na schön. Ich kümmere mich drum.«

»Und gib mir Bescheid. Und zwar umgehend.«

Er hängte auf, stellte den Apparat aber nicht wieder auf seinen Platz. Er blieb vor dem offenen Tresor stehen und behielt das Telephon fast zwanzig Minuten lang in der Hand, regungslos, bis auf das sich langsam bewegende Kinn. Dann läutete es.

»Alles erledigt«, sagte die Stimme. »Sie haben ihn aus der Stadt geschafft, bevor er singen konnte.«

»Gut. Was ist mit der Frau?«

»Sie liegt in der Charité. Ich sag' dir Bescheid, sobald ich das ärztliche Bulletin hab'.«

»Gut.«

Er stellte das Telephon wieder zurück und schloß den Tresor. Dann öffnete er ihn erneut und entnahm ihm eine Flasche Whiskey und ein Glas. Als er sich den Drink einschenkte, fielen ihm die beiden Kisten ein, die ihm ins Haus hätten geliefert werden sollen und die jetzt in Popeyes Auto auf der Polizeiwache festsaßen. »Scheißitaker«, sagte er. Er trank aus, ging an den Schreibtisch zurück und langte nach dem Telephon dort. In dem Augenblick klingelte es unter seiner Hand. Es klingelte in einem fort, während er mit griffbereiter Hand wartete und die Unterlippe langsam gegen seinen Gaumen schob. Dann erstarb das Klingeln, und er hob den Hörer ans Ohr. Es war die Charité. Man teilte ihm mit, das Mädchen sei gestorben, ohne das Bewußtsein wiedererlangt zu haben, und ...

»Das Mädchen?« sagte ich.

»Das Popeye überfahren hat«, sagte Don. Er sah mich an. »Habe ich dir das nicht gesagt? Das war seine Tochter.«

Eine Rückkehr

I

An dem Tag, an dem die Kutsche erwartet wurde, kauerte der Negerbursche immer schon vom Morgengrauen an neben dem festgebundenen schlappohrigen Maulesel und zitterte, das in ein Öltuchcape eingeschlagene Bukett von der Größe eines Hofbesens bei sich, im Dezemberregen über dem schwelenden Feuer an der Straße, die aus Mississippi heraufführte, und vielleicht hundert Meter weiter die Straße hinauf saß, ebenfalls im Regen, Charles Gordon selbst stets unter einem kahlen Baum auf seinem Pferd und behielt den Jungen und die Straße im Auge. Dann kam die mit Kot bespritzte Kutsche in Sicht, und Gordon beobachtete, wie der Blumenstrauß überreicht wurde, daraufhin ritt er, barhäuptig im Regen, aus seiner Deckung hervor und beugte sich vor dem Kutschfenster aus seinem Sattel über die flinke zarte Hand, die sanften Augen über der Fülle roter Rosen.

Das war im Jahre 1861, das dritte Mal, daß Lewis Randolph in der mit Kot bedeckten Kutsche, die mit heißen Ziegelsteinen ausgelegt war, welche ein Lakai alle paar Meilen entfernte und wieder aufheizte, indem er mit Kiefernknorren, die er zu diesem Zweck mitgenommen hatte, ein Feuer entfachte, aus Mississippi heraufgekommen war, die ersten beiden Male in Begleitung ihrer Mutter und ihres Vaters, um auf der triefnassen Straße Gordons Bukett entgegenzunehmen und am selben Abend an Gordons Arm das Zeughaus der Nonconnah Guards in Memphis zu betreten und dort Ecossaisen und Reels und selbst den neuen Walzer zu tanzen, während das Sternenbanner schlaff von der Empore hing, auf der mit Fiedeln und Triangeln die Negermusikanten saßen. Dieses Mal jedoch, im Dezember 1861, wurde sie nur von ihrer Mutter begleitet, war doch ihr Vater unten in Mississippi zurückgeblieben, um eine Kompanie Infanteristen auszuheben, und die Flagge, die jetzt von der Empore der Musikanten herabhing, war die neue, das sternengeschmückte Andreaskreuz, so fremd und neu wie das unbesudelte Grau, das die jungen Männer anstelle des alten Blaus inzwischen trugen.

Das Bataillon war aufgestellt worden, um nach Mexiko zu ziehen – alles junge Männer und Junggesellen; bei Heirat ging man automatisch seiner Mitgliedschaft verlustig. Es handelte sich um eine Einheit der Nationalgarde, doch gab es auch eine Hierarchie erblicher und gewählter Offiziere aus der Gesellschaft, und der Vorsitzende des Komitees nahm, zumindest in West-Tennessee und Nord-Mississippi, selbst wenn er gar keinen bekleidete, einen höheren Rang ein als irgendein Major oder Hauptmann in Washington, den Vereinigten Staaten und sonstwo. Freilich formierte sie sich zu spät, um noch gegen Mexiko zu ziehen, so daß ihr erster Einsatz in voller Stärke nicht in feldmarschmäßiger Ausrüstung auf einer staubigen texanischen Ebene erfolgte, sondern kurz vor Weihnachten im Blau-Gold der Galauniformen im Ballsaal eines Hotels zu Memphis, in dem die Flagge der Vereinigten Staaten von der Empore der Musikanten herabhing, was sich von da an jedes Jahr wiederholte, gegenwärtig im eigenen Zeughaus, bis die jungen Mädchen aus Nord-Mississippi und West-Tennessee schon bald auf diesen Bällen feierlich in die Gesellschaft eingeführt wurden und eine Einladung (oder Vorladung) zu einem dieser Bälle ein ebenso unwiderrufliches gesellschaftliches Prestige verlieh wie eine von St. James' Palace oder dem Vatikan.

Doch auf dem Ball von '61 trugen die Männer Grau statt Blau; wo die alte Fahne gehangen hatte, hing jetzt die neue, und im Bahnhof wartete ein Militärtransportzug, der um Mitternacht nach Osten abgehen sollte. Von diesem Ball pflegte Lewis Randolph zu erzählen, und zwar ihrem einzigen Zuhörer, der sein eigenes Dabeisein in gewissem Sinne um nur vierundzwanzig Stunden verpaßt hatte. Mehr als einmal erzählte sie ihm davon, aber das erste Mal, an das der Zuhörer sich erinnern konnte, war, als er etwa sechs Jahre alt war – von den jungen Männern (es gab ihrer einhundertundvier) in ihrem neuen unverdorbenen Grau unter der neuen Flagge, den grauen Uniformmänteln und den Reifröcken, die umherschwangen und -wirbelten, während der Regen, der sich bei Einbruch der Dämmerung in Schnee verwandelt hatte, vor den hohen Fenstern raunte und rieselte – wie um halb zwölf auf ein Zeichen von Gavin Blount, der sowohl Vorsitzender des Komitees als auch Major des Bataillons war, die Musik verstummte und die Tanzfläche geräumt wurde – die weite Tanzfläche unter den grellen militärischen Lüstern, das Bataillon, welches unter der Flagge, über der sich die Gesichter der Negermusikanten zeigten, zum Appell angetreten war, die Mädchen in ihren Reifröcken und Blumen am gegenüberliegenden Ende des Saals, die Gäste – die Anstandsdamen, die Mütter und Tanten und Väter und Onkel, und die jungen Männer, die nicht der Garde angehörten – auf vergoldeten Stühlen an den Wänden. Sie hielt dem sechsjährigen Zuhörer sogar die Ansprache, Wort für Wort, wie Gavin Blount sie gehalten hatte, als er sich vor dem grauen Bataillon lässig auf seinen aufgepflanzten Säbel lehnte. Sie (Lewis Randolph) stand in Kattunkleid und Sonnenhut mitten in der Küche des Hauses in Mississippi, das bereits über ihren Köpfen zusammenzustürzen drohte, und lehnte sich auf den Lauf der Yankee-Muskete, mit der sie das Feuer zu schüren pflegten, genauso wie Gavin Blount sich auf seinen Säbel gelehnt hatte. Und wie sie so sprach, kam es dem sechsjährigen Zuhörer vor, als sähe er die Szene selbst vor sich, als vernähme er nicht die Stimme seiner Mutter, sondern die Stimme jenes jungen Mannes, der bereits tot war, als der Zuhörer geboren wurde – die Worte, voller Bombast und Beherztheit und Unwissen, jenes Mannes, der höchstwahrscheinlich den Pulverblitz auf seinen Körper zufahren sehen und die Kugel gehört, aber noch keinen Krieg erlebt hatte:

»Viele von euch sind bereits losgezogen. Ich spreche nicht zu ihnen. Viele von euch haben sich entschlossen loszuziehen. Auch zu denen spreche ich nicht. Aber es gibt einige unter euch, die losziehen könnten und losziehen möchten, nur glaubt ihr, die Sache wär' schon vorbei, noch ehe ihr euch einmischen könnt und die Rockschöße eines Yankees seht. Zu denen spreche ich.« Der Zuhörer sah sie vor sich: die starre graue Kolonne unter der neuen Flagge und das Weiße in den Augen der Neger auf der Empore, den Mann mit der karmesinroten Schärpe und dem nachlässig aufgepflanzten Säbel, der in sieben Monaten tot sein würde, die jungen Mädchen in ausgespannten Röcken wie ein Schwarm Schmetterlinge, die aufgereihten vergoldeten Stühle unter den hohen Fenstern, wo der Schnee rieselte. »Seit Bull Run habt ihr alle von Virginia gehört. Aber gesehen habt ihr's nicht. Washington, New York. Aber nicht gesehen.« Alsdann zog er aus seinem Mantel die gestempelte und versiegelte Urkunde hervor, erbrach das Siegel und las: *Bevollmächtigt vom Präsidenten der Konföderierten Staaten von Amerika . . .*

Da schrien sie auf, auch die Frauen. Ein gellender Schrei. Womöglich hatten einige von ihnen die graue Uniform noch nicht gesehen, vermutlich aber keiner von ihnen je diesen Laut vernommen; und das erste Mal, daß er an ihre Ohren drang, entfuhr er ihren eigenen Kehlen, er rührte nicht von irgendeinem einzelnen her, sondern entsprang einer ganzen Nation, und er war nicht vom Menschen erfunden (falls überhaupt erfunden), sondern von dessen Verhängnis. Und der Schrei überdauerte selbst jenes Verhängnis. Der Zuhörer, der Knabe von sechs Jahren, wuchs zum Manne heran und gewann Vertrauen, wurde vertrauenswürdig und erfolgreich, genoß eine höhere Stellung im sozialen und ökonomischen Gefüge seines selbstgewählten Betätigungsfeldes als die meisten andern. In seinem fünfundvierzigsten Lebensjahr unternahm er eine Geschäftsreise nach New York, wo er den Vater des Mannes kennenlernte, den er aufzusuchen beabsichtigte, einen alten

Mann, der '62 in Shields Armeekorps im Valley gedient hatte. Der kannte den Laut, erinnerte sich daran. »Manchmal höre ich ihn noch heute«, erzählte er dem Südstaatler. »Selbst nach fünfzig Jahren noch. Und ich wache schweißgebadet auf.« Und es gab noch jemanden, den der Junge später kennenlernen sollte, einen Mann namens Mullen, der im Oberkommando von Forrests Kavallerie gewesen war, nach Westen ging, zu einem Besuch zurückkehrte und von einem jungen Mann berichtete, der '78 eine Straße in Kansas entlanggeritten sei und gebrüllt habe: »Jaaaiiihhh! Jaaaiiihhh!« Dabei habe er seine Pistole durch die Türen der Bars abgefeuert, bis ein Hilfsmarschall ihn hinter einem Müllhaufen hervor mit einer abgesägten Schrotflinte, geladen mit Posten, vom Pferd schoß, und wie sie sich um den jungen Mann scharten, der am Boden verblutete, und Mullen sagte: »Kleiner, wo hat denn dein Papa gekämpft?«, sagte der junge Mann: »Überall, wo's Yankees gab, genauso wie ich. Jaaaiiihhh!«

So vernahm es der Zuhörer: wie auf ein weiteres Signal von Blount die Musik wieder einsetzte und die Mädchen sich hinter Blounts Partnerin aufstellten, im Gänsemarsch die Bataillonsfront abschritten und einen Mann nach dem anderen küßten, unter ihnen Lewis Randolph, die einhundertundvier Männer küßte, vielmehr einhundertunddrei Männer, denn sie reichte Charles Gordon eine rote Rose von seinem eigenen Strauß, und selbst dreißig Jahre danach hörte der Zuhörer von einem Augenzeugen, daß der Kuß, der dies begleitete, kein flüchtiges Vorüberbgleiten lachender Lippen war wie die Berührung eines fliehenden Fußes auf den Kieseln einer Furt. Und als der Militärtransportzug abfuhr, saß sie, auf der den Blicken abgewandten Seite durch ein Fenster gehievt, schon darinnen, während auf dem Bahnsteig selbst die Gesichter der anderen Mädchen, mitten in der blütenblattgleichen Spanne ihrer Röcke, wie abgepflückte Blumen auf einem dunklen Strom zu treiben schienen und ihre Mutter im Zeughaus, eine Meile entfernt, seelenruhig plaudernd auf sie wartete. Sie fuhr, Charles Gordons

Umhang über ihrem Ballkleid, in einem Personenwagen voller Soldaten nach Nashville, und von einem Schützen (der zufällig Geistlicher war), Angehöriger eines Bataillons, das darauf harrte, den Zug zu besteigen, wurden sie, mit einem ganzen Regiment als Trauzeugen, auf dem verschneiten Perron getraut, während die mit Eis überzogenen Telegraphendrähte, die sich über ihren Köpfen entlangschlängelten, dank der empörten Anweisungen, die ihre Mutter an sämtliche Stationen zwischen Memphis und Bristol kabelte, knisterten und schwirrten; sie wurde getraut in Ballkleid und Offiziersmantel im Schnee, ohne daß sich, wiewohl sie dreißig Stunden nicht geschlafen hatte, auch nur ein Haar verwirrt hätte, jugendliche Gesichter standen in einem Viereck um sie herum, welche alle noch keine Kugel hatten pfeifen hören, jedoch alle glaubten, sterben zu müssen. Vier Stunden später fuhr der Militärtransportzug weiter, und fünfzehn Stunden später war sie schon wieder in Memphis, mit einem Brief, den Gordon auf der Rückseite einer fliegenverschmierten Speisekarte vom Eßlokal des Bahnhofs an die Mutter geschrieben hatte. Die tobte nicht mehr, sondern zeigte sich kalt und bitter beleidigt.

»Verheiratet?« rief die Mutter. »Verheiratet?«

»Ja! Und ich kriege ein Kind!«

»Unsinn! Unsinn!«

»Doch! Doch! Hab' lange genug dazu gebraucht.«

Sie kehrten nach Mississippi zurück. Es war ein großes, klotziges Haus, fünfundzwanzig Meilen von der nächsten Stadt entfernt. Es hatte einen Park, Blumenrabatten, einen Rosengarten. In diesem Winter strickten die beiden Frauen Socken und Schals, nähten Hemden und Verbandpäckchen für die Männer der stetig anwachsenden Kompanie und stickten für diese die Fahnen, wobei Mädchen aus dem Negerquartier die glänzenden Seidenfäden zupften und bügelten. Das Grundstück, der Stall wimmelten von fremden Pferden und Mauleseln, die Rasenflächen und der Park waren mit Zelten gesprenkelt und mit Unrat übersät; von dem hohen Zimmer, in dem sie arbeiteten, hörten die beiden Frauen den ganzen Tag über schwere Stiefel in der Empfangshalle und die lauten Stimmen um die Punschbowle im Speisezimmer, während der schmelzende Frost und Rauhreif des scheidenden Winters sich in den Abdrücken schwerer Hacken zwischen den umgeknickten und verdorbenen Rosen sammelte. Abends gab es Lagerfeuer und einen Schwall Ansprachen, auf einem Redner nach dem anderen zuckte der rotglühende Widerschein des Feuers, die reglosen Schädel der Sklaven als Silhouetten am Zaun zwischen dem Feuer und der Säulenhalle, wo die Frauen, weiße und schwarze, Hausherrin Tochter und Sklavin, sich in ihre Umhängetücher hüllten und den Stimmen lauschten, die pompös und sonor und bedeutungsleer über den hingeworfenen Gebärden einer unsinnigen Pantomime erklangen.

Schließlich brach die Kompanie auf. Das Gerede war verstummt, die Stiefel aus der Empfangshalle verschwunden, und nach einer Weile sogar der Müll und der Abfall; unter den Regengüssen des Frühjahrs erholte sich allmählich der verunstaltete Rasen, so daß nur die verdorbenen Blumenbeete und Buchsbaumhecken zurückblieben, das Haus war wieder still: nur die beiden Frauen und die Neger in den Quartieren, ihre Stimmen, der gemessene Klang der Axthiebe und der Geruch des Holzfeuers, der friedvoll durch die lange Frühlingsdämmerung aufstieg. Jetzt begann wieder die alte, eintönige, unoriginelle Geschichte. Sie war nicht neu. Im gesamten Süden war sie, dieses und die beiden darauffolgenden Jahre, nur eine von tausend Wiederholungen noch nicht wirklicher Entbehrungen, sondern nur jener Ausdünnung der Not, jener unaufhörlichen Beanspruchung einer Ausdauer ohne Hoffnung oder auch nur Verzweiflung – jener qualvollen Monotonie, die die eigentliche Tragödie der Tragödie darstellt, geradeso als habe die Tragödie nur deswegen einen kindlichen Glauben an die Wirksamkeit der Handlung, weil sie einmal funktioniert hatte – ein ökonomisches System, das sich beizeiten überlebt hatte, ein Land, leergefegt von Männern, die davonritten, nicht, wie sie vermeinten, um einen irdischen Feind zu stellen, sondern um unter größten Verlusten gegen eine Macht anzurennen, gegen die anzukommen sie weder von ihrer Natur noch von ihrer Neigung her gerüstet waren, und auch jene, gegen die sie Angriffe und Gegenangriffe ritten, waren nicht so sehr Täter als vielmehr Opfer; bewaffnet mit Anschauungen und Überzeugungen, die bereits seit tausend Jahren überholt waren, galoppierten sie heldenhaft hinter den leuchtenden Farben eines Tages her und entschwanden, nicht im Pulverdampf der Schlacht, sondern hinter dem unwiderruflich fallenden Vorhang einer Ära, in einen Äon, in dem sie, körperlos und hingeopfert, für immer anrennen mochten gegen gar keinen Feind und ohne Schmerz oder Wunden in elysischen Gefilden unter einer stillstehenden Sonne, und hinter ihnen verlöschten Proszenium und Rampenlichter. Gewiß kehrten einige von ihnen zurück, doch waren sie bloße Schatten ihrer selbst, betäubt konfus und impotent, die da auf die verdunkelte Bühne zurückkrochen, auf der die alte Geschichte bis zum Exzeß triumphiert hatte: eine Frau oder Frauen, die, als das Getrappel und die Fahnen und Trompeten fort waren, umherblickten und sich allein in abgelegenen Häusern in einem dünnbesiedelten Land wiederfanden, das zu einem überwältigenden Teil von einer dunklen und selbst zu normalen Zeiten schwer zu ergründenden Rasse, halb Kinder, halb Wilde, bevölkert war, ein Land und eine Lebensweise, die von Händen, welche nur zu Näharbeiten ausgebildet waren, zusammengehalten werden mußten – ein Zusammenhalten, das nur eine Gewißheit bot: daß es im kommenden Jahr noch weniger Eßbares und Sicherheit als in diesem geben würde – und in das wie jähe und lautlose Blitzlichter Berichte von fernen Schlachten drangen, unwirklich und traumhaft, ein bloßes Von-Mund-zu-Mund, Monate nachdem die Gefallenen längst zu verwesen begonnen hatten (auch diese Toten namenlos, ob Vater Bruder Mann Sohn oder nicht, das wußte der Bericht nicht) – dann das einsetzende und sich verstärkende Gerücht von Gewalt und Plünde rungen, die immer näherrückten, und die Frau oder die Frauen saßen in unbeleuchteten Räumen und warteten darauf, daß man sich im Quartier zur Nachtruhe bette, um im Blumen- oder Obstgarten heimlich ein wenig Silber zu vergraben (mit Händen, die nicht mehr gar so zart waren), und wußten selbst dann nicht, welche Ohren ihnen aus welchem Schatten lauschen mochten. Dann das Horchen und Harren, der unermüdliche Kleinkrieg um Überleben und Nahrung – Graben und Waldrand nach Unkraut und Eicheln durchkämmen, um Leiber am Leben zu erhalten, denen selbst der äußerste Hunger versagt blieb, denen nicht das Leben, sondern nur die Hoffnung verwehrt war, wie wenn der alleinige Zweck des Debakels ein klinischer gewesen wäre: festzustellen, was Wille und Fleisch zu erdulden vermöchten.

Sie – die beiden Frauen – dienten dem. Als das Haus sich wieder beruhigt hatte, begannen sie sich auf das Kind einzustellen, das im Herbst zur Welt kommen sollte. Das heißt, die ältere Frau tat das, denn die Tochter beaufsichtigte das Ausbringen der jährlichen Saat, Baumwolle und Viehfutter – die Mutter blieb also in dem hohen Zimmer, wo sie die Flaggen genäht hatten, wobei ein Negerweib ihr beim Bügeln und bei dem finzeligen Nähen und Heften von Bändern half, während die Tochter den Pflugscharen auf den Acker folgte, zunächst zu Pferde, bis die Mutter sie zwang, davon abzulassen, sodann auf einem arg mitgenommenen vierrädrigen Wagen, dem die Pflüger Breschen in die Holzzäune schlugen, damit sie, wie schon ihr Vater vor ihr, an den glühend heißen Septembertagen passieren und auf dem Wagen sitzend die Baumwollernte überwachen könne – der Ernteertrag wurde entkernt und zum Verkauf in die Kreisstadt geschafft, wo er sich in Luft auflöste und verschwand, wohin, wußten sie nicht und hatten auch nicht die Zeit, es herauszufinden, denn in der letzten Septemberwoche kam das Kind zur Welt, ein Junge, sie nannten ihn Randolph; es gab eine schwarze Hebamme, aber keinen Arzt, und eine Woche später kam aus zehn Meilen Entfernung ein Nachbar

herbeigeritten, ein Mann, zu alt zum Kämpfen: »Hinter Co-
rinth hat es eine große Schlacht gegeben. General Johnston ist
gefallen, und jetzt stehen sie in Memphis. Am besten kommen
Sie zu uns. Da hat's wenigstens einen Mann im Haus.«

»Danke«, sagte die Mutter. »Mr. Randolph (er war in die
Schlacht gezogen, ohne wieder herauszukommen, zusammen
mit Gavin Blount, aber Blounts Leiche wurde später gefunden) rechnet damit, daß wir hier sind, wenn er heimkehrt.«

An diesem Tag setzte der Äquinoktialregen ein. Bei Einbruch der Dunkelheit war es kalt geworden, in der Nacht
wachte die Tochter plötzlich auf und wußte genau, daß ihre
Mutter sich nicht im Haus befand, und wußte ebenso genau,
wo sich die ältere Frau aufhielt. Die Negeramme des Kindes
schlief auf einer Schlafdecke in der Eingangshalle, doch die
Tochter rief sie nicht herbei, sie stand einfach auf, deckte das
Kind ordentlich zu und hielt sich am Bettpfosten fest, bis die
Schwäche- und Schwindelwellen abklangen. Dann stieg sie,
indem sie sich haltsuchend aufs Geländer stützte, in den
schweren Schuhen ihres Vaters, die sie immer zur Arbeit auf
dem Felde trug, und angetan mit einem Umhängetuch, das sie
über Kopf und Schultern festzurrte, die Treppe hinab und trat
in den Regen hinaus, in den starken unablässigen schwarzen
Wind voll eisiger Regenperlen, der sie sogar trug, aufrecht-
hielt, wenn sie sich, das flatternde Tuch umklammernd, in ihn
hineinlehnte, aber sie gab keinen Laut von sich, bis sie den
Obstgarten erreicht hatte, und selbst dann rief sie nicht laut,
sondern lediglich bestimmt und drängend: »Mutter! Mutter!«
Auch die Antwort der Mutter irgendwo zu ihren Füßen klang
gefaßt, ja ein wenig gereizt:

»Obacht! Fall du nicht auch noch hinein! Mein Bein. Ich
kann mich nicht bewegen.« Jetzt konnte die Tochter etwas erkennen, wie wenn die peitschenden Regentropfen schwach
leuchteten und in jedem Tropfen etwas von der Helligkeit des
vergangenen Tages bewahrten und verbreiteten – die schwere
Truhe, die die ältere Frau eigenhändig aus dem Haus hierher

geschleppt hatte, wie, würde die Tochter nie erfahren, die Grube, die sie gegraben hatte und in die sie hineingestürzt war.

»Wie lange liegst du schon so?« rief die Tochter, wandte sich bereits zum Haus um und rannte los, die ältere Frau rief in demselben scharfen, schneidenden Tonfall hinter ihr her, untersagte ihr, die Neger herzubeordern, und wiederholte: »Das Silber! Das Silber!« Die Tochter rief zum Haus hin, immer noch nicht laut, nur bestimmt und drängend. Gleich darauf kam die Amme mit zwei Negern. Sie hoben die ältere Frau aus der Grube.

»Joanna kann mir ins Haus helfen«, sagte sie. »Du bleibst hier und siehst zu, daß Will und Awce die Truhe vergraben.« Aber die beiden Männer mußten sie denn doch tragen, obwohl sich erst am folgenden Morgen mit Bestimmtheit sagen ließ, daß sie sich die Hüfte gebrochen hatte. Und obgleich noch am selben Tag ein Arzt eintraf, starb die Mutter drei Nächte später an Lungenentzündung. Aber sie wollte selbst dann nicht verraten, wie sie die schwere Truhe hinausgewuchtet oder wie lange sie in der Grube gelegen hatte, die sich langsam mit Regenwasser füllte. So beerdigte man sie und verwischte sorgfältig die Spuren aufgewühlter Erde über der versenkten Truhe; und inzwischen wieder auf dem vierrädrigen Wagen, das in eine Decke gewickelte Kind neben sich, überwachte die Tochter den Bau eines verborgenen Schweinepferchs tief im Schwemmland des Flusses und das Einbringen der Maisernte. Nahrungsmittel würden sie haben, aber wenig darüber hinaus, da die für den Verkauf bestimmte Baumwolle schon verschwunden war. In einer Reihe mannigfaltiger und sorgfältig beschrifteter Flaschen und Phiolen auf dem Schreibtisch ihres Vaters befand sich das im Sommer aus dem Küchengarten gehortete Saatgut; im Frühjahr darauf überwachte sie dessen Aussaat, und in den Schuhen, jetzt auch in einer Hose ihres Vaters, saß sie, das Kind neben sich, auf dem vierrädrigen Wagen (es sollte auf diesem Wagen entwöhnt werden, gehen und sprechen lernen; es aß und schlief dort im mütterlichen Schoß und

spürte in den Rippen die harten Kanten der Derringer-Pistole
in ihrer Hosentasche) und sah, wie das Getreide gesät und dann
wieder geerntet wurde. Im Laufe dieses Jahres erhielt sie zwei
Briefe. Der erste war in der zittrigen Handschrift eines alten
Mannes gehalten (zuerst erkannte sie die Schriftzüge ihres
Vaters nicht einmal), auf verschmutztem, billigem Papier in
einem verschmutzten, aus dem Gefängnis von Rock Island an
ihre Mutter adressierten Kuvert. Die zweite kannte sie gut. Es
war dieselbe forsche, kühn ausladende Handschrift, die sie auf
einer mit Fliegendreck beschmierten Speisekarte aus Nashville
mitgebracht hatte. Er war verwundet worden, aber nicht ernst-
lich; der seinem Aufenthalt im Richmond-Spital gewidmete
Absatz hatte einen fast lukullischen Beiklang. Er sei zum *De-
partment of the West* versetzt worden, jetzt verbringe er einen
einzigen Tag bei seinen Eltern, daraufhin werde er sich Van
Dorns Kavalleriekorps auf einem Feldzug (Ziel unbekannt)
anschließen, bei dessen Beendigung er nur einen Tagesritt von
seinem Sohn entfernt sein werde, den er nie gesehen habe und
dem er seine Ehrerbietung darbringe. Aber zu Hause kam er
nie an. Eines Nachts ritt er johlend hinter Van Dorns wehen-
dem langem Haar in Holly Springs ein, und am darauffolgenden Tag wurde sein Leichnam anhand eines Briefes seiner Frau
von einem alten Mann identifiziert, der ihn, offenbar beim Einbruch in den Hühnerstall, von der Küchentür her erschossen
hatte.

II

An all das erinnerte sich der Zuhörer – der Mann von neunundsechzig Jahren, der Bankier, bewährt, geschäftstüchtig und erfolgreich, der jener Junge von vier und fünf und sechs gewesen
war und die letzten Kleidungsstücke aufgetragen hatte, welche
seine Mutter aus den von Großvater im Haus hinterlassenen
Kleidern zurechtschneiderte (da gab es einen alten Setter, der

90

seit seiner Welpenzeit auf einem Vorleger neben dem Bett des Großvaters gelegen hatte und, inzwischen erblindet, dem Knaben durch die eintönigen Tage seiner einsamen Kindheit nachlief, die diesem nur deswegen nicht einsam vorkam, weil er nie erfahren hatte, was das Gegenteil von Einsamkeit sein mochte – der Hund lief den Kleidern nach). Doch hatte er es nicht von seiner Mutter erfahren, sondern von den drei Negern, die von den mehr als vierzig verblieben waren, und selbst mit sechs Jahren überraschte ihn dieser Umstand nicht, denn ohne sich dessen bewußt zu sein, hatte er bereits gelernt, daß die Leute nicht davon reden, woran sie wirklich leiden, dessen bedarf es nicht; daß, wer vom Leide spricht, noch nie gelitten hat, und wer von Stolz redet, nicht selber stolz ist. So schien es ihm, daß sich für seine Mutter das ganze Debakel, die Katastrophe, in der ihr Leben, so wie allmählich das große, klotzige Haus, über ihrem Kopf zusammengestürzt war, für alle Zeiten in der Gestalt jenes jungen Mannes zusammenfassen ließ, der sich in der bewußten Dezembernacht 1861 unter dem martialisch grellen Schein unbeschirmter Lichter mit der karmesinroten Schärpe auf den Säbel lehnte und den sie so täuschend ähnlich nachahmte – eine dünne Frau (auch sie eine Form, ein Gefäß, gefüllt mit der Quintessenz all ihrer Gedanken und Handlungen – Wollust und Narretei, Mut, Feigheit, Eitelkeit und Stolz und Scham), vorzeitig gealtert, in einem ausgeblichenen Kattunkleid und einem Sonnenhut, eine Frau, die sich in der armseligen Küche des verfallenen Hauses auf den Lauf der Yankee-Muskete lehnte und sprach: »Wer will noch vor Ostersonntag in den Potomac River spucken?«

Daran erinnerte er sich, wenn er in seinem Büro saß (dem privaten Kabuff, auf dessen Unterhalt im obersten Geschoß des Bankgebäudes er bestand und wohin er sich kurz vor Feierabend, wenn es stiller wurde, zurückzog, um rauchend dazusitzen und zuzusehen, wie die Sonne hinter dem Fluß versank) und sich der Dinge erinnerte, die sich ereignet hatten, bevor das Erinnern begann, und von denen er wußte, daß sie nicht der

Erinnerung, sondern dem Hörensagen entstammten, dabei
aber so häufig gehört und wiedergehört worden waren, daß er
den Versuch, zu bestimmen, wo das Zuhören endete und das
Erinnern begann, längst aufgegeben hatte. Jetzt hatte er selbst
einen Zuhörer, einen Mann, halb so alt wie er, der vor zehn
oder zwölf Jahren unangemeldet in den kleinen abgelegenen
kahlen Raum hereingeplatzt war und gesagt hatte: »Sie sind ihr
Sohn. Sie sind Lewis Randolphs Sohn.« – ein fahles, intelligen-
tes Gesicht, das Gordon schlagartig den Eindruck vermittelte,
als eigne ihm kein andres Leben, als existiere es nirgendwo
sonst, als gehöre es ebenso zum friedlichen Beschluß der flauen
Nachmittage eines alten Mannes wie der leere Schreibtisch, die
beiden Stühle, die langsamen, vertrauten Wandlungen jahres-
zeitlicher Schatten des sich rundenden Zodiakus, der Sonnen-
wende und der Tagundnachtgleiche – ein fahles Gesicht, das
weder Rahmen für die Augen noch Maske für die Gedanken zu
sein schien, sondern lediglich Behältnis für ein gieriges Zuhören, gebrauchte es sein Sprechorgan doch nur, um zu wieder-
holen: »Noch einmal. Erzählen Sie noch mal von vorn. Wie hat
sie ausgesehn? Was hat sie getan? Was hat sie gesagt?« Und er –
Gordon – konnte ihm keine Auskunft geben. Er konnte sie
nicht einmal beschreiben. Sie war sich zu sehr gleich geblieben;
er hatte nichts andres gekannt, er sah sie nur auf sich selbst bezogen, und wenn er zu erzählen ansetzte, erzählte er nur auf
sich selbst bezogen: wie er in die Steppdecke eingewickelt dalag, dann allein auf dem Sitz des vierrädrigen Wagens saß, her-
nach daneben auf dem Boden spielte, während seine Mutter in
dem Kattunkleid, dessen Tasche durchhing vom Gewicht der
Derringer, die gleich nach ihren Brüsten einer der ersten
Gegenstände seiner Erinnerung war, die Nervenenden seines
Körpers der harten, kompakten Umrisse ebenso konstant gewärtig wie sein kindlicher Magen der Brust unter dem Kattun,
während sie also mit auf der obersten Stange gekreuzten Armen dastand und dem Neger hinter dem Zaun beim Pflügen
zusah. »Und er pflügte schnell«, sagte er. »Solange sie da war.«

Und die Derringer selbst: Er erinnerte sich nicht daran, obwohl er dabei gewesen war, in der Küche, zuerst schlafend in
dem aus einer Holzkiste zusammengezimmerten Kinderbett-
chen neben dem Ofen, dann sich aufsetzend, wach, aber ohne
einen Laut von sich zu geben, und mit runden Kinderaugen die
Szene vor sich betrachtend – wie sich die Frau im ausgeblichenen Kattun am Ofen umwandte, als der blaugekleidete Mann
eintrat, das blaue Krachen und Klirren der Karabiner und Ba-
jonette und Säbel; er konnte nicht einmal wissen, sich erinnern,
ob er die Derringer wirklich hatte explodieren hören oder
nicht, alles, woran er sich erinnern zu können glaubte, war, daß
die Küche wieder leer war und er plötzlich, von ihren festen
Händen, gegen Mutters Knie gepreßt wurde, vielleicht noch an
den Pulvergeruch in der Luft, vielleicht aber auch nicht, und
womöglich an das Gebrüll einer der Negerinnen, da das einzige, woran er sich erinnern zu können glaubte, das Gesicht
unter dem ausgeblichenen Sonnenhut war, und selbst dieses
war nur das nämliche Gesicht, das schon dem Neger beim Pflügen zugeschaut oder über dem aufgepflanzten Musketenlauf
gelehnt hatte, jedenfalls war das einzige, was er sicher wußte,
nur dies: Die Derringer war seit jenem Tag verschwunden, und
er spürte nie wieder ihre Umrisse an seinem Körper, wenn
seine Mutter ihn hielt. Da fragte ihn der Zuhörer: »Die kamen
rein und trafen sie allein an? Was hat sie getan? Versuchen Sie
sich zu erinnern.«

»Ich weiß nicht. Ich glaube nicht, daß sie irgend etwas ange-
stellt haben. Wir hatten nichts Wertvolles im Haus, und nie-
dergebrannt haben sie's auch nicht. Ich nehme an, sie haben gar
nichts gemacht.«

»Aber sie? Was hat sie getan?«

»Ich weiß nicht. Nicht einmal die Nigger wollten mir sagen,
was geschah. Vielleicht wußten die ja auch nichts. ›Frag sie
selbst, wenn du Manns genug bist, es zu hören‹, haben sie mir
gesagt.«

»Aber Sie waren nicht Manns genug«, sagte der Zuhörer, rief

es aus mit einer Art Freude und Frohlocken. »Selbst wenn Sie von ihrem Fleische sind.«

»Vielleicht nicht«, sagte Gordon.

»Ja«, sagte der Zuhörer, wieder leise, das fahle, intelligente Gesicht ausdruckslos. »Sie hat ihn getötet. Sie hat ihn begraben, die Leiche versteckt. Ganz allein. Sie wollte keine Hilfe. Einen Yankee zu begraben dürfte für die Tochter der Frau, die bei Dunkelheit eigenhändig eine Grube aushob, um eine Truhe Silber zu vergraben, kein Kunststück gewesen sein. Ja, nicht einmal Ihnen wollte sie's anvertrauen. Und Sie waren nicht Manns genug, sie zu fragen, selbst wenn Sie Ihr Sohn sind.«

Er fragte nicht, und die Zeit verging, und eines Tages tauchte er in die Erinnerung ein; er wußte es, sah es; er war da, ein Jahr nach der Kapitulation, als sein Großvater aus dem Gefängnis von Rock Island heimkehrte. Er kam zu Fuß, in Lumpen. Er besaß weder Haare noch Zähne und sprach kein Wort. Er aß nicht am Tisch, sondern nahm seinen Eßteller aus der Küche und verbarg sich damit wie ein wildes Tier; vor dem Zubettgehen entledigte er sich nicht seiner Kleider, und auf seinem Zimmer schlief er nicht im Bett, sondern wie der alte Hund auf dem Fußboden darunter, und die Tochter und die Neger mußten hinter ihm den Boden von abgenagten Knochen und Kot reinigen, als wäre er ein Hund oder Kleinkind. Vom Gefängnis sprach er nie; sie wußte nicht einmal, ob er sich darüber im klaren war, daß es mit dem Krieg ein Ende hatte – und so ging es, bis eines Morgens die Negerin Joanna zur Tochter in die Küche gelaufen kam und sagte: »Master is von uns jegangen.«

»Von uns gegangen«, sagte die Tochter. »Du meinst . . .«

»Nö. Nich tot. Nur wechjegangen. Awce is seit Tagesanbruch hinner ihm her. Aber keeiner hat ihn jesiecht.« Sie sahen ihn nie wieder. Sie suchten Zisternen und alte Brunnen und sogar den Fluß ab. Sie fahndeten und fragten in der ganzen Gegend herum. Aber er war von ihnen gegangen und hatte selbst in dem Zimmer, das ihm gehörte, keine Spuren hinterlassen außer den Knochen vom Vortag; auch die Kleider, die

94

im Schrank hingen, hatte der Knabe längst aufgetragen, selbst der alte blinde Setter war längst tot.

So erkundigte er sich nach dem Yankee nicht, und für den fünfjährigen Knaben waren Ankunft und Weggang des zerlumpten, wortlosen alten Mannes wie das Kommen und Gehen eines Fremdlings, ja eine Angelegenheit unterhalb der Schwelle des Menschlichen, das keine Spuren und keine Fährten hinterließ. Dieses war die letzte der Invasionen; als nächstes kam der Exodus, und er führte ihn an. Denn inzwischen wuchs er heran, nicht rasch, aber stetig. Er würde nie so groß sein wie sein Vater, was nichts mit dem kleinen Wuchs seiner Mutter zu tun hatte, sondern mit dem Nahrungsmangel während seiner Säuglingszeit, der ihrer Milch die Nährstoffe nahm, deren es bedurfte, um die großen Knochen auszubilden, auf welche er Anspruch gehabt hätte. Danach jedoch litt er nicht mehr unter mangelnder Ernährung; irgendwie trieben die beiden Frauen, die weiße und die schwarze, immer Nahrung für ihn auf, so daß er, wenngleich von kurzem Wuchs, gesund und wohlauf zu werden versprach – ein untersetzter, kräftiger Junge, der die Baumwolle mit zwölf ebensogut wie die Neger pflückte und mit fünfzehn am Pflug den Neger ablöste, der ebenfalls alt war, ein Altersgenosse seines Großvaters. Briefe kamen und gingen, und im Sommer, als sein Großvater verschwand, erhielten sie den ersten Brief von den Eltern seines Vaters in Memphis. Diese waren allesamt von der Großmutter verfaßt, in einer zierlichen, spinnenartigen Schrift auf verblaßtem feinem Briefpapier, das noch immer nach dem Lavendel des Schubfachs roch, in dem sie zweifellos seit 1862 verwahrt worden waren. Sie begannen mit »Mr. Gordon sagt« oder »Mr. Gordon hat mich gebeten zu schreiben«. Sie waren jedoch nicht gefühllos, nur verwirrt, immer noch verständnislos – der Junge wurde immer noch als »der kleine Charles« bezeichnet – abgefaßt in einer anderen Epoche, und tasteten sich nur schüchtern vor. »Wir würden ihn gern sehen, Euch beide gern sehen. Aber Mr. Gordon und ich sind alt und reisen

nicht... da es inzwischen ungefährlich zu sein scheint, hin-
und herzufahren... in der Hoffnung, daß ihr uns besuchen
kommt, bei uns wohnen bleibt...« Vielleicht hatte seine Mutter ihnen geantwortet, er wußte es nicht. Er war zu sehr beschäftigt. Mit acht, neun Jahren konnte er melken, indem er
sich im Kuhstall auf eine Miniaturausgabe des mütterlichen
Melkschemels hockte (sie molk, wendete Heu und mistete die
Stallungen aus wie ein Mann, aber weder kochte noch fegte
sie), und mit zwölf oder vierzehn setzte er am Wagen Radspei-
chen ein und beschlug Pferde. Am Abend saßen sie dann zu
beiden Seiten des Küchenherds, der Junge mit einem Span glat-
ten Weißeichenholzes und einem angespitzten, verkohlten
Stecken und die dünne Frau im ausgeblichenen Kattun, die sich
nicht im mindesten verändert hatte, sie hielt die abgewetzte
Fibel oder Zahlentabelle in der Hand und musterte ihn darüber
hinweg, so wie sie dem Neger über den Zaun hinweg beim
Pflügen zuschaute. So bedeuteten ihm bis zu seinem sechzehn-
ten Lebensjahr, als der Brief für ihn eintraf, die Großeltern in
Memphis noch weniger als jener andere, dem er wenigstens
lautlos die Stiege hinauf folgen, durch die Tür nachspähen und
dabei zusehen konnte, wie er sich, das Gesicht der Zimmerecke
zugekehrt, über seinen Eßteller kauerte gleich einem wilden
Tier – nämlich nichts, aber auch gar nichts; das halbjährliche
Eintreffen vornehm verblaßter Briefkuverts mit der spinnenartigen Aufschrift, die nicht etwa so wirkte, als wäre sie mit
fahriger, zittriger Hand verfaßt, sondern vielmehr, als wäre sie
dank einer etwa verspäteten Überstellung in das verfallene
Haus in Mississippi verblaßt, dort fast zufällig hingeraten wie
das beinah unbemerkte Fallen des fernsten, letzten Blattes
eines vergehenden Jahres. Einmal aber war der Brief an ihn
adressiert. Seine Mutter händigte ihn wortlos aus. Er las ihn
heimlich, und zwei Nächte später, als sie einander am Küchen-
herd gegenübersaßen, sagte er: »Ich gehe nach Memphis.«
Darauf verhoffte er wie ein Pferd, das weiß, es erreicht den
Unterstand nicht mehr, und in das letzte Fitzel Ruhe vor dem

Sturme wittert. Doch der Sturm blieb aus. Seine Mutter hielt nicht einmal im Stricken inne; es war seine Stimme, die sich hob:

»Ich hab' ein Recht dazu. Er ist schließlich mein Großvater. Ich will ...«

»Habe ich das etwa bestritten?«

»Ich werd' noch reich. Ich werd' so reich sein wie ein Spekulant. Damit ich ...« Er war nahe daran zu sagen: *Damit ich mehr für dich tun kann*, aber er merkte, daß sie niemandem je erlauben würde, mehr für sie zu tun, als sie für sich zu tun vermochte, nicht einmal ihm. »Denk nur nicht, daß ich bloß deswegen zu denen hinwill, weil sie reich sind und keine Angehörigen haben.«

»Weshalb solltest du nicht, wenn du es möchtest? Schließlich ist er dein Großvater, ganz wie du sagst. Und reich. Weshalb solltest du nicht den lieben langen Tag in einem Mantel aus feinstem Tuch auf einem Vollbluthengst umherreiten, wenn dir danach ist? Wann willst du aufbrechen?« Jetzt war es an ihm, zu sagen: *Schon gut. Ich werde nicht gehen. Wenn du bisher für uns beide gesorgt hast, kann ich von jetzt an für uns beide sorgen.* Aber er sagte es nicht. Glaubte sie doch wirklich, er wolle nur des rassigen Pferdes und des feinen Wollstoffes wegen hin, und jetzt war es zu spät. Es sollte Jahre dauern, bis er, in seinem kleinen, kahlen Nachmittagskabüffchen sitzend, den Rauch der guten Zigarre friedlich-windstill über sich, voll launiger Bewunderung vor sich hin sprach: »Bei Gott! Ich glaub', den Brief hat sie gar noch selbst geschrieben.« Also schwieg er, und einen Augenblick später wandte sie den Blick von ihm ab und sprach über die Schulter hinweg mit der Negerin, und ihm fiel auf, daß sie nicht einmal aufgehört hatte zu stricken: »Hol den Schrankkoffer vom Dachboden, Joanna. Und richte Awce aus, bei Tagesanbruch muß der Wagen angespannt sein.«

Sie fuhr nicht mit ihm zum Bahnhof. Sie gab ihm nicht einmal einen Abschiedskuß; sie blieb einfach in der Küchentür stehen an jenem dämmergrauen Morgen im Spätherbst – die dünne Frau im ausgeblichenen Kattun, nicht so sehr mittleren Alters als vielmehr alterslos und nahezu geschlechtslos, die bereits vor Jahren Jugend und Weiblichkeit über Nacht und für immer abgelegt hatte wie das jungfräuliche Konfirmationskleid, die unerschütterlich durch die Zeit glitt wie der Bug eines Schiffes durchs Wasser und deswegen von der mächtigen Dünung doch nicht dauerhaft gezeichnet war. Die Eisenbahnlinie war fünfundzwanzig Meilen entfernt. Er trug einen Anzug bei sich, vier grobe Wollhemden, ein Paar Bettlaken und zwei Handtücher aus Sackleinen, eine schwarze Zahnbürste aus Kautschuk und einen Batzen selbstgemachter Seife in einer Blechbüchse, und, in den Hosenbund eingenäht, zehn Silberdollar und den Brief mit der Anschrift seiner Großeltern. Bevor er mit dem rindsledernen Koffer in den gedeckten Güterwagen kletterte, hatte er noch nie eine Eisenbahn gesehen. Als der Wagen zum letztenmal anhielt, hatte er sechzehn Stunden darin zugebracht, ohne einen einzigen Tropfen Wasser. Doch selbst dann stieg er nicht sofort aus. Dem Hosenbund entnahm er den Briefbogen, der die Adresse seines Großvaters enthielt, faltete ihn sorgsam und begann ihn in immer kleinere Stücke zu zerreißen, bis seine Finger nichts mehr zu greifen hatten. Er sah zu, wie die Schnipsel auf den Schotter trudelten. *Ich werd' ihr schreiben*, dachte er. *Ich werde ihr umgehend schreiben und es ihr sagen.* Dann dachte er: *Nein, ich denk' ja nicht daran. Wenn sie mir das zutraut, dann soll sie doch.*

Seine erste Arbeitsstelle war in einer Baumwollpresse, wo er die Ballen auf Güterwaggons und Dampfschiffe verlud. Er arbeitete Seite an Seite mit Schwarzen, auch der Vorarbeiter war ein Neger. Einmal im Monat schrieb er einen Brief nach Hause, in dem er ihr mitteilte, es gehe ihm gut. *Wenn sie glauben will, daß ich im Frack auf diesem Gaul rumreite, dann soll sie doch*, dachte er. Da wurde eines Tages sein Name aufgerufen, er schaute auf und erblickte einen alten Mann in Leinen-

98

hemd und feinem Anzug, der sich zitternd auf einen Stock auf-
stützte und mit bebender Stimme sprach: »Charles, Charles.«

»Ich heiße Randolph«, sagte er.

»Ja, ja, natürlich«, sagte der Großvater. »Warum hast du
denn nicht – wir hätten nichts davon erfahren, wenn deine
Mutter nicht – der einzige Brief von ihr in einem Jahr...«

»Mutter? Aber sie hat doch gar nicht wissen können – wollen Sie damit sagen, sie hat gewußt, daß ich nicht bei Ihnen
wohne?«

»Ja. Nur daß du in Memphis bist und einer Arbeit nachgehst.
Und wir hätten nichts davon erfahren – hätten nicht...«

Sie hat's gewußt, dachte er in einer Aufwallung von Stolz
und Selbstrechtfertigung. *Sie hat die ganze Zeit über gewußt,
daß ich es nicht über mich bringen würde. Die ganze Zeit über
hat sie es gewußt.* Er versuchte es zu erklären; das war am folgenden Sonntag – ein hohes kompaktes stilles düsteres Stein-
haus unter Magnolien, eine mollige kleine Frau in Schwarz mit
winzigen weichen zitternden unnützen Händen und stutzigen
blauen Augen, der erdrückende abgedunkelte Salon, das Porträt, das fesche prächtige Gesicht unter der gerafften alten
Fahne und dem Säbel über dem Kaminsims; er versuchte es zu
erklären.

»Du brauchst doch nicht zu arbeiten, dich unter Negern ab-
zuschinden«, meinte der Großvater. »Schule, Universität, eine
Stellung im Büro, die auf dich wartet.« Er betrachtete das unbewegte, störrische Gesicht. »Ist es, weil ich einen Yankee zum
Partner habe? Auch der hat seinen Sohn verloren. Deswegen
ist er ja in den Süden gezogen: um nach ihm zu suchen. Unsre
Söhne sind wenigstens daheim gefallen.«

»Nein, Sir. Das ist es nicht. Es ist nur, weil ich – sie
würde...« Allein, er merkte, daß es sich nicht aussprechen
ließ, sich nicht würde aussprechen lassen einem Fremden
gegenüber, und sei es auch der Vater seines Vaters. So sagte er
denn: »Ich habe fest vor, reich zu werden. Und ich denke, das
einzige Geld, bei dem ein jeder Dollar seine hundert Cent wert

ist, ist selbstverdientes Geld. Und im Süden ist Baumwolle Geld. Und ich denke, den Handel mit Baumwolle erlernt man nur, wenn man sie mit anfaßt, abpflückt. Versuchen Sie's mal«, setzte er mit jenem sardonischen Humor hinzu, der nicht zu seinem Alter passen wollte. »Pflücken Sie wenigstens mal ein Zipfelchen.«

»Aber du wirst doch zu uns ziehen? Das kannst du wirklich.«

»Könnte ich für Kost und Logis zahlen?« Dann aber sagte er: »Nein, Sir. Ich muß es auf meine Weise schaffen. So wie ich es – wie sie ... Aber ich komme jeden Sonntag.«

Er kam sonntags und auch Mittwoch abends, so daß er jetzt zweimal die Woche zur Kirche ging. Bis dahin war er erst einmal in der Kirche gewesen, in einer Negerkirche mit Joanna, an einem Sonntagnachmittag zu einer Taufe. Er hatte sich davongestohlen. Vielmehr, er ließ seine Mutter nicht wissen, wohin er ging. Zwar nahm er nicht an, daß sie Einspruch erheben, es ihm untersagen würde. Es war bloß, daß man nicht zur Kirche ging, obwohl man an Gott glaubte als an eine Macht in der Welt, der man, wie dem Wetter, weder etwas Gutes zutraute noch etwas Schlechtes nachtrug, und mit der man sich, wie mit dem Wetter, längst auf *leben und leben lassen* verständigt hatte – und zweifellos vor allem deshalb nicht ging, weil es keine Kirche für Weiße in der Nähe gab und weil seine Mutter, anders als die Mannsbilder, noch nicht gelernt hatte, die wöchentlich anfallende Arbeit auf sechs Tage zu verteilen. Aber jetzt ging er; er tat es mit offenen Augen; schon mit sechzehn, siebzehn sagte er sich mit jenem gleichmütig-sardonischen Humor: *Ich nehme an, wenn sie davon erfährt, wird sie auch das Dummheit nennen.* So teilte er es ihr selbst mit und erhielt nach einer Weile eine Bestätigung seines Briefes, aber ohne jede Bezugnahme auf die Kirche; in der Tat erhielt er nur wenige Briefe irgendwelcher Art von ihr – ein Gekritzel auf Fetzen Papier in einer ungelenken, männlichen Handschrift, die stets mit einer förmlichen Danksagung (in der dritten Person) an seine Großeltern endete; als er ihr nach Ablauf der ersten zwölf Monate schrieb, er habe zweihundert Dollar gespart und werde sie zu sich nach Memphis holen, erhielt er überhaupt keine Antwort mehr. Er fuhr nach Hause, wieder in einem Güterwagen, obwohl er inzwischen zweihundert Dollar besaß, diesmal in einer alten Geldkatze, die er in einem Pfandleihhaus erworben hatte. Der Kutschwagen stand bereit – dieselben Maultiere, derselbe alte Neger in derselben geflickten Kluft; dieser mochte seit jenem Tag vor einem Jahr, als er ausgestiegen war, so dagestanden haben; er fand seine Mutter, mit einer Mistgabel bewaffnet, im Kuhstall. Sie wollte nicht mit ihm nach Memphis kommen und verweigerte eine Weile sogar die Annahme der zweihundert Dollar. »Nun nimm sie doch«, sagte er. »Ich brauche sie nicht. Ich will sie nicht einmal. Ich hab' jetzt eine bessere Stelle. Ich werd' schon noch reich«, rief er großtuerisch: der prahlerische lautstarke Traum (er war siebzehn): »Bald kann ich damit anfangen, das Haus in Ordnung zu bringen. Du kannst auch einen Wagen haben.« Er hielt inne, fühlte ihren kalten, unverwandten Blick auf sich ruhen; nicht auf seinem Gesicht; auf seinem Mund. »Mach dir keine Sorgen«, sagte er. »Es ist nicht bloß das Geld, das ich liebe, das ich begehre. Das müßtest du eigentlich inzwischen wissen.«

Davon bin ich überzeugt, dachte er, weil sie das Geld nahm, es ungezählt in die Tasche des ausgeblichenen Kleids stopfte; vom Fuhrwerk aus warf er ihr einen einzigen Blick zu, sah sie mit den beiden Melkeimern in der Tür zum Kuhstall stehen. Er hatte eine neue Anstellung als Laufbursche bei einem Baumwollbroker. Inzwischen schickte er jeden Monat Geld nach Hause, wobei er eine Bestätigung weder erwartete noch empfing. Ja, obwohl er nicht jedesmal nach Ablauf der zwölf Monate heimfuhr, schrieb sie ihm überhaupt nicht mehr. Die Monate häuften sich zu Jahren und wurden nur noch von den selbstgepökelten Schinken markiert, die sie ihm zum Erntedankfest und zu Weihnachten schickte und die er mit seinen Großeltern verzehrte. »Ich schreib' halt nicht gern Briefe«, beschied sie ihm. »Dir geht's inzwischen gut, und du solltest wissen, daß es auch mir gutgeht. Mir ist es immer gutgegangen.« *Ist es immer gutgegangen und wird es immer gutgehen*, dachte er. *Nur daß ich jetzt herausfinde, wie wenig sie früher offenbar von mir gehalten hat.* So wartete er diesmal, bis er zwölfhundert Dollar gespart hatte. Er reiste nach Hause, kam in der Abenddämmerung bei dem verfallenden Haus an und sah, wie sie mit den beiden nun gefüllten Eimern aus dem Kuhstall heraustrat, geradeso als sei, wie im Falle des Fuhrwerks, keine Zeit verstrichen, seit er sie vor drei Jahren das letztemal gesehen hatte. Und jetzt wollte sie nicht einmal zulassen, daß er sich an dem Haus zu schaffen machte. »Awce wird's schon noch abstützen, bevor es ganz einfällt«, sagte sie ihm. Aber die zwölfhundert Dollar nahm sie an, wie immer kommentarlos, doch diesmal ohne Protest, und jetzt begann die Zeit geschwind zu verfliegen, wie bei allen jungen Leuten, die zielstrebig sind. Inzwischen war er Büroangestellter in einer Maklerfirma, innerhalb von sechs Jahren Kompagnon, jetzt hatte er ein richtiges Bankkonto, zu hohe Geldbeträge, als daß man sie in einer Geldkatze mit sich herumtragen konnte, und war verheiratet; zuweilen hielt er in einer Art starrem Erstaunen inne, nicht erschöpft, sondern wie ein starkes Pferd vorübergehend den Schritt verhält, um zu verschnaufen, und dachte: *Ich bin dreißig, ich bin vierzig,* und konnte sich nicht mehr besinnen, wann, in welchem Sommer, er sie zum letztenmal gesehen, ihr die Enkelkinder vorgeführt hatte, die Anlässe austausch- und verwechselbar – dieselben beiden Melkeimer, ob voll oder leer, dieselbe dünne aufrechte Frau unbestimmten Alters, deren ergrauendes Haar ihre Unempfindlichkeit gegen die Zeit nur bestätigte, derselbe ausgeblichene Sonnenhut, dasselbe ausgeblichene Kleid, nur das Druckmuster auf dem Kattun ein anderes, als ob das Eintauschen eines Kleides gegen das andere die einzige Veränderung ausmachte; dann eines Tages *Ich bin fünfzig, und sie ist neunundsechzig*, und in seiner leichenwagenähnlichen Limousine fuhr er – inzwischen Präsident jener

Bank, bei der er sein erstes Guthaben eingezahlt hatte, und selber Millionär, der, vor zwanzig Jahren zum Erben seines Großvaters eingesetzt, die Verlassenschaft ausgeschlagen und das Landgut in ein Stift für kinderlose alte Damen umgewandelt hatte, nach Mississippi, entlang der Eisenbahnstrecke, auf der der alte Güterwaggon entlanggerattert war, und danach über die Straße, die sich einst endlos gedehnt hatte unter dem schwerfälligen Kutschwagen, und so bis zum Haus, das Awce abgestützt hatte – auch der schon längst weggestorben und ersetzt durch einen vierzehnjährigen Jungen, der seinerseits schon ein Mann war und ebenso rasch pflügte, wenn die weiße Frau am Zaun stand, um ihm zuzusehen. Aber nach Memphis wollte sie nicht. »Mir geht's gut, ich sag's dir«, meinte sie. »Bin ich nicht jahrelang gut ausgekommen mit Joanna? Ich denke doch, ich und Lissy (die Tochter von Joanna und Awce mit Namen Melissande, wenngleich wohl niemand außer dem Sohn sich daran erinnerte) schaffen's genauso.«

»Aber du brauchst nicht mehr zu melken«, entgegnete er. Darauf ging sie aber gar nicht erst ein. »Ich schätze, du wirst mir auch nicht versprechen, öfter zu schreiben, stimmt's?« Da sie es nicht tat, hielt er vor einem Krämerladen an einer Kreuzung einige Meilen entfernt, dessen Inhaber einwilligte, einmal in der Woche zum Haus hinauszureiten und ihm einen Bericht zu schicken, was selbiger denn auch tat. Der fünf Monate später eintreffende Brief besagte, seine Mutter sei erkrankt, und er kehrte heim und sah sie zum erstenmal in seinem Leben ans Bett gefesselt, das Gesicht noch immer kalt und unnachgiebig und außerdem ein wenig empört über das Nachlassen ihrer Körperkräfte.

»Ich bin nicht krank«, sagte sie. »Wenn ich wollte, könnte ich im Nu aufstehen.«

»Ich weiß«, sagte er. »Das wirst du auch. Du kommst mit mir nach Memphis. Diesmal bitte ich dich nicht. Ich befehl' es dir. Um deine Sachen mach dir keine Sorgen. Morgen komm' ich wieder und nehm' sie mit. Ich werd' sogar die Kuh im Wagen transportieren.« Vielleicht war es, weil sie auf dem Rücken lag und hilflos war und darum wußte. Denn nach einem Augenblick sagte sie:

»Ich will, daß Lissy mitkommt. Reich mir den Karton auf dem Kaminsims.« Es handelte sich um einen Schuhkarton aus Pappe. Dreißig Jahre hatte er dort gelegen, fiel ihm ein, und enthielt jeden Penny, den er ihr je geschickt oder mitgebracht hatte, die nämlichen Banknoten, mit dem nämlichen Falz.

Und nun, da Gordon seinem Zuhörer erzählte, ging ihm auf, daß sie noch nie zuvor in einem Automobil gesessen hatte. Jedenfalls nicht in einem fahrenden, denn in dem ersten, das er mitgebracht hatte, hatte sie durchaus einen Augenblick lang gesessen; hatte die beiden Melkeimer abgestellt, war im ausgeblichenen Sonnenhut und Kleid eingestiegen, eine Sekunde sitzen geblieben, hatte einmal grimmig gebrummelt und war wieder ausgestiegen, obwohl der schwarze Chauffeur die Negerin Lissy auf eine Probefahrt die Hauptstraße entlang und wieder zurück mitgenommen hatte. Doch diesmal stieg sie, ohne zu zaudern, ein: lehnte es ab, sich von ihm tragen zu lassen, lief zum Auto hinaus und blieb davor stehen, während die aufgeregte und geradezu hysterische Negerin die wenigen eilends zusammengeschnürten Bündel und Taschen herbeischleppte. Da half er ihr hinein und schloß den Wagenschlag und dachte, daß das Klacken der Tür das Ende bedeute, so wie die Freiheit des Flüchtigen mit dem Klacken der Handschellen endet, doch hier irrte er. Auch davon erzählte er: Inzwischen war es Nacht geworden, der Wagen rollte die gepflasterte Fahrbahn entlang, und schon lag vor ihnen der helle Schimmer der Stadt, und er saß neben der kleinen reglosen, in ihren Schal gehüllten Gestalt, die auf den Knien einen Korb umklammerte, und dachte gerade erstaunt, daß er sie noch nie zuvor in seinem Leben so lang hatte liegen oder auch nur niedersitzen sehen, als sie sich plötzlich nach vorn beugte und mit schwacher, aber scharfer Stimme sagte: »Halt! Halt!« Und sogar sein schwarzer Chauffeur gehorchte ihr, wie schon Awce und dessen Vorgänger, das Auto verlangsamte seine Fahrt, die Bremsen quietschten, und sie lehnte sich über den Korb nach vorn und spähte hinaus. »Ich will hier anhalten«, sagte sie, und auch er blickte hinaus und erkannte, was sie da betrachtete – einen zierlichen, spielzeuggroßen Bungalow unter gepflegten Sträuchern auf einem hübschen kleinen Grundstück.

»Reizendes Häuschen, nicht?« pflichtete er ihr bei. »Fahr weiter, Lucius.«

»Nein«, sagte sie. »Weiter fahre ich nicht. Ich will hier anhalten.«

»Bei diesem Haus? Aber das gehört doch irgendwem. Wir können hier nicht anhalten.«

»Dann kauf es und setz sie an die Luft, wenn du so reich bist, wie du behauptest.« Und auch hiervon erzählte er: wie sie in dem haltenden Wagen saßen, den die lautstarke Bestürzung der Negerin Lissy erfüllte, die ahnte, daß die Aussicht auf Memphis aus ihrem Leben entschwand. Doch die Mutter blieb unerbittlich. Sie wollte nicht einmal nach Memphis hineinfahren, um dort zu warten. »Bring mich zurück nach Holly Springs«, sagte sie. »Ich werde bei Mrs. Gillman wohnen. Morgen kannst du das Haus kaufen und mich abholen kommen.«

»Versprichst du mir, nicht nach Hause zurückzufahren?«

»Ich verspreche überhaupt nichts. Kauf du nur das Haus. Denn weiterfahren werde ich nicht.« So brachte er sie denn nach Holly Springs zurück, zu der alten Freundin, mit der sie als Mädchen zur Schule gegangen war, wissend, daß sie dort nicht bleiben würde, was sie auch nicht tat; er trat die letzte Reise nach Mississippi an, brachte sie und die Negerin abermals aus dem alten in das neue Haus, wo schon die Kuh und ihre Küken untergebracht waren, und ließ sie dort zurück. In die Stadt kam sie nie, obwohl er jetzt jeden Sonntagabend hinausfahren konnte, um sie zu besuchen, in dem ausgeblichenen Gingham und dem Sonnenhut, wie sie in der

sommerlichen Dämmerung inmitten einer trippelnden Schar
Hühner stand, mit einer Hand den Saum der Schürze raffend,
während der andere Arm die uralte Gebärde des Sämanns aus-
führte. Dann saß er eines Nachmittags in dem kleinen kahlen
Kabuff, das er Büro nannte, als die Tür aufsprang und er in das
fahle Gesicht des Mannes schaute, der ihn anschrie:

»Sie ist Ihre Mutter. Lewis Randolph ist Ihre Mutter.« Er
rief: »Ich heiße auch Gavin Blount. Ich bin sein Großneffe.
Wußten Sie das denn nicht? Er und Charles Gordon waren
beide in sie verliebt. Sie haben ihr am selben Tag einen Antrag
gemacht: Sie hoben Karten ab, um zu sehen, wer zuerst um sie
anhalten dürfe, und Gavin Blount gewann. Aber die Rose hat
sie Charles Gordon überreicht.«

III

Von seinem Bürofenster aus konnte Gordon jeden Nachmittag in den Battery Park blicken und Blount, der das Gesicht
zum Fluß gewandt hatte, auf einer Bank sitzen sehen. Stets war
er allein und saß, im winterlichen Übermantel oder sommerlichen Leinen, dort zwischen den alten vernagelten Kanonen
und den Bronzetafeln, mitunter eine Stunde lang, sogar bei
Regen.

Er kannte damals Blount schon lange, doch selbst nach
zwölf Jahren brachte er dem anderen nichts als Toleranz, etwas
Zuneigung und ein wenig Geringschätzung entgegen. Denn in
seinen Augen – den Augen des vernünftigen, gut organisierten
Mannes mit seinem hartnäckigen gesunden Menschenverstand – war das Leben, das Blount führte, kein Leben für einen
Mann. Es war nicht einmal ein Leben für eine Frau. Als Arzt
hatte Blount von seinem Vater eine Praxis übernommen, die er,
in zwanzig Jahren unermüdlicher Anstrengung, auf einen ab-
soluten Tiefstand heruntergewirtschaftet hatte; was jetzt noch
an Fällen den Weg zu ihm fand, gelangte zwischen den Deck-

blättern medizinischer Fachzeitschriften in sein Büro; was an
Patienten durch seine Tür trat, beschränkte sich auf ihn selbst.

Er war krank. Nicht körperlich, aber von Geburt an. Mit
zwei unverheirateten Tanten wohnte er in einem guterhalte-
nen massiv-wuchtigen Haus, erbaut ohne die Anmut der Zie-
gel, in einer Straße, die, nachdem sie fünfzig Jahre zuvor eine
der exklusivsten Adressen der Stadt gewesen, mittlerweile her-
untergekommen war zu einer Ansammlung von Reparatur-
werkstätten, Klempnereien und verfallenen Fremdenheimen,
die mit dem Rücken an eine Reihe von Mietskasernen für Neger grenzten, und genau wie Gordon fuhr er jeden Morgen in
die Stadt, allerdings nicht in irgendein Büro (es gab Tage, da er
nicht einmal die Praxis aufsuchte, deren Tür noch immer den
Namen seines Vaters trug), sondern um den Tag im Klub der
Nonconnah Guards zu verbringen, anschließend, nach Mittag, an den Fluß, zur Batterie, um zwischen den vernagelten
alten Kanonen und den protzigen Flachreliefs zu sitzen, und
schließlich um einmal in der Woche auf zehn Minuten oder
eine Stunde in dem hohen Zimmer vorbeizuschauen, dessen
Eigentümer und Bewohner sich eine anderweitige Existenz
seines Besuchers schon längst nicht mehr vorstellen konnte.
»Du solltest heiraten«, bedeutete ihm Gordon einmal. »Das ist
alles, was dir fehlt. Wie alt bist du?«

»Einundvierzig«, erwiderte Blount. »Gesetzt den Fall, daß
mir wirklich etwas fehlte: Weißt du denn, weshalb ich nie geheiratet habe? Weil ich ein Spätgeborener bin. Seit 1865 sind
alle echten Damen tot. Heut gibt's nur noch Weiber. Außerdem, wenn ich mir eine Frau nähme, müßte ich den Vorsitz der
Guards abtreten.« Und das, die Nonconnah Guards, war laut
Gordon sowohl seine Krankheit wie seine Kur. Siebzehn Jahre
schon war er Vorsitzender des Komitees, seit er das Amt von
einem Mann namens Sandeman geerbt hatte, der es seinerseits
von einem Mann namens Heustace geerbt hatte, der es auf dem
Schlachtfeld von Shiloh vom ersten Gavin Blount geerbt hatte.
Das war die Krankheit – ein immer noch junger Mann, der sich

entschlossen aus der Welt der Lebenden zurückgezogen hatte, um einer unwiederbringlich vergangenen Zeit zu leben, und dessen einziger Kontakt mit der Welt der Lebenden darin bestand, die eingereichten Namen unbekannter junger Mädchen, die auf den Besuch eines Balls hofften, nach Maßgabe einer von gleichmütigen Toten postulierten Werteskala abzuwägen und ad acta zu legen; ein Mann, in dem der Antrieb zum Leben so unberührt und unverbraucht und reglos schlummerte wie an dem Tag, da er ihn empfangen hatte, ähnlich der Maschinerie eines nicht vom Stapel gelaufenen Schiffskörpers, der langsam und still in der Helling vermodert; ein Mann, der seine Zeit damit verbrachte, allein zwischen ein paar stumm rostenden Kanonen und mit Grünspan überzogenen Bronzetafeln zu sitzen, wenn er nicht am Tisch einem Herrn gegenüber saß, der zweimal so alt war wie er, und drängte: »Erzähl noch mal. Wie sie sich auf den Musketenlauf lehnte und dir berichtete. Erzähl noch mal von vorn. Vielleicht gibt's ja doch noch Einzelheiten, die dir früher entfallen sind.«

So erzählte er denn abermals: wie die Mädchen sich aufreihten und die Mitglieder des Bataillons einen nach dem anderen küßten und wie die Nigger wieder fiedelten, nur daß seine Mutter sagte, daß man die Musik nicht hören konnte, und wie er ihr einmal sagte (da war er fünfzehn, und es kam ihm vor, daß er ihr nun schon recht oft zugehört hatte): »Woher willst du wissen, daß man sie nicht hören konnte?« Und seine Mutter war einen Augenblick in ihrem Redefluß gebremst, lehnte sich auf den Lauf der Muskete und starrte ihn an, den Mund noch offen und erzählbereit unter dem Sonnenhut, welchen sie im Haus ebenso wie im Freien trug und den sie seiner Überzeugung nach, so erzählte er Blount, morgens noch vor Schuhen und Unterrock anzog: »Ich wette, als du zu Charley Gordon kamst, konnte man nicht einmal die Ellbogen der Nigger beim Fiedeln sehen«, sagte er ihr.

»Du meinst, daß sie nicht zu lauschen brauchten«, sagte Blount. »Du meinst, daß man hören konnte: ›Schaut weg, schaut weg‹, ohne lauschen zu müssen. Es gibt Leute, die sie immer noch hören können, selbst nach siebzig Jahren«, fügte er hinzu. »Die sonst gar nichts mehr hören.«

»Aber man kann nicht heut und damals gleichzeitig leben«, sagte Gordon.

»Man kann's versuchen, und wenn man dabei zugrunde geht.«

»Du meinst, du wirst bei dem Versuch zugrunde gehen.«

»Na schön! Und wenn schon! Wer wird schon Schaden daran nehmen?«

Das war das erste Mal, daß Gordon den anderen zur Heirat aufforderte, und er wiederholte seine Aufforderung an jenem Nachmittag, als Blount hereingestürmt kam, mit seinem befremdlichen Ersuchen und in einem noch hysterischeren Zustand als damals vor zwölf Jahren, als er mit dem Ausruf »Sie sind ihr Sohn. Sie sind Lewis Randolphs Sohn« – das ungestüme fahle intelligente Gesicht – hereingestürzt war, der Arzt, der, wie er sagte, eine Anekdote einer Appendektomie vorzog, der seine Tage damit zubrachte, die Namen von Kandidatinnen für einen Jahresball abzuwägen, ganz so wie der Chef einer neuen und noch gefährdeten Revolutionsregierung sein Kabinett von Ministern zusammenstellt. »Also soll ich sie, eine fast neunzigjährige Frau, mit nackter Gewalt aus ihrem Haus schleppen, wo sie zufrieden und behaglich lebt, um sie zusammen mit einer Herde herumhopsender Gänschen auf einen Ball zu bugsieren?«

»Aber verstehst du denn nicht? Sie hat doch auch dem ersten beigewohnt. Ich meine den allerersten, den ersten, der wirklich etwas bedeutete, damals, als die Guards ins Leben gerufen wurden, als sie unter der Flagge, die die meisten von ihnen vorher noch nie gesehen hatten, Dixie sangen und sie einhundertundvier Männer küßte und Charles Gordon die Rose überreichte. Verstehst du denn nicht?«

»Aber warum Mutter? Es muß doch wohl hier in Memphis noch eine andere Frau am Leben sein, die in jener Nacht dabei war.«

»Nein«, sagte Blount. »Sie ist die letzte. Und selbst wenn noch andere am Leben wären, wäre sie immer noch die letzte. Es reiste ja keine von den anderen in dieser Nacht mit dem Militärtransportzug ab, den Mantel eines konföderierten Offiziers über dem bereiften Ballkleid und eine Blume im Haar, um sich wie bei einem Kriegsgericht in einem Geviert von Soldaten barhäuptig im Schnee trauen zu lassen und vier Stunden mit einem Ehemann zu verbringen, den sie nie wieder sehen sollte. Und wenn sie jetzt den let... diesen besuchte, den Ballsaal an meinem Arm beträte, wie vor siebzig Jahren an Charles Gordons!«

»Du wolltest sagen: den letzten. Ist das der letzte Ball, den du abhalten wirst, oder ist es der letzte, dem du selbst beizuwohnen gedenkst? Ich glaubte, nur Tod oder Heirat könnten dich von deinem Amt als Vorsitzender entbinden?«

»Ich werde nicht jünger.«

»Für die Ehe oder den Tod?« Blount antwortete nicht. Anscheinend hörte er nicht einmal zu, denn das intelligente tragische Gesicht blickte, fahl und gedankenversunken, nach unten. Plötzlich sah er auf, faßte den anderen ins Auge, und Gordon begriff, daß er kränker war, als er oder sonst irgend jemand ahnte.

»Du meinst, ich sollte heiraten«, sagte er. »Ich kann nicht heiraten. Sie würde mich nicht nehmen.«

»Wer würde dich nicht nehmen?«

»Lewis Randolph.«

Damit ging er fort, und auch Gordon saß gedankenversunken da. Aber ihm haftete nichts Krankes an – dieser stämmige, kräftige Mann, grauhaarig erfolgreich und vernünftig, saß da in seinem dezenten feinen Wollstoff und seinen gewaltigen makellosen altmodischen Manschetten, die teure Zigarre in der manikürten Hand, die inzwischen weich und glatt war, auch wenn sie die Form des Pflugsterzes noch nicht vergessen hatte, wachte, schrak plötzlich auf und sagte laut: »Verdamm mich. Verdamm mich, wenn ich's nicht tu.«

So rief seine Sekretärin zwei Tage später bei Blount zu Hause an; binnen einer Stunde war Blount in seinem Büro. »Tja, ich hab' sie überredet«, sagte Gordon. »Sie kommt her. Aber nicht zum Ball. Ich nehme an, das wäre zuviel für sie. Veranstalten wir doch einfach ein Dinner bei mir zu Hause, mit ein paar Gästen. Ich werde Henry Heustace und seine Gattin laden. Sie ist nur etwa zwanzig Jahre älter als die beiden. Um den Ball kümmern wir uns später.« Aber Blount hörte auch diesmal nicht zu.

»Du hast sie überredet«, sagte er. »Lewis Randolph auf dem Ball der Nonconnah Guards. Charley Gordon und jetzt Gavin Blount. Wie hast du das nur hingekriegt?«

»Was glaubst du wohl? Wie überredet man schon eine Frau dazu, irgendwohin zu gehen, ob Mädchen, Ehefrau oder Witwe? Ich hab' ihr gesagt, daß da ein akzeptabler Junggeselle sei, der sie zur Frau begehrt.«

Und als er, wieder drei Wochen später, an dem feinen Linnen und Kristall und Tafelsilber und den Schnittblumen seines überladenen Speisezimmers bei seinen Gästen saß, dachte er: *Womöglich hat Gavin Blount sie noch nie zuvor gesehen, aber bei Gott! das ist das erste Mal, daß ich sie an einem Tisch mit echtem Linnen und mehr als einem Teller und Messer und Gabel und Trinkgefäß sehe* – die dünne aufrechte Gestalt mit schlohweißem Haar, in einem Umhängetuch und einem völlig unaufgelockert schwarzen Seidenkleid, das noch die Runzeln und den beißenden Geruch der dünnen Borke aufwies, in der es verstaut gewesen war, erreichte, nachdem sie fast zwanzig Jahre unterwegs gewesen, endlich Memphis, traf zum zweiten Mal im zerfließenden Dämmer des Dezembers ein, betrat das Haus, das sie noch nie gesehen hatte, und warf aus kalten scharfen ungeschwächten Augen einen einzigen Blick auf das Bukett roter Rosen, das der Diener und nicht der Spender ihr entgegenhielt, welch letzterer vielmehr aus dem Raum, den Gordon nach alter Art Büro nannte, in die Vorhalle spähte und ausrief: »Das ist sie nicht. Es kann nicht sein. Doch, doch, sie ist's. Es kann ja niemand anders sein. Jetzt kann ich sie anschauen, ihr zusehen«, und der Sohn sagte:

»Wobei zusehen? Etwa dabei, wie sie sich mit all den neumodischen Messern und Löffeln vertut?«

Darauf der andere: »Sich vertut? Lewis Randolph? Glaubst du, die Frau, die drei Jahre lang die Derringer in ihrer Schürzentasche mit sich herumtrug, bis es an der Zeit war, sie zu verwenden, ließe sich von all den Anforderungen des Lebens beirren oder durcheinanderbringen?«

Das ließ sie sich auch nicht. Der Sohn sah, wie Heustace dem Butler zuvorkam und ihr den Stuhl unterschob, und sah, wie sie einen Lidschlag lang zögerte und das Aufgebot an Tafelsilber mit dem scharfen, umfassenden Blick der Landfrau musterte, und das war alles. So wußte er, daß er sich um sie gar keine Sorgen hätte machen sollen, und sagte sich mit altbewährtem Humor, wie gut es war, daß sie von seinen Sorgen nichts wußte. Denn wie Blount sich ausgedrückt hätte und wie sein, Gordons, Sohn sich in der Tat ausdrückte, hatte sie bereits die Aufmerksamkeit auf sich gelenkt, nicht nur was Heustace betraf, den einzigen anwesenden Gast, der an ihr Lebensalter fast heranreichte, sondern auch was das andere Paar aus Gordons eigener Generation und die junge Frau, die Gast seines Sohnes war, und den jungen Mann anging, der Gast seiner Tochter war, ganz zu schweigen von dem Gesicht, das wie der wunde, verblassende Mond, kurz bevor er hinter eine Hecke versinkt, ihr gegenüber über einer Blumenschale hing: so daß er aufhörte, seine Mutter zu beobachten, und statt dessen anfing, Blount zu beobachten; er sah, wie seine Mutter einen Löffel mit Suppe an die Lippen führte, und dachte: *Es wird ihr nicht schmecken, und sie wird es lauthals verkünden*, und dann begann er Blount zu beobachten und dachte: *Um ihn muß man sich Sorgen machen*, dachte: *Ja. Ein ganzes Stück kränker, als irgend jemand ahnt.* So wurde auch er überrascht, nicht, wie er später wußte, weil er wirklich erwartet hätte, daß der Abend ohne Zwischenfall verlaufen würde, sondern weil dieser sich so schnell ereignete, noch ehe man es sich am Tisch bequem gemacht hatte; er beobachtete Blount, gewärtig, daß sich Heustace mit seiner Mutter über die Kriegstage in Memphis unterhielt, über die Yankees in der Stadt, an die Heustace sich erinnerte; er hörte Heustace gerade sagen: »Auf dem Land herrschten natürlich ganz andere Zustände. Die unterlagen ja dort nicht mal einer moralischen Kontrolle«, als er sah, wie Blount sich fast unmerklich regte, seinen Stuhl zurückschob, das fahle Mondgesicht über die ungekostete Suppe neigte und mit einer sonderbar hastigen Intensität zu reden anhob; und plötzlich, als hätte er Blounts Gedanken gelesen, wußte Gordon, was ihnen bevorstand, er sah, wie sich die anderen Gesichter in das jähe Schweigen vorreckten, als habe sich Blounts Intensität irgendwie auch auf sie übertragen.

»Das Schlimme ist«, sagte Blount, »wir konnten zu unseren Yankees nie ein günstiges Kräfteverhältnis herstellen. Wir waren wie ein Koch, der über zu viele Zutaten verfügt. Wenn es uns gelungen wäre, das Kräfteverhältnis auf zehn oder zwölf zu eins zu verbessern, hätten wir einen anständigen Krieg führen können. Aber als sie sich nicht mehr an die Spielregeln hielten und ihre überzähligen Soldaten auf dem Land umherstreiften, wo nur noch Frauen und Kinder, vielleicht eine einzige Frau mit einem Kind, und eine Handvoll ängstlicher Nigger zurückgeblieben waren...« Die Mutter starrte Blount an. Sie hatte gerade in ein Stück Brot gebissen, hielt den Runken noch erhoben und kaute, wie zahnlose Menschen kauen. Jetzt hörte sie auf zu kauen und betrachtete Blount genauso, wie sie über den Zaun hinweg dem Nigger beim Pflügen zugesehen hatte. »Während alle unsere Männer fort waren und es gutgläubig mit einer halben Million von denen aufnahmen, darauf vertrauend, daß ihre

Frauen und Kinder vor den Yankees sicher seien, trieb sich die andere Hälfte an den Hintertüren abgelegener Landhäuser herum ...« Jetzt kaute sie wieder, zweimal; Gordon sah eben noch die beiden raschen Mahlbewegungen ihrer Kinnbacken, bevor sie wieder innehielt und in beide Richtungen den Tisch entlang auf die anderen Gesichter blickte, die sich mit einem identischen Ausdruck höchster Verwunderung vorneigten, ihr Blick hastig und kalt, wobei die kalten Augen auf dem Gesicht ihres Sohnes nicht länger verweilten als auf irgendeinem anderen. Dann legte sie die Hände auf den Tisch und stieß ihren Stuhl zurück.

»Was gibt's, Mutter?« fragte Gordon, »Mutter, was gibt's?« Aber sie erhob sich nicht: Es hatte den Anschein, als habe sie ihren Stuhl nur deswegen zurückgeschoben, um sich mehr Raum zum Sprechen zu verschaffen, sie stieß ihn abrupt zurück, beugte sich vor, die Hände, in deren einer sie noch das Stück Brot hielt, auf der Tischkante, und starrte den Mann an, der ihr in eben derselben Haltung gegenübersaß, und jetzt klang ihre Stimme, wenn auch nicht hastig, doch so kalt und selbstsicher, wie ihr Blick gewesen war: Und der Sohn, der darauf wartete, daß sein Körper ihm gehorchte und sich gleichfalls regte, dachte: *Wie kann ich dem ein Ende machen, wenn sie siebzig Jahre auf jemanden warten mußte, dem sie es erzählen konnte.*

»Ich hab' nur fünf von denen gesehen«, sagte sie. »Joanna sagte, draußen wären noch mehr, noch zu Pferde. Aber gesehen hab' ich sie nicht. Zur Küchentür kamen nur fünf, zu Fuß. Sie kamen zur Küchentür und traten ein. Betraten einfach meine Küche, ohne auch nur anzuklopfen. Joanna kam eben aus der Vorhalle gelaufen und schrie, der ganze Vorhof wimmle nur so von Yankees, und ich wandte mich vom Herd ab, wo ich gerade Milch für ihn aufwärmte ...« Sie rührte sich nicht, deutete nicht einmal mit einer Bewegung des Kopfes oder der Augen auf Gordon. »Ich hatte gerade gesagt: ›Hör auf mit dem Geschrei und heb das Kind vom Boden auf‹, als diese fünf Landstreicher schnurstracks in meine Küche eindrangen, ohne auch nur den Hut abzuziehen . . .« Und noch immer konnte Gordon sich nicht regen. Auch er saß da, umringt von erstaunten Gesichtern, aus denen sich das Gesicht seiner Mutter und das von Blount über der Blumenschale einander zuneigten, das eine wirkte kalt, mit einem klaren Ausdruck unter dem weißen Haar, das andere glich etwas Teurem, Zerbrechlichem, das von einem Kaminsims oder Regal auf einen Steinfußboden zu fallen droht, und ihm entrang sich die Stimme in leidenschaftlich ersterbendem Flüsterton:

»Ja. Ja. Und weiter? Was dann?«

»Der Topf mit der kochenden Milch stand so auf dem Herd. Ich ergriff ihn, genau so . . .« Da erst bewegte sie sich; sie und Blount erhoben sich im selben Augenblick, als wären sie zwei Marionetten, die an einem einzigen Draht geführt werden. Eine Sekunde, einen Augenblick lang standen sie einander gegenüber, wie zwei Puppen in einer weihnachtlichen Schaufensterauslage, über dem festlichen Glanz der Tafel, vor einer Reihe ungläubig erstaunter Gesichter. Da griff sie nach ihrer Suppenschale und schleuderte sie Blount ins Gesicht, dann faßte sie Blount ins Auge und umklammerte das auf ihn gerichtete Buttermesser, als wäre es ein kleines Pistol, und wiederholte das Schimpfwort, mit dem sie die Soldaten aus dem Haus gewiesen hatte – ein Ausdruck, wie er von Leichtmatrosen auf Dampfern verwendet wurde und von dem sie, wie Gordon vermutete, bis zu jenem Augenblick vor siebzig Jahren, da sie seiner bedurfte, nicht einmal ahnte, daß er ihr geläufig war.

Später, als sich die tumultartigen Beifallsrufe gelegt hatten, vermochte er das Ganze einigermaßen zu rekonstruieren – die zwei, beide schmal, steif, zurückgelehnt, einander fixierend, die eine mit dem blitzenden kleinen Messer in der geballten Faust, unverwandt auf Blounts Brust zielend, der andere, Gesicht und Hemdbrust mit Suppe bekleckert, erhobenen Hauptes, das fahle Gesicht hochgereckt wie ein Soldat, der einen Orden angeheftet bekommt, um sie herum der tosende Lärm jubelnder Stimmen. Als Gordon sie schließlich einholte, saß sie zitternd, aber immer noch kerzengerade auf einem Stuhl im Salon. »Ruf Lucius herbei«, sagte sie. »Ich will nach Hause.«

»Aber warum nur«, sagte er. »Kannst du sie denn nicht hören? Soviel Krakeel wie heut hast du noch nie gehört, nicht einmal an dem Abend, als du den Ball besucht hast.«

»Ich fahre nach Hause«, sagte sie. Sie stand auf. »Ruf Lucius. Ich will zum Hinterausgang hinaus.« So führte er sie zurück in das Zimmer, das er sein Büro nannte, bis der Wagen vorfuhr.

»Sind es etwa die Ausdrücke, die du vergessen und erst heute wieder benutzt hast?« erkundigte er sich. »Das ist doch gar nichts. So was findet man heutzutage in jedem Buch. Wenigstens einiges davon.«

»Nein«, sagte sie. »Ich will einfach nur nach Hause.« Also half er ihr ins Auto und kehrte ins Büro zurück. Da wartete schon Blount, er saß ruhig auf einem Stuhl und wollte seine feuchte, fleckige Serviette nicht mehr loslassen.

»Ich hol' dir ein frisches Hemd«, erbot sich Gordon.

»Nein«, sagte Blount. »Laß gut sein.«

»Du willst doch wohl nicht so auf den Ball gehen?« Der andere antwortete nicht. Auf dem Tisch stand eine Karaffe. Gordon zog den Stöpsel heraus, schenkte einen Drink pur ein und schob das Glas Blount zu. Aber der machte keine Anstalten, es anzurühren.

»Jetzt weiß ich auch, weshalb du die Derringer nicht mehr gespürt hast«, sagte er. »Nicht, weil sie nicht mehr nötig gewesen wäre. Denn die hätten ja wiederkehren können, sie oder eine andere Gruppe. Vielleicht sind sie ja sogar wiedergekehrt. Gemerkt hättest du davon nichts. Vielmehr war es so: Als sie herausfand, daß man sie überraschen und dazu bringen konnte, sich vor den Ohren von Yankees und Niggern einer Sprache zu befleißigen, von der sie nicht einmal ahnte, daß sie ihr geläufig war, von der Charles Gordon nicht ahnte, daß sie ihr geläufig war, da fand sie auch heraus, daß sie es nicht wert war, sich von einer Kugel, einer anständigen Kugel, die Charles

116

Gordon gebilligt hätte, schützen zu lassen.« Jetzt sah er Gordon an. »Ich will deine Pistole.« Gordon taxierte ihn. »Mach schon, Ran. Ich kann auch nach Hause gehen und mir eine holen. Das weißt du.« Gordon betrachtete ihn noch einen Augenblick. Dann sagte er ruhig, unvermittelt:

»Na schön. Hier hast du sie.« Er nahm die Pistole aus der Schreibtischschublade und reichte sie Blount. Doch nachdem dieser gegangen war, schwante Gordon nichts Gutes – der Mann, dessen Aufgabe es war, Charaktere zu beurteilen, den Fortgang menschlicher Handlungen vorauszuahnen, der dieser Aufgabe schon so lange nachgegangen war, daß er bisweilen vorschnelle Urteile zu fällen schien, selbst wenn es gar keine waren – Urteile, in die er, nicht nur weil sie sich noch stets bewahrheitet hatten, völliges Vertrauen hatte. Diesmal jedoch hegte er arge Befürchtungen, auch wenn er sich eingestand, daß diese nicht so sehr seiner Zuneigung zu Blount entsprangen als vielmehr dem Stolz auf sein Urteilsvermögen. Wie auch immer, ob zu Recht oder Unrecht, es ließ sich nichts mehr ungeschehen machen, so daß er gemächlich rauchend sitzen blieb, bis er den Wagen heranrollen hörte und gleich darauf der Neger, Lucius, eintrat. »Ich erwarte eine Nachricht«, sagte Gordon. »Ich glaube nicht, daß sie noch vor Tagesanbruch eintrifft, aber vielleicht kommt sie ja doch schon heute nacht. Wenn sie kommt, bringst du sie mir hoch.«

»Ja, Sir«, sagte der Neger. »Auch wenn Sie schlafen?«

»Ja«, sagte Gordon. »Ob ich schlafe oder nicht. Sobald sie eintrifft.«

Sie traf jedoch nicht vor dem Morgen ein. Das heißt, er bekam sie nicht zu sehen, bis sie auf dem Tablett mit der frühmorgendlichen Tasse Kaffee lag. Als er indes erkannte, daß es sich um ein Päckchen handelte und nicht nur um einen Umschlag, wartete er die Antwort auf seine Frage, weshalb er nicht schon in der Nacht geweckt worden sei, gar nicht erst ab, sondern entnahm lediglich dem Päckchen die Mitteilung und übergab den in Zeitungspapier eingeschlagenen Gegenstand dem Neger. »Leg das hier wieder in die Schreibtischlade«, sagte er.

So empfand er Erleichterung, ein Gefühl, wie eine Frau es empfinden mochte, nicht die Rechtfertigung der Urteilskraft eines Mannes, eines Bankiers (*Ich werde alt*, dachte er) als Buße, zur Festigung seiner Seele, und er las die Notiz erst, als er seinen Kaffee ausgetrunken hatte. Sie war mit Bleistift auf die Rückseite eines verschmierten Handzettels geschrieben, auf dem für eine Kette von Lebensmittelläden geworben wurde: *Du scheinst wieder einmal recht behalten zu haben, falls die Mitteilung, daß Du recht hast, Dir überhaupt noch Genugtuung verschafft. Ich habe einmal gesagt, daß sie und ihresgleichen es verkraften können und wir nicht und daß uns genau das abgeht, und Du sagtest vielleicht, und ich hatte, wie wir beide erwartet haben, unrecht. Aber auch Du hattest unrecht, denn auch ich kann's verkraften, und wieso auch nicht? denn Gavin Blount hat ihn am Ende doch aus dem Feld geschlagen. Sie mag Charles Gordon die Rosen gereicht haben, aber bei Gott! es war Gavin Blount, den sie mit dem Suppenteller bewarf.*

Evangeline

I

Ich hatte Don seit sieben Jahren nicht gesehen und seit sechs-
einhalb nichts mehr von ihm gehört, als ich das R-Telegramm
erhielt: Habe Gespenst für Dich Stop Kannst Du umgehend kommen und es abholen Stop Reise noch diese
Woche ab Stop. Ich dachte sofort: *Was in aller Welt soll ich
mit einem Gespenst anfangen?* und las mir das Telegramm und
den Namen des Ortes, an dem es aufgegeben worden war, noch
einmal durch – ein Dorf in Mississippi, so klein, daß die An-
gabe des Städtchens hinreichte, eine Person von passagerem
Aufenthalt aufzuspüren, die Ende der Woche bereits abreiste –
und ich dachte: *Was in aller Welt treibt er da?*

Am folgenden Tag fand ich es heraus. Don ist hauptberuf-
lich Architekt und im Nebenberuf Hobbymaler. Seinen zwei-
wöchigen Jahresurlaub brachte er damit zu, sich auf dem
Lande hinter eine Staffelei zu hocken und Kolonialhäuser mit
Säulengängen sowie die Hütten und Köpfe von Negern zu
skizzieren – und zwar von Negern aus den Bergen, die anders
sind als die vom Flachland und von den Städten.

Als wir an dem Abend im Hotel unser Nachtmahl einnah-
men, erzählte er mir von dem Gespenst. Das Haus lag etwa
sechs Meilen vom Dorf entfernt und hatte vierzig Jahre leer
gestanden. »Allem Anschein nach hat dieser Bursche – sein
Name war Sutpen ...«

»... Colonel Sutpen«, warf ich ein.

»Das ist nicht fair«, sagte Don.

»Ich weiß«, sagte ich. »Erzähl bitte weiter.«

»... anscheinend hat er das Grundstück gefunden oder bei
den Indianern gegen einen stereoskopischen Projektionsappa-
rat eingetauscht oder beim Siebzehnundvier oder so gewon-

nen. Jedenfalls – das muß in den vierziger oder fünfziger Jahren gewesen sein – hat er einen ausländischen Architekten zugezogen, sich ein Haus bauen und einen Park und Garten anlegen lassen (die alten Wege und die mit Backsteinen eingefaßten Beete sind heut noch zu erkennen), als geeignete Kulisse für sein ein und alles . . .«

»... eine Tochter namens ...«

»Wart's doch ab«, sagte Don. »Also bitte, ich ...«

»... namens Azalea«, sagte ich.

»Jetzt steht's eins zu eins«, sagte Don.

»Ich mein' Syringa«, sagte ich.

»Zwei zu eins für mich«, sagte Don. »Ihr Name war Judith.«

»Mein' ich ja auch, Judith ...«

»Also gut. Dann erzähl du doch.«

»Nur zu«, sagte ich. »Ich werd' mich zurückhalten.«

II

Anscheinend hatte er einen Sohn und eine Tochter und dazu eine Frau – ein rüstiger, stattlicher, etwas großspuriger Mann, der es liebte, sonntags in rasantem Tempo zur Kirche zu reiten. Das letzte Mal, daß er zur Kirche ritt, ging's ebenso rasant zu, nur daß er diesmal in einem selbstgezimmerten Sarg lag, in seiner Konföderierten-Uniform, mit Säbel und bestickten Handschuhen. Das war im Jahre '70. Seit dem Krieg hatte er fünf Jahre lang in dem verfallenden Haus gewohnt, allein mit seiner Tochter, die, wie man so sagt, Witwe war, ohne je Gattin gewesen zu sein. Das ganze Vieh war fort, bis auf ein Gespann spatiger Arbeitspferde und ein Paar zweijähriger Maultiere, die noch nie zu zweit angeschirrt gewesen waren, bis man sie an dem bewußten Tag vor das leichte Wägelchen spannte, auf dem der Colonel zur Episkopalkirche gezogen wurde. Wie dem auch sei, die Maultiere rissen aus, stürzten den Wagen um und schleuderten den Colonel mitsamt Säbel und Federbusch in

120

den Straßengraben; von dort ließ Judith ihn wieder nach Hause schaffen, las selbst die Totenliturgie und beerdigte ihn in dem Zedernhain, wo schon ihre Mutter und ihr Mann begraben lagen.

Zu der Zeit, so erzählten die Nigger Don, hatte sich Judiths Gemüt schon beträchtlich gefestigt. »Du weißt ja, wie Frauen und Mädchen damals gelebt haben müssen. Behütet. Müßig wohl nicht gerade, wo sie doch die ganzen Nigger beaufsichtigen mußten. Aber aggressive Grundstücksmakler oder weibliche Industriekapitäne hat man auch nicht gerade herangezüchtet. Doch während die Männer im Feld standen, kümmerten sie und ihre Mutter sich um die Wirtschaft, und als '63 ihre Mutter starb, blieb Judith allein zurück. Vielleicht hielt die Warterei auf die Rückkehr ihres Mannes sie munter. Sie wußte einfach, daß er wiederkommen würde, verstehst du? Die Nigger haben mir gesagt, daß sie sich darüber nie irgendwelche Gedanken machte. Daß sie seine Kammer für ihn bereithielt, so wie sie die Zimmer ihres Vaters und ihres Bruders bereithielt, nämlich jede Woche die Betten frisch bezog, bis sämtliche Laken außer einer Garnitur pro Bett in die Lintproduktion gewandert waren und sie die Bettwäsche nicht mehr wechseln konnte.

Und dann war der Krieg aus, und sie bekam einen Brief von ihm – sein Name war Charles Bon, aus New Orleans –, den er nach der Kapitulation geschrieben hatte. Sie war nicht etwa überrascht, freudig erregt oder so. ›Wußt' ich's doch, daß alles gut ausgehen wird‹, sagte sie dem alten Negerweib, der Alten, der Urgroßmutter, die auch Sutpen hieß. ›Bald sind sie wieder daheim.‹ ›Sie?‹ fragte die Niggerin. ›Meinen Se, er un Master Henry auch? Daß se beide nach allem, was passiert is, wieder unter ein Dach einkehrn?‹ Und Judith sagte: ›Ach, geh. Damals waren sie doch noch Kinder. Und Charles Bon ist jetzt mein Mann. Hast du das vergessen?‹ Und die Niggerin sagte: ›Vergessn hab ichs nich. Und Henry Sutpen hats auch nich vergessn.‹ Und (sie waren gerade dabei, das Zimmer aufzuräumen) Judith sagte: ›Darüber sind sie doch längst hinweggekommen. Glaubst du nicht, daß der Krieg ihnen wenigstens darüber hinweggeholfen hat?‹ Und die Niggerin sagte: ›Kommt ganz drauf an, wasses is, worüber ihne der Krieg hinweggeholfen hat.‹«

»Was war's denn, worüber ihnen der Krieg hinweggeholfen hat?«

»Das ist es ja eben«, sagte Don. »Anscheinend wußten sie's nicht. Oder machten sich nichts daraus. Vielleicht war's einfach schon zu lange her. Oder vielleicht sind Nigger klüger als Weiße und scheren sich nicht darum, *weshalb* man etwas tut, sondern nur darum, *was* man tut, und nicht einmal darum so sehr. Das hat man mir erzählt. Nicht sie, die Alte, die gleichfalls Sutpen hieß; mit der habe ich nie gesprochen. Die habe ich immer nur gesehen, wie sie auf einem Stuhl neben dem Eingang zur Hütte saß. Sie sah so aus, als wäre sie vielleicht neun Jahre alt gewesen, als Gott geboren wurde. Sie ist fast eher weiß als schwarz; eine richtige Herrscherin, vielleicht weil sie weiß ist. Die anderen, der Rest ihrer Familie, werden jede Generation einen Ton dunkler, wie abgestuft. Sie hausen in einer Hütte ungefähr eine halbe Meile vom Haus – zwei Zimmer und eine offene Diele voller Kinder und Enkelkinder und Urenkelkinder, alles Frauen. Im ganzen Haus kein Mann über elf. Da sitzt sie nun den lieben langen Tag, die nackten Füße wie ein Affe um die Stuhlleiste geschlungen, schaut auf das Herrenhaus und schmaucht Pfeife, während die anderen schuften. Und es braucht eine nur mal 'ne Minute zu stocken, nachzulassen. Dann hört man ihre Stimme meilenweit, dabei wirkt sie nicht größer als eine von diesen halblebensgroßen Trachtenpuppen auf dem Kirchenbasar. Rührt und regt sich nicht, außer um die Pfeife aus dem Mund zu nehmen: ›Du, Sibey!‹ oder ›Du, Abum!‹ oder ›Du, Rose!‹ Mehr braucht sie nicht zu sagen. Aber die andern haben gesprochen; die Großmutter, die Tochter der Alten, über ihre Erlebnisse als Kind oder die Geschichten ihrer Mutter. Sie hat mir erzählt, daß die alte Frau eine Menge geredet, immerzu dieselben ollen Kamellen erzählt hat, bis vor etwa vierzig Jahren. Da hat sie's aufgegeben, zu schwatzen und Geschichten zu erzählen, und die Tochter sagte, die alte Frau sei manchmal übergeschnappt und habe behauptet, dies und das hätte sich gar nicht zugetragen, und ihnen befohlen, den Schnabel zu halten und aus dem Haus zu verschwinden. Aber sie sagte, die Geschichten hätte sie früher so oft zu Ohren bekommen, daß sie nicht mehr unterscheiden konnte, ob sie etwas selbst erlebt oder nur hatte erzählen hören. Ich bin mehrere Male hingegangen, und man erzählte mir von der guten alten Zeit vor dem Krieg, von den Fiedeln und dem erleuchteten Saal und den prächtigen Pferdekutschen in der Auffahrt, von den jungen Männern, die aus dreißig, vierzig oder fünfzig Meilen Entfernung angereist kamen, um Judith den Hof zu machen. Und einer kam von noch viel weiter her: Charles Bon. Er und Judiths Bruder waren gleichaltrig. Sie hatten sich auf der Hochschule kennengelernt . . .«

»Universität von Virginia«, warf ich ein. »Bayard fuhr 1000 Meilen. Aus der Wüstenei stolze Ehre periodischer Auswurf.«

»Irrtum«, sagte Don. »Es war die Universität von Mississippi. Sie gehörten dem zehnten Prüfungsjahrgang seit deren Gründung an – waren fast Gründungsmitglieder, könnte man sagen.«

»Ich wußte gar nicht, daß es damals in Mississippi überhaupt zehn Leute gegeben hat, die auf die Hochschule gegangen sind.«

». . . könnte man sagen. Sie lag nicht weit von Henrys Haus, und (er hielt sich ein Paar Reitpferde, einen Stallburschen und einen Hund, Abkömmling zweier Schäferhunde, die Colonel Sutpen aus Deutschland mitgebracht hatte: die ersten Polizeihunde, die Mississippi, vielleicht sogar Amerika, je gesehen hatte) etwa einmal im Monat unternahm er den nächtlichen Ritt und verlebte den Sonntag zu Hause. Einmal brachte er am Wochenende Charles Bon mit nach Hause. Vermutlich hatte Charles von Judith gehört. Vielleicht besaß Henry ein Bild von ihr oder hatte mit ihr angegeben. Und vielleicht hatte sich Charles eine Einladung verschafft, um mit Henry nach Hause reisen zu können, ohne daß Henry sich dessen bewußt war. Als sich so langsam dem Charles sein Charakter herausschälte (oder in dem Maß, wie die Ereignisse sich ereigneten, weniger rätselhaft wurde, könnte man sagen), sah es ganz danach aus, als sei Charles genau der Typ dafür. Und Henry ebenfalls, könnte man sagen.

Jetzt paß auf. Die beiden jungen Männer reiten also zu der kolonialen Säulenhalle, und Judith lehnt an der Säule, in einem weißen Kleid...«

»...mit einer roten Rose im dunklen Haar...«

»Wie's beliebt, dann halt mit Rose. Aber sie war blond. Und die beiden starren sich an, sie und Charles. Natürlich hatte sie sich schon ein bißchen herumgetrieben. Aber in Häusern wie dem, in dem sie selber lebte, spielte sich das Leben genauso ab wie ihr eigenes: ehrwürdig und großzügig zwar, aber doch provinziell. Und hier war Charles, jung...« Wir sagten »...und stattlich« im selben Atemzug. (»Jetzt liegen wir Kopf an Kopf«, meinte Don) »und aus New Orleans, das entspräche heute im äußersten Fall einem Erzherzog vom Balkan. Erst recht, nachdem er ihr seine Aufwartung gemacht hatte. Die Nigger erzählten, wie von da an dem Charles sein Nigger jeden Dienstagvormittag nach einem nächtlichen Ritt mit Blumenstrauß und Brief eintraf, im Stall ein Schläfchen machte und dann wieder davonritt.«

»Hat Judith jedesmal dieselbe Säule benutzt oder hat sie, sagen wir, zweimal die Woche die Säule gewechselt?«

»Die Säule?«

»Na, um sich anzulehnen. Die Straße hinaufzuschauen.«

»Ach so«, sagte Don. »Nicht solange sie im Feld standen, ihr Vater, ihr Bruder und Charles. Ich hab' die Niggerin gefragt, was sie – die beiden Frauenzimmer – denn so machten, solange sie allein da wohnten. ›Nix niemals nich. Bloß das Silber im Hintergartn verbuddelt un gefuttert, wasse kriegn konntn.‹

Ist das nicht herrlich? So einfach ist das. Krieg ist ja soviel einfacher, als die Leute denken. Vergrabt euer Silber und eßt, was ihr kriegen könnt.«

»Ja, ja, der Krieg«, sagte ich. »Ich denke, es kommt auf eins hinaus: Hat Charles dem Henry das Leben gerettet, oder Henry dem Charles?«

»Jetzt steht's schon drei zu eins«, sagte Don. »Während des Krieges haben sie sich gar nicht zu Gesicht bekommen, erst ganz am Ende. Jetzt wird's spannend. Hier haben wir also Henry und Charles, fast so intim wie ein Ehepaar, wohnen an der Uni zusammen, verbringen ihre freien Tage und Semesterferien unter Henrys Dach, wo Charles von den Alten wie ein Sohn aufgenommen wird – unter Judiths Verehrern der anerkannte Spitzenreiter, nach einer Weile sogar von Judith als solcher anerkannt. Vielleicht bezwang sie ihre jungfräuliche Sittsamkeit. Oder ihre jungfräulichen Verstellungskünste, das schon eher...«

»Ja. Das schon eher.«

»Ja. Wie auch immer, die Besuche von Reitpferden und schnellen Einspännern ließen nach, und im zweiten Sommer (Charles war Waisenkind, sein Vormund wohnte in New Orleans – weshalb Charles ausgerechnet in einer Hochschule im äußersten Norden Mississippis gelandet ist, hab' ich nie herausfinden können) hielt Charles es wohl für angebracht, sich seinem Vormund mal wieder in natura zu präsentieren, und fuhr nach Hause. Er nahm Judiths Bildnis mit, in einer Metallkassette, die sich wie ein Buch zuklappen und mit einem Schlüssel abschließen ließ, und verabschiedete sich bei ihr mit einem Ring.

Und Henry fuhr mit ihm, um den Sommer auch mal als Charles' Gast zu verbringen. Den ganzen Sommer über wollten sie bleiben, aber Henry war schon nach drei Wochen zurück. Sie – die Nigger – wußten nicht, was sich zugetragen hatte. Sie wußten bloß, daß Henry schon nach drei Wochen statt nach drei Monaten zurück war und alles daran setzte,

Judith dazu zu bringen, daß sie Charles seinen Ring zurück-
schickte.«

»Und so grämte sich denn Judith zu Tode, und schon haben
wir dein ungesühntes Gespenst.«

»Nicht im entferntesten. Sie weigerte sich, den Ring heraus-
zugeben, und verlangte, daß Henry ihr gefälligst sagen sollte,
was mit Charles denn nicht in Ordnung sei, aber Henry wollte
nicht heraus damit. Daraufhin versuchten die Alten, Henry
dazu zu bewegen, ihnen den Grund zu nennen, doch der
sträubte sich auch weiterhin. Es muß also schon ziemlich arg
gewesen sein, wenigstens in Henrys Augen. Aber die Verlobung war ja noch nicht angezeigt; möglicherweise beschlossen
die Alten, Charles aufzusuchen und herauszufinden, ob es von
ihm aus eine Erklärung gäbe, denn was auch immer es war,
Henry brachte es nicht über die Lippen. Anscheinend war
Henry eben so ein Typ.

Dann brach der Herbst an, und Henry ging zurück auf die
Universität. Auch Charles war da. Judith schrieb ihm und erhielt auch Antwortbriefe, aber vielleicht warteten sie darauf,
daß Henry ihn wie früher an einem Wochenende mit nach
Hause brächte. Sie warteten eine gute Weile; Henrys Boy berichtete ihnen, daß die beiden nicht mehr zusammenwohnten
und, wenn sie sich auf dem Campus begegneten, nicht miteinander sprachen. Und daheim redete auch Judith nicht mit ihm.
Henry muß ganz schön was durchgemacht haben. Damit hatte
er sich vielleicht was eingebrockt, was immer es war, worüber
er nicht sprechen wollte.

Judith wird wohl so manches Mal geweint haben, also noch
bevor sich ihre Gemütsverfassung änderte, wie die Nigger sich
ausdrückten. Und so bearbeiteten die Alten Henry vielleicht
ein bißchen, aber Henry redete immer noch nicht. Und an
Thanksgiving sagten sie Henry, daß Charles das Weihnachtsfest bei ihnen verbringen würde. Da haben sie sich aber was
gezankt, Henry und sein Vater, hinter verschlossenen Türen.
Aber es heißt, man hat sie durch die Tür hindurch hören kön-

nen: ›Dann komm' ich eben nicht‹, sagt Henry. ›Und ob du kommst, Früchtchen‹, sagt der Colonel. ›Und du wirst Charles und deiner Schwester eine zufriedenstellende Erklärung über dein Gehabe abgeben.‹ So ähnlich stelle ich's mir vor.

Henry und Charles erklärten es so: Heiligabend gibt's einen Ball, und Colonel Sutpen gibt die Verlobung bekannt, über die ohnehin schon jeder Bescheid weiß. Und am nächsten Tag weckt ein Nigger im Morgengrauen den Colonel, und der kommt heruntergestürzt, die Nachthemdschöße in die Reithose gestopft, mit baumelnden Hosenträgern, und springt auf das ungesattelte Maultier (das erste Tier, das der Nigger auf der Koppel zu fassen kriegt) und jagt zur hinteren Weide, wo Henry und Charles mit Pistolen aufeinander zielen. Und kaum ist der Colonel angelangt, kommt auch schon Judith, ebenfalls im Nachthemd und im Umschlagetuch und sattellos auf einem Pony. Und was hat sie Henry nicht alles an den Kopf geworfen! Ohne zu weinen, obwohl sie das Weinen so richtig endgültig erst nach dem Krieg aufgegeben hat, weil doch ihre Gemütsverfassung sich veränderte. ›Sag doch, was er verbrochen hat‹, befiehlt sie Henry. ›Sag's ihm ins Gesicht!‹ Aber Henry will immer noch nicht damit herausrücken. Da meint Charles, es wäre wohl besser, wenn er sich jetzt aus dem Staube machte, aber der Colonel will davon nichts wissen. Und so reitet denn dreißig Minuten später Henry davon, ungefrühstückt und ohne seiner Mutter Adieu gesagt zu haben, und drei Jahre lang sollten sie ihn nicht wiedersehen. Anfangs heulte der Schäferhund zum Steinerweichen, ließ sich von niemandem anfassen oder füttern. Er schlich sich ins Haus und auf Henrys Kammer und ließ zwei Tage lang niemanden herein.

Drei Jahre blieb Henry fort. Im zweiten Jahr nach diesem Weihnachtsfest graduierte Charles und fuhr heim. Nachdem Henry sich verdrückt hatte, wurden Charles' Besuche in gegenseitigem Einvernehmen erst einmal nicht fortgesetzt, könnte man sagen. Sozusagen auf Bewährung. Er und Judith sahen einander hin und wieder, den Ring trug sie immer noch, und als er graduierte und nach Hause fuhr, wurde die Hochzeit für das folgende Jahr anberaumt. Doch als der Tag herannahte, rüstete man sich gerade für die Schlacht von Bull Run. Im Frühjahr kam Henry nach Haus, in Uniform. Er und Judith grüßten einander: ›Guten Morgen, Henry.‹ ›Guten Morgen, Judith.‹ Aber das war auch schon alles. Keiner von beiden erwähnte Charles Bon namentlich; vielleicht war ja auch der Ring an Judiths Hand Erwähnung genug. Und dann, etwa drei Tage nach seiner Ankunft, ritt ein Nigger aus dem Dorf mit einem Brief von Charles Bon herbei, der taktvollerweise im Hotel, in diesem Hotel hier abgestiegen war.

Ich weiß nicht, was es war. Vielleicht überzeugte ihn Henrys alter Herr, oder vielleicht war's Judith. Oder vielleicht waren's die beiden jungen Helden, die in die Schlacht zogen; ich glaube, ich hab' dir schon erzählt, daß Henry eben so ein Typ war. Jedenfalls reitet Henry ins Dorf. Sie schütteln sich nicht die Hände, aber nach 'ner Weile kehren Henry und Charles gemeinsam zurück. Und noch am selben Nachmittag wurden Judith und Charles getraut. Und noch am selben Abend ritten Charles und Henry zusammen davon, nach Tennessee zu der Armee, die Sherman gegenüberstand. Vier Jahre sind sie fortgeblieben.

Sie hatten damit gerechnet, bis zum 4. Juli des ersten Jahres in Washington und wieder rechtzeitig zu Hause zu sein, um die Mais- und Baumwollernte einzubringen. Aber am 4. Juli waren sie nicht in Washington, und also warf der Colonel im Spätsommer seine Zeitung hin, ritt fort und trieb die ersten dreihundert Mann zusammen, die ihm über den Weg liefen, Arme wie Reiche, und sagte ihnen, sie seien jetzt ein Regiment, und stellte sich ein Offizierspatent aus und führte sie ebenfalls nach Tennessee. Da waren denn die beiden Frauen allein im Haus, um ›das Silber zu vergraben und zu essen, was sie kriegen konnten‹. Kein Anlehnen an Säulen, kein die Straße Hinaufschauen mehr, und auch keine

Tränen. Damals begann Judiths Gemütsverfassung sich zu verändern. Aber richtig veränderte sie sich erst eines Nachts drei Jahre später.

Doch anscheinend kriegte die alte Dame nicht genug. Vielleicht ging sie nicht gründlich genug auf Nahrungssuche. Jedenfalls starb sie und der Colonel gelangte nicht rechtzeitig nach Hause und so begrub Judith sie und dann kam der Colonel endlich nach Hause und versuchte Judith zu überreden im Dorf zu wohnen aber Judith sagte sie würde zu Hause bleiben und der Colonel ritt wieder dorthin wo der Krieg war, und das war ja gar nicht mal so weit. Und Judith blieb im Haus, kümmerte sich um die Nigger und die Ernte, hielt die Zimmer für die drei Männer bereit und wechselte jede Woche die Bettwäsche, solange es noch frische Bettwäsche gab. Stand nicht auf der Veranda und starrte nicht auf die Straße. Was zu essen zu kriegen war inzwischen so einfach geworden, daß es die ganze Zeit in Anspruch nahm. Und außerdem machte sie sich keine Sorgen. Charles' monatliche Briefe lenkten sie ab, und außerdem wußte sie sowieso, daß er durchkommen würde. Sie brauchte sich nur bereitzuhalten und zu warten. Und das Warten war sie schon gewohnt.

Sie machte sich keine Sorgen. Um sich sorgen zu können, muß man Erwartungen haben. Aber sie hatte ja nicht einmal Erwartungen, als eines Morgens, kaum daß sie von der Kapitulation erfahren und einen Brief von Charles erhalten hatte, in dem stand, daß der Krieg zu Ende ist und er selbst wohlbehalten, einer von den Niggern ins Haus gerannt kam und rief: ›Missy, Missy‹. Und sie stand gerade in der Vorhalle, als Henry auch schon auf die Veranda und zur Tür herein trat. Da stand sie, im weißen Kleid (und wenn du willst, kannst du immer noch die Rose dazu haben); so stand sie da; vielleicht hatte sie die Hand ein wenig gehoben, wie wenn jemand dich mit einem Stock bedroht, und sei's auch nur zum Spaß. ›Ja?‹ sagt sie. ›Ja?‹

›Ich habe Charles mitgebracht‹, sagt Henry. Sie sieht ihn an; auf ihrem Gesicht liegt ein Leuchten, aber nicht auf seinem.

Vielleicht sprechen ihre Augen, denn Henry sagt, ohne auch nur mit dem Kopf zu deuten: ›Da draußen. Auf dem Wagen.‹

›Oh‹, sagt sie, ganz leise, und blickt ihn an, ohne sich zu rühren. ›Hat – hat ihm die Reise sehr zugesetzt?‹

›Sie hat ihm nicht zugesetzt.‹

›Oh‹, sagt sie. ›Ja. Ja. Natürlich. Es muß wohl einen letzten ... einen letzten Schuß gegeben haben, damit's ein Ende hat. Ja. Ich hatte es vergessen.‹ Dann regt sie sich, ruhig, bedächtig. ›Ich danke dir. Ich bin dir dankbar.‹ Daraufhin ruft sie die Nigger, die murmelnd an der Haustür stehen und in die Eingangshalle lugen. Sie ruft sie bei Namen, gefaßt, ruhig: ›Bringt Mr. Charles ins Haus.‹

Sie trugen ihn auf das Zimmer, das sie vier Jahre lang für ihn bereitgehalten hatte, und legten den vom letzten Schuß des Krieges Getöteten in Stiefeln und allem auf das frische Bett. Judith folgte ihnen die Stufen hinauf, das Gesicht ruhig, gefaßt, kalt. Sie trat in die Kammer, schickte die Nigger hinaus und verriegelte die Tür. Als sie anderntags herauskam, hatte ihr Gesicht denselben Ausdruck, mit dem sie eingetreten war. Und am gleichen Morgen war Henry auf und davon. Er war in der Nacht fortgeritten, und niemand, der ihn kannte, bekam ihn jemals wieder zu Gesicht.«

»Aber wer ist denn nun das Gespenst?«

Don sah mich an. »Du hast die Übersicht verloren, stimmt's?«

»Stimmt«, erwiderte ich. »Ich hab' die Übersicht verloren.«

»Ich weiß nicht, wer das Gespenst ist. Der Colonel kam nach Hause und starb im Jahre '70, und Judith begrub ihn neben ihrer Mutter und ihrem Mann, und die Negerfrau, die Großmutter (nicht die Alte, die Sutpen hieß), damals schon ein ziemlich großes Mädchen, die erzählte mir, daß fünfzehn Jahre danach in dem großen verfallenden Haus noch was anderes geschehen sei. Sie sagte, daß Judith allein darin wohnte, im Haus herumwirtschaftete, in einem alten Kleid, wie arme Weiße es tragen, und Hühner züchtete, um die sie sich von morgens früh bis abends spät kümmerte. Sie erzählte mir aus der Erinnerung, wie sie eines Morgens auf ihrer Schlafdecke in der Hütte erwachte und ihre Mutter angekleidet über das Feuer gebeugt fand, das sie anfachte. Die Mutter hieß sie aufstehen und sich anziehen, und sie erzählte mir, wie sie im Morgengrauen zum Haus hinaufgingen. Sie sagte, sie hätte schon Bescheid gewußt, noch bevor sie beim Haus anlangten und ein andres Negerweib und zwei Neger aus einer andern, drei Meilen entfernt lebenden Familie in der Eingangshalle antrafen, die im Düstern die Augäpfel rollten, und wie diesen ganzen Tag das Haus zu flüstern schien: ›Schhhhht. Miss Judith. Miss Judith. Schhhhht.‹

Sie erzählte mir, wie sie sich zwischen Besorgungen in der Halle duckte und den Negern lauschte, die sich oben bewegten, und ums Grab. Es war schon ausgehoben, als die Sonne hochkletterte, und die feuchte, frische Erde in langsam trocknenden Klumpen umgewendet. Und sie erzählte mir von den langsamen, schlurfenden Schritten, die die Treppe herabstiegen (sie hielt sich in einem Verschlag unter der Treppe versteckt); sie hörte die langsamen Schritte über sich und zur Tür hinaus schlurfen, wo sie verklangen. Aber selbst dann traute sie sich nicht hervor. Erst am Spätnachmittag kroch sie heraus und stellte fest, daß man sie im leeren Haus eingeschlossen hatte. Und während sie noch hinauszugelangen versuchte, hörte sie von oben ein Geräusch und begann zu kreischen und zu rennen. Sie sagte, sie hätte nicht gewußt, was sie vorhatte. Sie sagte, in der düsteren Halle sei sie einfach hin- und hergerannt, bis sie an der Treppe über irgend etwas stolperte und kreischend hinstürzte, und wie sie so am Treppenaufgang kreischend auf dem Rücken lag, da erblickte sie in der Luft über sich ein Gesicht, aber verkehrt herum. Dann sagte sie, das nächste, woran sie sich erinnerte, war, daß sie in der Hütte aufwachte, und es war Nacht, und ihre Mutter stand da, über sie gebeugt. ›Du hast geträumt‹, sagte die Mutter. ›Was in dem Haus da is, gehört in das Haus. Du hast geträumt, hörst du, Niggerin?‹«

»So haben sich denn die Nigger aus der Nachbarschaft zu einem lebenden Gespenst verholfen?« sagte ich. »Die behaupten, Judith sei nicht tot, he?«

»Du hast das Grab vergessen«, sagte Don. »Das kann man ja dort sehen, zusammen mit den andern dreien.«

»Das stimmt«, sagte ich. »Außerdem sind da die Nigger, die Judiths Leiche gesehen haben.«

»Ah«, sagte Don. »Außer der Alten hat keiner Judiths Leiche gesehen. Sie hat den Leichnam allein aufgebahrt. Wollte niemanden einlassen, ehe sich der Leichnam nicht im Sarg befand und der fest zugenagelt war. Aber es steckt mehr dahinter. Mehr als Nigger.« Er blickte mich an. »Auch Weiße. Es ist ein gutes Haus, selbst jetzt noch. Innen tadellos. Die vierzig Jahre über hätte man, um's zu kaufen, nur die Steuern zu zahlen brauchen. Aber da ist noch was.« Er blickte mich an. »Es hat da einen Hund.«

»Ja, und?«

»Einen Polizeihund. Dieselbe Rasse wie der Hund, den Colonel Sutpen aus Europa mitgebracht hatte und den Henry an der Universität bei sich hatte . . .«

». . . und der wartet seit vierzig Jahren im Haus auf Henrys Heimkehr. Jetzt steht's wieder unentschieden. Wenn du mir 'ne Fahrkarte nach Hause besorgst, werd' ich dir das R-Telegramm nicht berechnen.«

»Ich meine nicht denselben Hund. Als Henry damals in der Nacht davonritt, heulte sein Hund eine Weile im Haus herum und ging dann ein, und sein Sohn war auch schon betagt, als Judiths Begräbnis stattfand. Die Begräbnisfeier hätte er beinahe gesprengt. Man mußte ihn mit Stöcken vom Grab vertreiben, wo er die Erde aufscharrte. Es war der letzte aus der Zucht und trieb sich heulend beim Haus herum. Ließ niemanden heran. Die Leute sahen ihn in den Wäldern jagen, abgezehrt wie ein Wolf, und dann und wann ließ er nachts ein großes Geheul vom Stapel. Aber schon damals war er alt; nach einer Weile konnte er sich nicht mehr weit vom Haus entfernen, und ich nehme an, es gab genügend Leute, die nur darauf warteten, daß er endlich starb, damit sie zum Haus hinauflaufen und mal so richtig darin herumschnüffeln könnten. Eines Tages fand ein weißer Mann den Kadaver des Hundes in einem Graben, in den er bei der Futtersuche gefallen war, zu schwach, um wieder herauszukriechen, und er dachte: ›Das ist meine Chance.‹ Er war schon fast bei der Veranda angelangt, als ein Polizeihund um die Ecke geschossen kam. Womöglich starrte er ihn einen Augenblick lang in einer Art entsetzten und empörten Erstaunens an, bevor er entschied, daß es kein Geist war, und auf einen Baum kletterte. Dort blieb er drei Stunden und schrie so lange, bis die alte Niggerfrau kam und den Hund vertrieb und dem Mann sagte, er sollte verschwinden und sich nicht mehr blicken lassen.«

»Allerliebst«, sagte ich. »Die Sache mit dem Hundegeist gefällt mir. Ich möchte wetten, der Geist von Sutpen hat auch ein Pferd. Und haben sie nicht vielleicht auch noch den Geist einer Korbflasche erwähnt?«

»Der Hund war kein Geist. Frag doch den Mann. Nämlich auch dieser Hund ist gestorben. Und dann gab's da wieder einen andern Polizeihund. Sie sahen mit an, wie jeder Hund alt wurde und starb, und an dem Tag, wenn man ihn tot auffand, kam stets ein andrer ausgewachsener Polizeihund in vollem Lauf um die Hausecke gejagt, als hätte jemand mit einem Zauberstab oder dergleichen den Grundstein berührt. Den gegenwärtigen habe ich selbst gesehen. Er ist kein Gespenst.«

»Ein Hund«, sagte ich. »Ein Spukhaus, das Polizeihunde hervorbringt wie ein Zwetschgenbaum Zwetschgen.« Wir schauten einander an. »Aber die alte Negerfrau konnte ihn vertreiben. Und ihr Name ist auch Sutpen. Wer, glaubst du, lebt in dem Haus?«

»Was glaubst du denn?«

»Judith jedenfalls nicht. Die haben sie begraben.«

»Sie haben irgend etwas begraben.«

»Aber weshalb sollte sie wollen, daß die Leute glauben, sie sei tot, wenn sie's gar nicht ist?«

»Deshalb hab' ich dich kommen lassen. Es liegt an dir, es herauszufinden.«

»Aber wie?«

»Geh einfach hin und schau dich um. Lauf zum Haus hinauf, tritt ein und brüll: ›Holla. Ist da jemand?‹ So macht man das auf dem Lande.«

»Ach, wirklich?«

»Klar. So macht man das. Nichts leichter als das.«

»Ach, wirklich?«

»Klar«, sagte Don. »Hunde mögen dich, und du glaubst ja nicht an Spukhäuser. Hast du selbst gesagt.«

Und so tat ich denn, was Don mir aufgetragen hatte. Ich ging hin und betrat das Haus. Und ich hatte recht, und Don hatte recht. Der Hund war ein Hund aus Fleisch und Blut, und das Gespenst war ein Gespenst aus Fleisch und Blut. Es hatte vierzig Jahre in dem Haus gelebt, die alte Negerfrau hatte es mit Essen versorgt, und niemand konnte sich einen Reim darauf machen.

III

Wie ich so in der Finsternis unter einem mit Läden verschlossenen Fenster des Hauses im wuchernden Fliederdickicht stand, dachte ich: *Ich brauche nur ins Haus zu gehen. Dann hört sie mich und wird rufen. Sie wird sagen:* »*Bist du's?*« *und die alte Negerin beim Namen rufen. Und auf diese Weise finde ich gleich heraus, wie die alte Negerin heißt.* So dachte ich bei mir, als ich da so neben dem düsteren Haus in der Dunkelheit stand und auf den davonjagenden Hund lauschte, dessen Rascheln sich am Bach auf der Viehweide verlor.

So stand ich denn in dem dschungelartig überwucherten alten Garten neben dem drohend aufragenden, abblätternden

Hausgemäuer und dachte über die belanglose Frage nach, wie die Alte wohl hieß. Hinter dem Garten, hinter dem Weideland sah ich ein Licht in der Hütte brennen, wo ich am Nachmittag die alte Frau getroffen hatte, die auf einem aus Draht geflochtenen Stuhl neben der Tür saß und rauchte. »Sie heißen also auch Sutpen«, sagte ich.

Sie nahm die Pfeife aus dem Mund. »Un wie is Ihr werter Name?«

Ich nannte ihn ihr. Rauchend musterte sie mich. Sie war unglaublich alt: eine kleine Frau mit unzähligen Falten in einem Gesicht von der Farbe hellen Kaffees und so unbewegt und kalt wie Granit. Ihre Züge waren nicht negroid, der Gesichtsschnitt zu kalt, zu unnachgiebig, und plötzlich dachte ich: *Sie hat Indianerblut. Ein Teil indianisch, ein Teil Sutpen, Geist und Körper. Kein Wunder, daß Judith vierzig Jahre lang mit ihr zufrieden war.* Unbewegt wie Granit und ebenso kalt. Sie trug ein reinliches Kattunkleid und eine Schürze. Ihre Hand war mit einem sauberen weißen Tuch verbunden. Sie war barfuß. Ich nannte ihr mein Gewerbe, meinen Beruf, dabei behielt sie die Pfeife im Mund und betrachtete mich mit Augen, in denen kein Weiß war; aus einiger Entfernung sah es aus, als habe sie gar keine Augen. Ihr ganzes Gesicht war vollkommen ausdruckslos, wie eine Maske, deren Augenhöhlen brutal eingedrückt, die Augen selbst vergessen waren. »Sie sind was?« fragte sie.

»Schriftsteller. Jemand, der Beiträge für Zeitungen und dergleichen verfaßt.«

Sie brummte: »Die Sorte kenn ich.« Sie knurrte, immerzu paffend, wieder etwas am Pfeifenstiel vorbei, sprach mit Rauchzeichen, formte ihre Worte in Rauch, so daß das Auge sie hören konnte. »Die Sorte kenn ich. Sind nich der erste Zeitungsmann, mit dem wirs zu tun gehabt ham.«

»Nein? Wann...«

Sie paffte und blickte an mir vorbei. »Freilich nich viel. Nich, nachdem Master Henry in die Stadt is un ihn mit der Reitpeitsche ausm Büro gejacht hat, auf die Straße naus, die Peitsche um ihn gewickelt wie umn Köter.« Sie rauchte und hielt die Pfeife in einer Hand, die nicht größer war als die Hand einer Puppe. »Un weil Se für die Zeitungn schreibn, denkn Se, Sie könntn hier einfach so um Colonel Sutpen sein Haus herumspioniern?«

»Es ist ja gar nicht mehr Colonel Sutpens Haus. Es gehört dem Staat. Allen.«

»Wie das?«

»Weil vierzig Jahre lang keine Steuern darauf entrichtet worden sind. Wissen Sie, was Steuern sind?«

Sie rauchte. Sie blickte an mir vorbei. Aber es war schwer zu sagen, wo sie hinblickte. Dann fand ich heraus, wo sie hinblickte. Sie streckte den Arm aus, und der Pfeifenstiel wies auf das Haus, auf die Weide. »Schaun Se mal danüber«, sagte sie. »Was da über die Weide laufn tut.« Es war der Hund. Er wirkte so groß wie ein Kalb: groß, bösartig, einsam, ohne sich seiner Einsamkeit bewußt zu sein, wie das Haus selbst. »Das da gehört nich dem Staat. Versuchn Ses nur, Sie wern schon sehn.«

»Ach, der Hund. An dem Hund komm' ich allemal vorbei.«

»Wie vorbei?«

»An dem komm' ich vorbei.«

Sie machte wieder einen Zug. »Kümmern Se sich um Ihre eignen Angelegenheitn, junger weißer Mann. Lassn Se die Finger von, wasse nix angeht.«

»An dem Hund komm' ich vorbei. Aber wenn Sie mir ein bißchen was erzählen wollen, muß ich ja nicht.«

»Gehn Se man ruhig an dem Hund vorbei. Dann sehn wir weiter.«

»Ist das eine Herausforderung?«

»Gehn Se man an dem Hund vorbei.«

»Na schön«, sagte ich. »Dann tu ich's eben.« Ich machte kehrt und ging zur Straße zurück. Ich spürte, wie sie mir nachsah. Aber ich blickte mich nicht um. Ich lief die Straße entlang. Da rief sie mir mit einer vollen Stimme nach; wie Don gesagt hatte, trug ihre Stimme gut und gern eine Meile weit, und sie hatte sie noch gar nicht einmal erhoben. Ich wandte mich um. Schmal wie eine große Puppe, saß sie immer noch auf dem Stuhl und scheuchte mich mit dem Arm, der rauchenden Pfeife, fort. »Verschwindn Se un haltn Se sich hier raus!« schrie sie. »Gehn Se wech.«

Daran mußte ich denken, als ich neben dem Haus stand und den Hund hörte. An ihm vorbeizugelangen war leicht; es kam lediglich darauf an, den Bachverlauf herauszubekommen und ein Stück rohes Rindfleisch um eine halbe Dose voll Pfeffer zu wickeln. So stand ich da, im Begriff, Hausfriedensbruch zu begehen, und dachte an die belanglose Sache mit dem Namen der alten Negerin. Etwas aufgeregt war ich schon; dafür war ich noch nicht zu alt. Nicht gar so alt, aber nicht wahr? der Beginn des Abenteuers mochte mich meiner natürlichen Urteilsfähigkeit berauben, war es mir doch nicht ein einziges Mal in den Sinn gekommen, daß eine Person, die sich vierzig Jahre lang in einem Haus verborgen gehalten hatte und nur des Nachts ins Freie ging, um frische Luft zu atmen – eine Person, deren Anwesenheit nur einem einzigen Menschen und einem Hund bekannt war –, wenn sie im Haus ein Geräusch vernahm, nicht zu rufen brauchte: »Bist du's?«

Als ich schließlich in der dunklen Eingangshalle stand, am Fuß der Treppe, wo vor vierzig Jahren das schreiende, auf dem Rücken liegende Negermädchen das Gesicht verkehrt herum über sich in der Luft erblickt hatte, und keinen Laut vernahm und keine Stimme sagen hörte: »Bist du's«, war ich beinahe darauf gefaßt, selbst gefesselt zu werden. So jung war ich. Eine Weile stand ich so da, bis ich spürte, daß meine Augäpfel schmerzten, und dachte: *Was soll ich jetzt tun? Das Gespenst schläft sicherlich. Also werd' ich sie nicht stören.*

Da vernahm ich das Geräusch. Es kam von irgendwo hinten im Haus, und zwar im Erdgeschoß. Ich hatte das prickelnde Gefühl, recht behalten zu haben. Ich stellte mir vor, wie ich mit Don spräche und ihm erzählte: »Hab' ich's dir nicht gesagt? Die ganze Zeit hab' ich's dir gesagt.« Vielleicht hatte ich mich selbst hypnotisiert und immer noch einen Kater, denn ich bilde mir ein, daß mein gesunder Menschenverstand das Geräusch bereits als das Drehen eines rostigen Schlüssels in einem rostigen Schloß erkannte; daß jemand das Haus von der Rückseite betrat, auf logische Fleisch-und-Blut-Art mit einem logischen Schlüssel. Und ich nehme an, mein gesunder Menschenverstand wußte, um wen es sich handelte, konnte ich mir doch denken, daß das Aufheulen des Hundes am Bach bis zur Hütte gedrungen sein mußte. Jedenfalls stand ich im Stockdunkel und hörte, wie sie von hinten zur Eingangshalle hereinkam, sich langsam, aber sicher vorwärtsbewegte, so wie ein blinder Fisch sich sicher zwischen den blinden Felsen in einem blinden Tümpel in einer Höhle bewegt. Da sprach sie, leise, nicht laut, aber ohne ihre Stimme zu senken: »Sie sin also am Hund vorbei?«

»Ja«, flüsterte ich. Sie kam näher, unsichtbar.

»Ich habs Ihnen doch gesacht«, fuhr sie fort. »Ich hab Ihnen doch gesacht, sich nich in Dinge einzumischn, die Sie nix angehn. Was ham se Ihnen un den Ihren denn getan?«

»Schhhhht«, flüsterte ich. »Wenn sie mich noch nicht gehört hat, kann ich vielleicht noch hinaus. Vielleicht wird sie's nicht erfahren . . .«

»Er wird Se nich hörn. Hätt nix dagegn, wenn ers tät.«

»Er?«

»Hinaus?« sagte sie. Sie kam näher. »Sie sind zu weit gegangn. Ich hab Sie gewarnt, aber Sie konntens ja nich lassn. Jetz isses zu spät.«

»Er?« fragte ich. »Er?« Sie ging an mir vorbei, ohne mich zu berühren. Ich hörte, wie sie die Treppe hinaufzusteigen begann. Ich drehte mich nach dem Geräusch um, als könnte ich sie sehen. »Was soll ich denn jetzt tun?«

Sie hielt nicht inne. »Tun? Sie ham schon viel zuviel getan. Ich habs Ihnen gesacht. Aber junge Schädel störrisch wie Maulesel. Sie kommn mit.«

»Nein. Ich . . .«

»Sie kommn mit. Sie hattn Ihre Changse un ham Se nich ge-
nutzt. Komm Se.«

Wir stiegen die Treppe hinauf. Sie bewegte sich vor mir,
sicher, unsichtbar. Ich hielt mich am Geländer fest, tastete
mich mit schmerzenden Augäpfeln vor; als sie plötzlich reglos
stehenblieb, streifte ich sie. »Jetz sin wir obn. Hier gibs nix zum
Dranstoßn.« Wieder folgte ich ihr, dem leisen Geräusch ihrer
nackten Füße. Ich berührte eine Mauer und hörte eine Tür
klicken und spürte, wie sich die Tür mit einem Zug muffig rie-
chender ofenwarmer Luft gähnend nach innen auftat: der Gestank alten Fleisches in einem geschlossenen Raum. Und noch
etwas roch ich. Aber zu diesem Zeitpunkt wußte ich noch
nicht, was es war, erst, als sie die Tür wieder schloß, ein Streich-
holz anriß und an eine Kerze hielt, die aufrecht auf einem Por-
zellanteller stand. Und ich beobachtete, wie die Kerze auf-
flammte, und wunderte mich, da mein Urteilsvermögen aus-
setzte, insgeheim darüber, daß sie so brennen, sich nähren
konnte in diesem toten Zimmer, dieser Grabesluft. Dann sah
ich mich im Zimmer um und erblickte das Bett, und ich ging
und beugte mich über das Bett, umgeben von dem Pesthauch
verdorbenen, ungewaschenen Fleisches und des Todes, den
ich zuerst nicht erkannt hatte. Die Frau brachte die Kerze ans
Bett und stellte sie auf den Tisch. Auf dem Tisch lag ein weite-
rer Gegenstand – eine flache Metallkassette. *Aber das ist doch
das Bild*, dachte ich. *Judiths Bild, das Charles Bon bei sich trug,
als er in den Krieg zog, und wieder mitgebracht hat.* Dann betrachtete ich den Mann im Bett – den ausgemergelten, blassen,
totenkopfgleichen Schädel, umlagert von langen, zerzausten
Haaren von derselben elfenbeinernen Farbe und einem Bart,
der ihm fast bis zur Taille reichte. Er lag da in einem übelriechenden gelblichen Nachthemd auf übelriechenden gelblichen
Laken. Der Mund stand ihm offen, und er atmete durch ihn,
friedlich, langsam, schwach, kaum daß sich die Barthaare bewegten. Er lag da mit geschlossenen Lidern, die so dünn waren,

139

daß sie wie Stücke angefeuchteten Seidenpapiers aussahen, die
man auf die Augäpfel geklebt hatte. Ich blickte die Frau an. Sie
war nähergetreten. Hinter uns krochen unsere Schatten drohend die abschilfende, fischfarbene Wand hinauf. »Mein
Gott«, sagte ich. »Wer ist das?«

Sie sprach, ohne sich zu rühren, ohne jede sichtbare Bewegung ihres Mundes, mit jener Stimme, die weder laut noch gesenkt war. »Das ist Henry Sutpen«, sagte sie.

IV

Wir befanden uns wieder unten, in der düsteren Küche. Wir
standen einander gegenüber. »Und er liegt im Sterben«, sagte
ich. »Wie lange steht's schon so um ihn?«

»Etwa seit 'ner Woche. Nachts hat er immer den Hund ausgeführt. Aber eines Nachts, vor etwa ner Woche, bin ich aufgewacht un hab den Hund heuln hörn un hab mich angezogn, bin
hierher gelaufn un fand ihn, wie er im Garten lag, un der Hund
stand über ihm un heulte. Da hab ich ihn ins Haus gebracht un
ins Bett gelegt, un seitdem hat er sich nich mehr von der Stelle
gerührt.«

»Sie haben ihn ins Bett gelegt? Heißt das, Sie haben ihn ganz
allein ins Haus und die Treppe hoch geschafft?«

»Judith hab ich ganz allein in n Sarg gelegt. Un er wiegt ja jetz
nix mehr. Ihn werd ich auch ganz allein in den Sarg legn.«

»Weiß Gott, das wird schon bald sein«, sagte ich. »Warum
rufen Sie nicht einen Arzt?«

Sie brummte; ihre Stimme klang nicht höher als meine
Hüfte. »Er is der vierte in diesem Haus, der ohne Arzt stirbt.
Für die andern drei war ich genug. Ich denk, für ihn reichts
auch noch.«

Dann hob sie an zu erzählen, dort in der dunklen Küche, und
oben in der übelriechenden Kammer ruhte Henry Sutpen und
lag im Sterben, ohne daß jemand darum wußte, nicht einmal

er selbst. »Ich musses mir von der Seele redn. Jetzt hab ichs schon so lang mit mir rumgeschleppt, jetzt werd ichs loswerdn.« Dann erzählte auch sie mir von Henry und Charles Bon, die wie zwei Brüder waren, bis zu jenem zweiten Sommer, da Henry zur Abwechslung mal mit Charles nach Hause ritt. Und wie Henry, der drei Monate dort weilen sollte, innerhalb von drei Wochen wieder zu Hause war, weil er Es herausgefunden hatte.

»Was herausgefunden hatte?« fragte ich.

Es war dunkel in der Küche. Das einzige Fenster war ein blasses Viereck sommerlicher Dunkelheit über dem mit Krähenscharben übersäten Garten. Unter dem Fenster vor der Küche bewegte sich etwas, etwas Groß- und Weichpfotiges; dann schlug der Hund kurz an. Er bellte von neuem, diesmal aus voller Kehle; ich dachte bei mir: *Jetzt habe ich kein Fleisch und keinen Pfeffer mehr. Jetzt bin ich im Haus und kann nicht mehr hinaus.* Die alte Frau bewegte sich; ihr Rumpf hob sich als Silhouette gegen das Fenster ab. »Kusch!« befahl sie. Der Hund verstummte einen Augenblick, doch als die Frau sich vom Fenster abwandte, gab er erneut Laut – ein wilder, tiefer, roher, widerhallender Laut. Ich trat ans Fenster.

»Scht«, sagte ich, nicht laut. »Scht, mein Junge! Still!« Er verstummte; das schwache, weiche Geräusch seiner Pfoten wurde leiser und erstarb. Ich drehte mich um. Die Frau war wieder unsichtbar. »Was ist in New Orleans vorgefallen?« fragte ich.

Sie antwortete nicht gleich. Sie stand vollkommen reglos da; nicht einmal ihren Atem konnte ich hören. Dann erscholl aus der atemlosen Stille ihre Stimme: »Charles Bon hatte schon ne Frau.«

»Oh«, sagte ich. »Er hatte schon eine Frau. Verstehe. Also . . .«

Sie sprach, aber nicht eigentlich hastiger. Ich weiß nicht, wie ich mich ausdrücken soll. Es klang wie ein Zug, der ein Gleis entlangfährt, nicht schnell, aber jetzt kommst du ja selbst vom Gleis ab, dabei wolltest du doch erzählen, daß Henry Charles

Bon eine Chance gab. Was für eine, wofür eine Chance, wurde nicht so recht deutlich. Um eine Scheidung konnte es sich nicht handeln; sie erzählte mir, und Henrys späteres Verhalten bewies, daß er damals noch nicht hatte wissen können, daß sie richtig verheiratet waren, erst sehr viel später, vielleicht im Verlauf oder ganz am Ende des Krieges. Es scheint, daß es mit dieser Sache in New Orleans etwas auf sich hatte, das, jedenfalls in Henrys Augen, sehr viel schimpflicher war, als die Frage der Scheidung es hätte sein können. Aber was es war, wollte sie mir nicht verraten. »Das brauchn Se nich zu wissn«, sagte sie. »Das ändert an der Sache auch nix mehr. Judith is tot, un Charles Bon is tot, un ich schätze, die da untn in New Orleans is auch mausetot, trotz all den Spitzenkleidern un den verzierten Fächern un den Niggern, die ihr aufwarteten, aber ich schätze, da unten sieht die Sache anders aus. Ich schätze, das hat Henry damals Charles Bon erklärt. Un jetz hat Henry nich mehr lang zu lebn, un also isses gleich.«

»Glauben Sie denn, daß Henry heute nacht sterben wird?«

Ihre Stimme erscholl aus der Dunkelheit, kaum hüfthoch. »Wenn der Herrgott es so will. Also dem Charles Bon hat er ne Changse gegebn. Aber Charles Bon hat se nich wahrgenommn.«

»Warum hat Henry seinem Vater und Judith nicht gesagt, was es war?« erkundigte ich mich. »Wenn es für ihn Grund genug war, dann doch auch für sie.«

»Wie hätt Henry seinen Blutsverwandtn irgendwas erzähln können, was ich nich mal Ihne, nem Fremdn, erzähl, es sei denn, er könnt nich anders? Hab ich Ihne nich gesacht, daß Henry erst mal andre Mittel ausprobiert hat? un daß Charles Bon ihn angelogn hat?«

»Angelogen?«

»Charles Bon hat Henry Sutpen angelogn. Henry hat Charles Bon gesacht, so verhält ein Sutpen sich nich, un Charles Bon hat Henry angelogn. Denkn Se etwa, wenn

142

Charles Bon Henry nich angelogn hätte, hätte Henry zugelassn, daß Charles Bon seine Schwester heiratet? Charles
Bon hat Henry damals vor dem Weihnachtstag angelogn. Und
nach dem Weihnachtstag hat er Henry wieder angelogn; sonst
hätte Henry nie im Lebn zugelassn, daß Charles Bon Judith
heiratet.«

»Inwiefern angelogen?«

»Hab ich Ihne nich ebn erst erzählt, daß Henry in New Orleans was rausgefundn hat? Wahrscheinlich hat Charles Bon
Henry mitgenommn, um sie ihm vorzuführn, um ihm zu
zeign, wie mans in New Orleans treibt, un Henry hat zu
Charles Bon gesacht: ›So verhält ein Sutpen sich nicht.‹«

Aber verstehen konnte ich es immer noch nicht. Wenn
Henry nicht wußte, daß sie verheiratet waren, wies ihn das als
ziemlich prüde aus. Aber vielleicht können wir die Leute aus
dieser Zeit nicht mehr verstehen. Womöglich hat ihr Tun, ob
schriftlich oder mündlich überliefert, deshalb für uns etwas
Schwülstiges, wenn auch Mutiges, etwas Heldenhaftes, zugleich aber auch etwas Absurdes. Aber das war es auch nicht.
Es gab da etwas, das über die Beziehung zwischen Charles und
der Frau hinausging; etwas, das sie mir verschwieg und, wie sie
selbst sagte, nie verraten würde und von dem ich wußte, daß sie
es mir aus Ehrgefühl und Stolz nie preisgeben würde; und ich
dachte bei mir: *Und jetzt werde ich es nie erfahren. Aber ohne
es ist die ganze Geschichte witzlos, und also vergeude ich meine
Zeit.*

Aber wie dem auch sei, eines wurde immer deutlicher, und
als sie mir davon erzählte, wie Henry und Charles in offensichtlich gutem Einvernehmen in den Krieg gezogen waren
und Judith mit ihrem eine Stunde alten Ehering die Wirt-
schaftsführung übernommen hatte, ihre Mutter begrub und
das Haus für die Heimkehr ihres Mannes bereithielt, und wie
sie hörten, daß der Krieg zu Ende war und daß Charles Bon in
Sicherheit war, und wie zwei Tage später Henry Charles'
Leichnam auf dem Wagen nach Hause brachte, tot, getötet

vom letzten Schuß des Krieges, sagte ich: »Der letzte Schuß, abgefeuert von wem?«

Sie antwortete nicht gleich. Sie hielt ganz still. Mir kam es vor, als könnte ich sie sehen, regungslos, das Gesicht ein wenig gesenkt – jenes unbewegte, hutzelige Gesicht, kalt, unnachgiebig, beherrscht. »Ich würde gern wissen, wie Henry herausgefunden hat, daß sie verheiratet waren«, sagte ich.

Auch darauf antwortete sie nicht. Statt dessen erzählte sie mit gleichmäßiger, kalter Stimme von der Zeit, als Henry Charles nach Hause brachte und sie ihn nach oben aufs Zimmer trugen, das Judith für ihn bereitgehalten hatte, und wie sie sie alle fortschickte und die Tür hinter sich und ihrem toten Mann und dem Bildnis verriegelte. Und wie sie – die Negerfrau; sie verbrachte die Nacht auf einem Stuhl in der Eingangshalle – einmal in der Nacht ein hämmerndes Geräusch im Zimmer oben hörte und wie, als Judith am folgenden Morgen herauskam, ihr Gesicht genauso aussah wie zuerst, als sie die Tür hinter sich geschlossen hatte. »Dann hat se mich gerufn, un ich rein, un wir ham ihn in n Sarg gelegt, un ich hab das Bild vom Tisch genommn un gesacht: ›Wolln Se das mit dazulegn, Missy?‹ un sie hat gesacht: ›Das will ich nicht mit dazulegn‹, un ich hab gesehn, wie sie den Schürhakn nahm un den Riegel so fest zustieß, daß man ihn nie wieder zurückschiebn konnte. Wir ham ihn noch am selbn Tag beigesetzt. Un am drauffolgendn Tag bin ich mit dem Brief in die Stadt, um ihn zum Zug zu bringn...«

»Für wen war der Brief bestimmt?«

»Das wußt ich nich. Kann nich lesn. Ich weiß nur, daß er nach New Orleans ging, weil ich wußte, wie New Orleans geschriebn aussieht, weil ich früher schon die Briefe eingeworfn hab, die se vor dem Krieg an Charles Bon geschriebn hat, bevor se geheiratet ham.«

»Nach New Orleans«, sagte ich. »Wie hat Judith herausgebracht, wo die Frau wohnte?« Dann setzte ich hinzu: »War da – da war Geld im Umschlag?«

144

»Damals noch nich. Damals hattn wir kein Geld nich. Hatten nie welches Geld zu verschickn, erst als der Colonel nach Haus gekommn un gestorbn war un wir auch ihn begrabn hattn un Judith die Kükn kaufte un wir sie aufzogn un verkauftn un die Eier auch. Da erst konnt sie Geld in die Umschläge steckn.«

»Und die Frau hat das Geld angenommen? Sie hat's angenommen?«

Sie brummte. »Angenommn.« Sie sprach weiter; ihre Stimme war kalt und gleichmäßig wie flüssiges Öl. »Un eines Tages sachte Judith: ›Wir bringen das Zimmer von Mr. Charles in Ordnung.‹ ›Womit?‹ fragte ich. ›Wir tun unser Bestes‹, erwiderte sie. So brachtn wir denn das Zimmer in Ordnung, un ne Woche später fuhr der Kutschwagn in die Stadt zum Bahnhof un kam zurück, mit der aus New Orleans drin. Er war voller Koffer, un sie hatte diesn Fächer un diesn Moskitonetz-Schirm überm Kopf un ne Niggerfrau, un aufm Wagen gefiels ihr gar nich. ›Ich bin's nicht gewohnt, auf einem Fuhrwerk zu fahren‹, behauptete sie. Un auf der Veranda wartete Judith in nem altn Kleid, un die steigt aus mit all den Koffern un der Niggerfrau un dem Jungen . . .«

»Dem Jungen?«

»Ihr un Charles Bons Sohn. Er war um die neun Jahr alt. Un sobald ich sie sah, wußt ich Bescheid, un sobald Judith sie sah, wußt sie auch Bescheid.«

»Bescheid worüber?« fragte ich. »Was war denn eigentlich los mit dieser Frau?«

»Sie wern schon noch hörn, was ich Ihne zu sagn hab. Was ich Ihne nich erzähl, wern Sie auch nicht hörn.« Sie redete, unsichtbar, ruhig, kalt. »Lang isse nich gebliebn. S gefiel ihr nich bei uns. Wollt nix tun un niemand sehn. Stand nie vorm Mittagessen auf. Kam dann runter un setzte sich auf die Veranda in eim von diesn Kleidern aus den Koffern un fächelte sich Luft zu un gähnte, un Judith is schon seit Tagesanbruch aufn Beinen, in eim altn Kleid, nich besser als meins, un schuftet.

Sie blieb nie lang. Immer nur, bis sie alle Kleider ausn Koffern eimal angehabt hatte, glaub ich. Sie hat Judith immer gesacht, sie müßte das Haus in Ordnung bringn un mehr Nigger anstelln, damit se sich nich selbst mit den Hühnern abplackn muß, un dann hat se immer auf der Drahtkommode gespielt. Aber das hat ihr auch nich gepaßt, weil die nich richtig gestimmt war. Am ersten Tag isse ausgegangn, um zu sehn, wo Charles Bon begrabn liegt, mit dem Fächer un dem Schirm, der keinen Regen aufhielt, un kam zurück un weinte in n Spitzentaschentuch un legte sich hin, damit die Niggerfrau ihr den Kopp mit Medizin einreibt. Aber zur Essenszeit isse runtergekommn mit nem andern Kleid un hat gesacht, sie versteht nich, wie Judith das hier aushält, un hat Klavier gespielt un wieder losgeheult un hat Judith von Charles Bon erzählt, wie Judith ihn nie gekannt hätt.«

»Soll das heißen, sie wußte nicht, das Judith und Charles auch verheiratet waren?«

Sie antwortete nichts. Ich fühlte, wie sie mich mit einer Art kalter Verachtung musterte. Dann fuhr sie fort: »Erst hat se sich wegn Charles die Augn ausgeheult. Nachmittags hat se sich immer feingemacht un is zur Grabstelle rüber promeniert, mit dem Schirm un dem Fächer, un der Junge un die Niggerin hinter ihr her mit Riechfläschchen un nem Kissen, auf dem se sich vors Grab setzen konnt, un ab un zu hat se im Haus über Charles Bon geweint un sich Judith an den Hals geworfen, un Judith saß da in ihrem altn Kleid, mit gradem Kreuz wie der Colonel, un ihr Gesicht sah aus wie an dem Morgen, als se aus dem Zimmer von Charles Bon kam, bis sie aufhörte zu weinen un sich das Gesicht puderte un Klavier spielte un Judith erzählte, was se in New Orleans alles so getriebn ham, um sich zu vergnügn, un daß Judith das olle Haus verkaufn un dorthin ziehn sollt.

Dann fuhr se ab, setzte sich in den Wagen in eim von diesn Moskitonetz-Kleidern, mit diesm Schirm, schluchzte ne Weile ins Taschentuch un winkte Judith, die in ihrm altn Kleid auf der

146

Veranda stand, damit zu, bis der Wagen außer Sichtweite war. Da blickte mich Judith an un sagte: ›Raby, ich bin müde. Ich bin furchtbar müde.‹

Un ich bin's jetzt auch. Ich habs lange mit mir rumgeschleppt. Aber wir mußtn uns um die Hühner kümmern, damit wir jedn Monat das Geld in n Briefumschlag steckn konntn.«

»Und sie hat das Geld trotzdem angenommen? Sogar nachdem sie gekommen ist und gemerkt hat, was los ist, hat sie's angenommen. Und obwohl Judith gemerkt hat, was los ist, hat sie's geschickt?«

Sie antwortete umgehend, abrupt, ohne die Stimme zu heben: »Wer sind denn Sie, daß Sie in Zweifel ziehn, was eine Sutpen tut?«

»Entschuldigung. Wann ist Henry heimgekehrt?«

»Eines Tags, gleich nachdem se weg war, trug ich zwei Briefe zum Zug. Auf einem stand Henry Sutpen. Wie das geschriebn aussieht, wußt ich auch.«

»Oh. Judith wußte also, wo Henry sich aufhielt. Und sie schrieb ihm, nachdem sie die Frau gesehen hatte. Warum hat sie damit so lange gewartet?«

»Hab ich Ihne nich gesacht, daß Judith es gewußt hat, sobald se dieses Weibsbild gesehn hat, genauso wie ich es gewußt hab, sobald ich sie sah?«

»Aber das haben Sie mir ja mit keinem Wort erzählt. Was hat es denn mit dieser Frau auf sich? Verstehen Sie denn nicht, wenn Sie mir das nicht verraten, ergibt die ganze Geschichte keinen Sinn.«

»Die hat genug Sinn ergebn, um gleich drei Leut ins Grab zu bringn. Wieviel Sinn verlangn Se denn noch?«

»Schon gut«, sagte ich. »Also, Henry kam nach Hause?«

»Nich gleich. Eines Tags, ungefähr n Jahr, nachdem die hier war, gab Judith mir noch n Brief mit Henry Sutpen drauf. Er war versandfertig, brauchte nur aufgegebn zu werdn. ›Du weißt, wann du ihn abschicken mußt‹, sachte Judith. Un ich sachte ihr, ich wüßt schon wann. Und dann wars so weit, un Judith sachte: ›Ich denke, den Brief kannst du jetzt abschikken‹, un ich sachte: ›Hab ihn schon besorgt, vor drei Tagn.‹

Un vier Tage später kam Henry angerittn, un wir sind zu Judith ans Bett, un sie hat gesacht: ›Henry, Henry, ich bin müde. Ich bin so müde, Henry.‹ Aber wir brauchten damals kein Doktor nich un kein Prediger, un ich brauch auch jetz kein Doktor nich un nen Prediger auch nich.«

»Und Henry hat vierzig Jahre hier gesteckt, im Haus verborgen. Mein Gott!«

»Das is vierzig Jahre länger als sonst einer. Damals war er n junger Mann, un wenn die Hunde anfingn, alt zu werdn, ging er nachts ausm Haus un blieb zwei Tage weg un kam in der folgendn Nacht zurück mit nem andern Hund genau wie der erste. Aber jetz isser nich mehr jung, un letztesmal bin ich selber weg, den neuen Hund holen. Aber jetz braucht er keinen Hund nich mehr. Un ich bin auch nich mehr die Jüngste un werd auch bald gehn. Weil ich so müd wie Judith bin.«

Es war ruhig in der Küche, still, rabenschwarz. Draußen die sommerliche Mitternacht schwirrte vor Insekten; irgendwo sang eine Spottdrossel. »Warum haben Sie das alles für Henry Sutpen getan? Hatten Sie nicht genug mit sich selbst zu tun, mußten Sie nicht Ihre eigene Familie aufziehen?«

Sie sprach, die Stimme nicht mal hüfthoch, gleichmäßig, leise: »Henry Sutpen is mein Bruder.«

V

Wir standen allein in der düsteren Küche. »So wird er also die Nacht nicht überleben? Und außer Ihnen ist niemand hier?«

»Ich bin Manns genuch gewesn für die drei, die vor ihm warn.«

»Vielleicht sollte ich besser bleiben. Für alle Fälle...«

Ihre Stimme erklang sofort, gleichmäßig: »Für welche

Fälle?« Ich antwortete nicht. Ich konnte sie nicht einmal atmen hören. »Ich bin Manns genuch für alle drei gewesn. Ich brauch keine Hilfe nich. Jetz ham Sies rausgefundn. Gehn Se weg von hier un schreiben Se Ihren Zeitungsartikel.«

»Womöglich werde ich ihn gar nicht schreiben.«

»Ich bin überzeucht, Sie tätns nich, wenn Henry Sutpen bei Sinnen un bei Kräften wär. Wenn ich jetzt raufgehn tät un würde sagn: ›Henry Sutpen, da is n Mann, der will über Sie un Ihren Pa un Ihre Schwester in der Zeitung schreibn‹, was denkn Se wohl, was er tun würd?«

»Ich weiß nicht. Was würde er denn tun?«

»Das schert uns jetz nich. Sie hams gehört. Sie verschwindn jetz von hier. Sie lassn Henry Sutpen in Ruhe sterbn. Das is alles, wasse für ihn tun können.«

»Vielleicht würde er genau das tun: einfach nur sagen: ›Lassen Sie mich in Ruhe sterben.‹«

»Das is genau das, was ich sag. Sie verschwindn jetzt von hier.«

Genau das tat ich denn auch. Sie rief den Hund ans Küchenfenster, und als ich zur Haustür hinausging und die Ausfahrt hinunterlief, konnte ich hören, wie sie leise mit ihm sprach. Ich rechnete damit, daß der Hund um die Hausecke hinter mir hergeschossen käme und mich einen Baum hoch jagen würde, aber er kam nicht. Vielleicht gab das für mich den Ausschlag. Oder vielleicht war es nur die allzu menschliche Art, die Einmischung in andrer Leute Angelegenheiten zu rechtfertigen. Jedenfalls hielt ich an, wo das rostige und inzwischen scharnierlose Eisengatter auf die Straße ging, und stand eine Weile in der sternübersäten, friedvollen ländlichen Sommermitternacht. Die Lampe in der Hütte war wieder erloschen, und auch das Haus selbst lag unsichtbar hinter der zedernbestandenen Auffahrt, hinter den dichten Zedern, deren in den Himmel ragende Zacken es verdeckten. Und es gab keinen Laut außer den Käfern, den silbrig klingenden Insekten im Gras und der unvernünftigen Spottdrossel. Und so machte ich denn kehrt und lief die Einfahrt hinauf zurück zum Haus.

Ich wartete immer noch darauf, daß der Hund belfernd um die Ecke gejagt käme. »Und dann weiß sie, daß ich sie hintergangen habe«, dachte ich. »Dann weiß sie, daß ich sie belogen habe, wie Charles Bon Henry Sutpen belogen hat.« Aber der Hund kam nicht. Er tauchte erst auf, als ich eine Zeitlang auf der obersten Treppenstufe gesessen hatte, mit dem Rücken zu einer Säule. Da war er: erschien lautlos, stand auf dem Erdboden unterhalb der Treppe, drohend, schattenhaft, lauernd. Ich gab keinen Laut von mir, machte keine Bewegung. Nach einer Weile schlich er davon, so lautlos, wie er gekommen war. Sein Schatten machte eine langsame Bewegung, dann löste er sich in nichts auf.

Es war ganz still. In den Gipfeln der Zedern war ein schwaches andauerndes Seufzen, und ich konnte die Insekten und die Spottdrossel hören. Bald gab es ihrer zwei, die eine respondierte der anderen, kurz, flötend, anschwellend, modulierend. Bald verschmolzen die seufzenden Zedern, die Insekten und die Vögel zu einem friedlichen Geräusch, das in monotoner Miniatur im Schädel eingeschlossen war, als zöge sich die ganze Erde zusammen und wäre auf die Ausmaße eines Baseballs reduziert, in dem verblassende Gestalten huschend ein- und ausgingen:

»Und du wurdest vom letzten Schuß getötet, der im Krieg abfeuert wurde?«

»So wurde ich getötet, ja.«

»Wer hat den letzten Schuß abgefeuert, der im Krieg abgefeuert wurde?«

»War es der letzte Schuß, den du im Krieg abgefeuert hast, Henry?«

»Ich habe im Krieg einen letzten Schuß abgefeuert, jawohl.«

»Du warst vom Krieg abhängig, und der Krieg hat auch dich verraten; war's das?«

»War's das, Henry?«

»Was für eine Bewandtnis hatte es mit der Frau, Henry? Irgend etwas war da, das dir schlimmer erschien als die Heirat. War's das Kind? Aber Raby hat gesagt, das Kind war neun, als Colonel Sutpen im Jahre '70 starb. Also muß es nach der Heirat von Charles und Judith geboren worden sein. Hat dich Charles Bon auf diese Weise angelogen?«

»Was wußten Judith und Raby, sobald sie sie sahen?«

»Ja.«

»Ja was?«

»Ja.«

»Oh. Und du hast vierzig Jahre hier versteckt gelebt?«

»Ich habe vierzig Jahre hier gelebt.«

»Hast du in Frieden geruht?«

»Ich war müde.«

»Das ist doch dasselbe, oder nicht? Für dich und auch für Raby?«

»Dasselbe. Genauso. Ich bin auch müde.«

»Warum haben Sie das alles für ihn getan?«

»Er war mein Bruder.«

VI

Das Ganze explodierte wie eine Schachtel Streichhölzer. Das tiefe und wilde Getöse des Hundes, der über meinem Kopf brüllte, schreckte mich aus dem Schlaf, und ich stolperte an ihm vorbei und die Treppe hinunter und stürzte davon, noch ehe ich richtig, falls überhaupt, aufgewacht war. Ich erinnere mich an die dünnen, sanften, weittragenden Negerstimmen aus der Hütte hinter der Viehweide, und dann drehte ich mich, immer noch im Halbschlaf, um und erblickte die in Flammen gezeichnete Fassade des Hauses und die vormals blinden Fensterhöhlen, so daß sich die ganze Vorderfront des Hauses in wildem, grimmigem Frohlocken schemenhaft über mich zu krümmen schien. Der Hund warf sich heulend gegen die verriegelte Eingangstür, dann sprang er von der Veranda und raste um die Ecke nach hinten.

Ich rannte hinter ihm her; auch ich schrie. Die Küche war bereits verschwunden, und die gesamte Rückseite des Hauses stand in Flammen und auch das Dach; die leichten, längst trockenen Schindeln flogen kreiselnd davon wie Fetzen brennenden Papiers, brannten zenitwärts aus wie umgekehrte Sternschnuppen. Noch immer gellende Schreie ausstoßend, rannte ich wieder zur Vorderseite des Hauses. Der Hund überholte mich, laut bellend, ungestüm; während ich die rennenden Gestalten der Negerweiber sah, die über die rotglühende Weide herbeigelaufen kamen, konnte ich hören, wie sich der Hund wieder und wieder gegen die Eingangstür warf.

Die Neger kamen herbei, drei Generationen von ihnen, mit weißen Augäpfeln, die aufgerissenen Mäuler rosa Höhlen. »Sie sind da drinnen, ich sag's euch«, schrie ich. »Sie hat Feuer gelegt, und sie sind beide drin. Sie hat mir gesagt, Henry Sutpen würde die Nacht nicht überleben, aber ich hab' nicht...« In dem Getöse vermochte ich mich selber kaum zu hören, und die Neger konnte ich zunächst gar nicht hören. Ich sah nur ihre aufgerissenen Mäuler, ihre starren, weißumringten Augäpfel. Dann erreichte das Getöse einen Pegel, wo das Ohr es nicht mehr wahrnimmt und es geräuschlos an- und abschwillt, und ich konnte die Neger hören. Sie stießen ein langes, mehrstimmiges, wildes, rhythmisches Wehklagen aus, in einem harmonischen Tongespinst vom Diskant der Kinder zum Sopran der ältesten Frau, der Tochter der Frau im brennenden Haus; sie mochten es jahrelang geprobt und auf diesen unwiderruflichen Augenblick jenseits aller Zeit geharrt haben. Da erblickten wir die Frau im Haus.

Wir standen unterhalb der Mauer, beobachteten, wie die Schindeln sich lösten und schmolzen, Fenster um Fenster tilgten, und sahen die alte Negerin ans obere Fenster treten. Sie kam aus dem Feuer hervor und lehnte sich einen Augenblick lang aus dem Fenster, die Hände am brennenden Sims, wirkte nicht größer als eine Puppe, undurchdringlich wie ein Bronzebild, dynamisch, sinnend im Vordergrund eines Brandopfers. Daraufhin schien das ganze Haus einzustürzen, in sich zusammenzufallen, zu schmelzen; der Hund rannte an uns vorbei, aber er heulte nicht mehr. Er lief auf uns zu, dann drehte er ab und sprang lautlos, ohne zu kläffen, in den prasselnden Zusammensturz des Hauses.

Ich glaube, ich habe schon gesagt, daß der Lärm am empörten und überreizten Gehör inzwischen vorüberrauschte. Wir standen da und sahen zu, wie das Haus sich auflöste und verflüssigte, die Flammen jagten in stumm brausendem Scharlachrot nach oben, leckten und sprangen unter den wild lodernden Zweigen der Zedern umher, so daß auch diese lodernd, schmelzend gegen den linden, mildgestirnten Sommerhimmel wirbelten und schwankten.

VII

Kurz vor Morgengrauen begann es zu regnen. Die Regenwand zog rasch herauf, ohne Donnern und Blitzen, und den ganzen Vormittag über regnete es heftig, es prasselte auf die Ruine herab, so daß über den ausgehöhlten, aber aufrecht stehenden Kaminschloten und dem verkohlten Holz unverweht eine dicke Rauchschwade hing. Nach einer Weile jedoch verlor sich der Rauch, und wir konnten zwischen den Balken und Plankenenden umherlaufen. Allerdings traten wir behutsam auf, die Neger in unbestimmbarer Regenbekleidung, inzwischen stumm, ohne zu singen, außer der ältesten Frau, der Großmutter, die eintönig eine Hymne intonierte, während sie sich hierhin und dahin wandte und ab und zu innehielt, um etwas vom Boden aufzulesen. Sie war es, die das Bildnis in der Metallkassette fand, das Porträt von Judith, welches Charles Bon gehört hatte. »Das nehm’ ich an mich«, sagte ich.

Sie blickte mich an. Sie war eine Nuance dunkler als ihre Mutter. Aber andeutungsweise sah man ihr immer noch die Indianerin an, im Gesicht eine Sutpen. »Ich glaub nich, daß Mammy das recht wär. Was den Besitz der Sutpens angeht, war sie ganz eigen.«

»Ich hab' gestern mit ihr gesprochen. Sie hat mir davon erzählt, von allem. Es wird schon seine Ordnung haben.« Sie sah mir ins Gesicht. »Dann kauf' ich es Ihnen eben ab.«

»'S gehört mir aber nich.«

»Dann lassen Sie mich wenigstens einen Blick darauf werfen. Ich geb's Ihnen zurück. Gestern abend habe ich mit ihr geredet. Es ist schon in Ordnung.«

Da reichte sie es mir. Die Schachtel war ein wenig geschmolzen; der Verschluß, den Judith für immer zugehämmert hatte, schmolz jetzt in einem schmalen Rinnsal am Saum entlang und sah fast so aus, als ließe er sich mit einer Messerklinge abheben. Aber es bedurfte einer Axt, um ihn zu öffnen.

Das Bild war unversehrt. Ich betrachtete das Gesicht und dachte bei mir (von der Nässe, dem Mangel an Schlaf und Frühstück war ich selbst etwas blöde) – ich dachte bei mir: *Wieso denn das, ich dachte, sie sei blond. Die haben mir doch gesagt, Judith sei blond* ... Dann war ich hellwach und wie elektrisiert. In aller Ruhe studierte ich das Gesicht: das glatte, ovale, makellose Anlitz, den üppigen, vollen, ein wenig schlaffen Mund, die heißen, schläfrigen, verschwiegenen Augen, das tuschfarbene Haar mit seiner leichten, aber unverkennbaren Krause – das unauslöschliche und tragische Gepräge eines Negergeblüts. Die Inschrift war auf französisch: *À mon mari. Toujours. 12 août, 1860.* Und wieder versenkte ich mich in den Anblick des leidenschaftlichen Gesichts mit seinen übermäßigen Anklängen an die Blütenblätter der Magnolie – das Antlitz, das unversehens drei Leben gekostet hatte –, und jetzt wußte ich, weswegen Charles Bons Vormund ihn bis ganz nach North-Mississippi hinauf geschickt hatte, damit er dort die Hochschule besuche, und was in den Augen eines geborenen Henry

154

Sutpen, von langen Zeiträumen geschaffen durch das, was er war, was er glaubte und dachte, ärger gewesen wäre als die Heirat und was die Bigamie so verschlimmerte, daß die Pistole nicht nur gerechtfertigt, sondern unausweichlich war.

»Mehr is da nich zu sehn«, sprach das Negerweib. Ihre Hand kam unter dem verschlissenen, kotbespritzten khakifarbenen Armeemantel hervor, den sie über die Schultern geworfen hatte. Sie nahm das Bild an sich. Bevor sie die Kassette verschloß, warf sie einen kurzen Blick darauf: ob verständnis- oder teilnahmslos, vermochte ich nicht zu erkennen. Ich konnte nicht sagen, ob sie die Aufnahme oder das Antlitz schon einmal gesehen hatte oder ob sie nicht einmal gewärtig war, daß sie keines von beiden je gesehen hatte. »Ich denke, das überlassn Se man lieber mir.«

Mit aller gebotenen Vorsicht und ohne jeden Verzug

I

Der General, ringsum von seinem Adjutanten und dem Flug-hafen-Colonel und dessen Adjutanten und ein paar Ehefrauen und mehreren Frauen, die keine Ehefrauen waren, flankiert, stand im windigen Sonnenschein und verlas das Papier, dessen Inhalt sie seit gestern kannten:

»... wird der Verband am – Datum wie oben – Pünktchen Pünktchen Pünktchen März 1918 aufbrechen und sich umgehend und unter Waffen und mit aller gebotenen Vorsicht und ohne jeden Verzug an seinen Bestimmungs-ort begeben, auf den zukünftig unter der Bezeichnung Zero Bezugnahme herrschen wird.«

Dann faltete er das Papier zusammen, steckte es weg und sah sie an – die drei Staffelkommandanten in Habtacht-Stellung, dahinter die Staffel – die jungen Männer, die sich aus den verstreutesten Winkeln des Empire versammelt hatten (ein-schließlich Sartoris, der Mann aus Mississippi, der seit hun-dertzweiundvierzig Jahren kein Brite mehr war) – und dahin-ter die Reihe wartender Flugzeuge, stumpf und glanzlos in der launischen Sonne und über dem Ganzen immer noch die Stimme des Generals mit der alten abgestandenen Geschichte: Waterloo und die Sportplätze von Eton, und dort, wo wir uns jetzt befinden, ist ein Stück England immerdar. Dann verfiel die Stimme, wurde dahingerafft und kam in eine Vorhölle, in der es von Pferden wimmelte – Fontenoy und Agincourt und Crecy und der Schwarze Prinz –, Sartoris flüsterte seinem Nebenmann mit unbewegtem Mund zu: »Welcher Nigger ist das denn? Wahrscheinlich meint er Jack Johnson.«

Aber schließlich hatte der General auch das hinter sich gebracht. Er blickte ihnen ins Gesicht: ein alter Mann, zweifellos ein freundlicher Mann und sicherlich nie und nimmer so martialisch und großartig wie der Adjutant, ein Hauptmann der Horse Guards – Blut und Stahl im roten Mützenband und auf den Litzen und der Armbinde und den Rispen und Affenschaukeln aus wuchtigen polierten Kettengliedern an Schulter und Achselhöhle, wo das alte Kettenhemd aus Crecy und Agincourt, in den langen Jahren, die seitdem vergangen waren, von einem stark und stetig wehenden Wind davongeblasen, nur noch als rispiger Rückstand existierte. »Hals- und Beinbruch, und macht ihnen die Hölle heiß«, sagte der General. Er nahm den Gruß der Kommandanten entgegen. Die drei Staffelkommandanten machten kehrt. Britt, der Rangälteste, mit seinem Military Cross und seinem Stern von der Schlacht bei Mons und seinem Distinguished Flying Cross und seinem Ordensband von Gallipoli (so daß er um die linke Brusttasche herum noch greller wirkte als der Gardehauptmann persönlich), ließ seine harten Augen von Gesicht zu Gesicht schweifen und sprach so, wie er sprechen konnte: mit dieser Stimme, die so kalt war und präzis wie ein Skalpell, einer Stimme, der es immer gelang, genau das Ohr dessen zu erreichen, den sie erreichen sollte, bis hierher und nicht weiter, und schon gar nicht das Ohr des Generals hinter ihm:

»Versucht um Himmels willen die Formation zu halten, bis wir über dem Kanal sind. Versucht, nach etwas auszusehen, damit der Steuerzahler ein bißchen auf seine Kosten kommt, solange wir über England sind. Wenn ihr euch verfranzt und hinter ihren Linien landet, was macht ihr?«

»Wir verbrennen die Mühle«, sagte jemand.

»Wenn ihr genug Zeit habt, aber so wichtig ist das nicht. Wenn ihr dagegen irgendwo hinter unseren Linien Bruch macht, egal, ob in Frankreich oder in England, was empfiehlt sich dann, verdammt nochmal?«

»Die wertvolle alte Standuhr retten.«

»Genau«, sagte Britt. »Dann wollen wir mal.«

Jetzt spielte die Kapelle, obwohl sie bald im Motorenlärm unterging. Die Maschinen hoben nacheinander ab, kletterten auf tausend Fuß Höhe und formierten sich zu Kampfverbänden; Britt leitete Gruppe B, und in dieser Gruppe war Sartoris die Nummer drei. Britt flog mit ihnen im sanften Sturzflug eine Parade zurück über das Flugfeld. Sie passierten ziemlich niedrig das Geflatter weiblicher Taschentücher. Sartoris konnte sehen, wie sich der Arm des Mannes an der Pauke gleichmäßig hob und senkte, und er sah das gleitende Schimmern des Messings bei den Blechbläsern, als wollte das Geräusch, das sie machten, erst sichtbar und dann hörbar werden. Aber daraus wurde nichts; wieder trommelten die Maschinen, und sie kletterten nach Osten und Süden davon.

Es war ein schläfriger, dunstiger Vorfrühlingstag. In fünftausend Fuß Höhe glitt das grünende England langsam unter ihnen vorbei, säuberlich und abgesteppt; die Flugzeuge wurden sanft und beständig durchgeschüttelt, sie stiegen und fielen gemeinsam im engen Zusammenhalt, in ihrem lauten Gedröhn. In Nullkommanichts, so schien es Sartoris, lag der flache, glanzlose Schimmer des Kanals vor ihnen, und die Wolkenbank dahinter war Frankreich; genau unter ihnen lag ein Flugfeld. Dann gab Britt ein Signal. Er wollte einen Formationslooping fliegen: Gruß und Lebewohl für die Heimat; es war ganz natürlich, daß man noch ein wenig herumalberte, denn in Frankreich gab es nichts Dringendes zu tun –; die Hunnen hatten lediglich die zusammengebrochene Fünfte Armee plus General Haig ausgeschaltet, und unsere Leute standen mit dem Rücken zur Wand und glaubten fest daran, daß Unsere Gute Sache gerecht und heilig war. Man flog also einen Looping; man hatte den Scheitelpunkt der Schleife erreicht, stand auf dem Kopf. Da war eine Camel mit dem Bauch nach oben, und sie flog direkt auf Sartoris zu und war noch etwa zehn Fuß weit entfernt; sie gehörte wahrscheinlich zu Gruppe A, deren Position genau hinter ihm lag. Er hatte Höhe verloren; er war aus der Schleife gefallen, ohne es zu merken. Aber das stimmte gar nicht; Britts Camel war immer noch neben seiner rechten Tragfläche, wo sie hingehörte.

Er hielt nach außen und drückte den Knüppel nach vorn. Um sicherzugehen, wollte er durchsacken, und das tat er auch; er trudelte, er hatte irgendwie die andere Camel verfehlt, und er spürte ihre Propellerbö, als er sie durchflog. Er drosselte und fing das Trudeln ab und klatschte das Drosselventil wieder auf, kletterte, hatte Angst und war wütend. Die Staffel war jetzt unter ihm, die Lücke säuberlich intakt, wo er hätte sein sollen: zwischen Britt und Atkinson auf Nummer fünf. Dann zog Britt davon und kletterte ebenfalls. »Meinetwegen«, sagte Sartoris. »Das kannst du haben.« Nur daß Britt derjenige gewesen sein konnte, der ihn beinahe gerammt hätte. Er wußte nicht, wer es gewesen war; er hatte keine Zeit gehabt, den Buchstaben oder die Zahl zu lesen. *Ich war zu nah dran*, dachte er, *um irgendwas erkennen zu können, was so groß ist wie ein Buchstabe oder eine Zahl. Ich müßte sie mir noch mal verkehrt rum ansehen, aus einer Entfernung von fünf Zoll, und die Maschine mit dem verbogenen Bolzen am Hauptbolzenkopf herausfinden, oder so etwas.* Er tauchte zu Britt hinab, welcher scharf abbog. Er bog ebenfalls ab, um Britt am Schwanz zu erwischen. Aber es gelang ihm nicht, Britt in den Bereich seiner *Aldis*-Signallampe zu bekommen, denn Britt war viel zu gut für ihn; Sartoris brauchte sich nicht einmal umzusehen, um zu wissen, daß er jetzt Britt im Nacken hatte. Sie flogen – jeder in der Propellerbö des anderen – zwei Loopings, als wären sie aneinandergeschraubt. *Er war wahrscheinlich eine ganze MPi-Runde lang so dicht hinter mir, daß er mir die Brille hätte abschnallen können*, dachte Sartoris.

Der Höhenmesser zeigte noch nicht wieder seine genaue Höhe an; er hatte sich bei etwa siebentausend Fuß eingependelt, als er absichtlich auf der Höhe der dritten Schleife abtauchte, und bevor er sich drehte, sah er, daß Britt an ihm vorbeizog und bereits in einen Immelmann hineinrollte. Er

trudelte, wie es ihm vorkam, etwa tausend Fuß weit und
tauchte dann heraus; er ließ die Maschine voll abfahren,
tauchte weiter, riß sie gewaltsam hoch und kletterte auch dann
noch weiter, als die Camel zu rucken und zu schuften begann.
Zweitausend Fuß unter ihm vollendete die Staffel eine weitere
ruhige Schleife; entweder Sibleigh oder Tate, die beiden anderen Kommandanten, hatten Britts Stelle eingenommen. Fünfhundert Fuß unter ihm zog auch Britt seine Kreise, er sah zu
ihm hoch und wedelte heftig seinen Arm nach unten. »Aber
gewiß doch«, sagte Sartoris. Er hielt seine Nase genau nach unten. Als er an Britt vorbeikam, machte er hundertsechzig; als er
an Tates oder Sibleighs Nase oder wer sonst den Verband gerade leitete, vorbeikam, hatte er die absolute Höchstgeschwindigkeit erreicht; die Maschine machte einen Höllenlärm; wenn
die Camel nicht auseinanderflog, hatte er genug Geschwindigkeit, um sie zweitausend Fuß hoch- und zurückzureißen und
vielleicht eine oder zwei Schleifen um die Staffel herumzu-
fliegen. Dann platzte ihm das Druckventil. Er hörte auf zu
tauchen, arbeitete schon mit der Handpumpe, aber nichts geschah; er schaltete auf den Schwerkraft-Tank um, aber es pas-
sierte immer noch nichts; der Propeller drehte sich lediglich
müde im eigenen Flugwind weiter. Er war jetzt unter zweitausend Fuß, und ihm fiel das Flugfeld ein, das dort irgendwo
unter ihnen sein mußte, als Britt sich zu einem weiteren Looping entschloß, und da sah er es auch, weniger als zwei Meilen
entfernt. Aber Aufwind herrschte, und deshalb kehrte er in
einer Stille, in der nur das Pfeifen der Drähte zu hören war, dem
Flugfeld den Rücken. Dann hörte er, wie Britt hinter ihm
hochkam; als Britt an ihm vorbeiflog, machte er das »Maschine
krepiert«-Signal. Jetzt hatte er ein Feld gefunden – ein Recht-
eck mit ersten Keimlingen von Getreide, links und rechts von
Hecken begrenzt, am einen Ende ein Gestrüpp, am anderen
eine niedrige Steinmauer, genau richtig im Wind. Britt flog
wieder an ihm vorbei und schüttelte die Faust. »Ich war's
nicht«, sagte Sartoris. »Komm her und sieh dir den Druckmes-

161

ser und das Ventil an, wenn du's nicht glaubst.« Er flog die letzte Kehre, in den Aufwind hinein; er würde über die Mauer hereinkommen. Der Acker war in Ordnung; jeder, der etwa vierzig Stunden mit einer Camel hinter sich hatte, konnte darauf landen, aber nicht einmal Sibleigh, der der beste Camel-Pilot war, den er je gesehen hatte, hätte dort wieder starten können. Er kam genau richtig herein, gab haargenau richtig Gas. Er wackelte ein bißchen mit dem Schwanz und gab immer noch ein bißchen zuviel Gas, um die zusätzliche Höhe und Geschwindigkeit zu kriegen, die er brauchte, wenn er sie brauchte; er nahm Gas weg und ging mit Federgewicht auf das Seitenruder, hob die Nase um Haaresbreite, bekam bereits den Schwanz nach unten, während die Mauer unter ihm vorbeiraste, ließ den Schwanz noch ein wenig weiter hinunter in das unübersichtliche Grün. Er machte eine wunderschöne Landung. Er machte die schönste Landung, die er je gemacht hatte, er machte die beste Camel-Landung mit eingefrorenem Propeller, die er je gesehen hatte. Er hatte es geschafft, und der Steuerknüppel bohrte sich in seinen Bauch; er war unten. Er griff bereits nach dem Verschluß seines Sicherheitsgürtels, als die Camel in die feuchte Senke rollte, die er nicht einmal gesehen hatte, und sich langsam auf die Nase stellte. Während er daneben stand und das Nasenbluten zu stillen versucht, das ihm der Kolben einer Bordkanone verursacht hatte, röhrte Britt noch einmal vorbei, drohte mit der Faust und sauste davon, hüpfte über Hecken dahin, dorthin, wo das Flugfeld lag.

Und das war nicht so weit, wie er gedacht hatte; er hatte seine Zigarette noch nicht ausgeraucht, als ein Motorrad mit Beiwagen durch die Hecke platzte und herangefahren kam. Es enthielt einen Gemeinen und einen Unteroffizier. »Sie sollten hier nicht rauchen, Sir«, sagte der Unteroffizier. »Ist gegen die Vorschrift, an einem Absturz-Schauplatz zu rauchen.«

»Dies ist kein Absturz«, sagte Sartoris. »Ich habe lediglich den Propeller kaputtgemacht.«

»Dies ist ein Absturz, Sir«, sagte der Unteroffizier.

»Dann werde ich mich von demselben entfernen«, sagte Sartoris.

»Ihr seid Zeuge, alle beide: Die Uhr war noch drin, als ihr die Mühle übernommen habt.«

»Geht in Ordnung, Sir«, sagte der Unteroffizier. Sartoris stieg in den Beiwagen. Auf der Landstraße kamen sie an dem Lastwagen mit der Mannschaft vorbei, die die Camel auseinandernehmen und nach Hause bringen sollte. Der Gemeine zeigte ihm das Büro des Diensthabenden. Dort befanden sich ein Hauptmann mit einer schwarzen Augenklappe und der blauen Armbinde eines Zugführers sowie ein Major mit dem einfachen Flügel des Flugbeobachters.

»Verletzt?« fragte der Major.

»Nur ein bißchen Nasenbluten«, sagte Sartoris.

»Was ist passiert?«

»Kein Sprit, Sir.«

»Haben Sie auf Schwerkraft umgeschaltet?«

»Ja, Sir«, sagte Sartoris. »Ihr Corporal hat wahrscheinlich festgestellt, daß der Schalter immer noch umgelegt ist.«

»Zweifellos«, sagte der Major. *Du hättest es dir genausogut auch selbst ansehen können*, dachte Sartoris. *Dich hätte ich sehen wollen, wie du so eine Landung machst.* »Ihre Leute sind weitergeflogen. Ich kann Sie nur beim Einsatzleiter melden. Wissen Sie was Besseres?«

»Nein, Sir«, sagte Sartoris.

»Rufen Sie da mal an, Harry«, sagte der Major. Der Adjutant sprach längere Zeit ins Telefon hinein. Dann sprach der Major. Sartoris wartete. In dem warmen Zimmer begann es ihn ein wenig unter dem baumwollenen Unterzeug zu jucken. »Sie wollen mit Ihnen reden«, sagte der Major. Sartoris nahm den Hörer. Es war die Stimme eines Colonels, vielleicht sogar eines Generals, obwohl er sofort bestimmte, daß die Stimme zu genau wußte, worüber sie sprach, als daß sie eine Generalsstimme hätte sein können:

»Na? Was ist passiert?«

»Kein Sprit, Sir.«

»Wahrscheinlich zuviel Sturzflug; da kam der Sprit nicht nach«, sagte die Stimme.

»Jawohl, Sir«, sagte Sartoris, blickte aus dem Fenster und kratzte sich dort, wo die Strickweste unter seinem Hemd deutlich zu jucken begonnen hatte.

»Was?« sagte die Stimme.

»Sir?«

»Ich habe Sie gefragt, ob Sie diesen Sturzflug absichtlich so ausgeführt haben, daß der Sprit ausbleiben muß...«

»Ach so. Nein, Sir. Ich dachte, Sie hätten gefragt, ob ich auf Schwerkraft umgeschaltet hätte.«

»Natürlich haben Sie auf Schwerkraft umgeschaltet!« sagte die Stimme. »Ich habe noch nie einen Piloten mit abgesoffenem Motor gesehen, der nicht alles getan hätte – einschließlich auf der Tragfläche stehen und seinen eigenen Propeller anwerfen. Melden Sie sich heute abend noch bei Ihrem Flugfeld. Morgen früh fahren Sie dann nach Brooklands. Dort haben sie eine neue Camel für Sie. Nehmen Sie sie und begeben Sie sich...« *mit aller gebotenen Vorsicht und ohne jeden Verzug*, dachte Sartoris. Aber das sagte die Stimme nicht. Sie sagte: »...ohne weitere Druckventile platzen zu lassen, zu Ihrer Staffel. Meinen Sie, Sie können sie finden?«

»Ich kann ja fragen«, sagte Sartoris.

»Was können Sie?« Aber das war gelaufen; die Verbindung war inzwischen unterbrochen, und wenn Sartoris nur die geringste Ahnung von Feldtelefonen hatte, war diese spezielle Nummer für mindestens dreißig Minuten außer Gefecht gesetzt, und bis dahin konnte er leicht wieder unterwegs sein, zurück, nach London.

Und zwar mit der Eisenbahn, mit der Eisenbahn, die immer noch täglich, aus Dover kommend, verkehrte, ein Beurlaubter unter anderen Beurlaubten, die noch keine Krüppel waren. Aber als er in London angekommen war, beschloß er, es wäre schön blöd, wenn er sich auf dem Flugfeld meldete. Er war be-

urlaubt, er befand sich offiziell in Frankreich und war in seiner
Eigenschaft als Mensch in England und existierte deshalb gar
nicht; er beschloß, diese Anonymität zu wahren. Selbst wenn
ihm auf dem Flugfeld nichts Schlimmes widerfuhr, kannte und
respektierte er die unerschöpfliche Leistungsfähigkeit und
Fruchtbarkeit nicht so sehr der militärischen Hierarchie als
solcher, sondern eines müßigen Etappenschweins, das unsanft
aus seinem Dämmer geweckt wird. Er mußte sich dem für den
Bereich Süd-England einschließlich Kanal-Zone zuständigen
Offizier präsentieren; soviel stand fest. Und er konnte es sich
vorstellen – sich selbst konnte er sich vorstellen, der seit gestern
mittag in England überhaupt nicht existiert hatte, obwohl er
immer noch einen gewissen Raum einnahm, wie er plötzlich in
das dienstliche Gesumm von Schreibern und Unteroffizieren
und Subalternen und schließlich Hauptleuten geschleudert
wurde, die nicht nur noch nie von ihm gehört hatten, sondern
das sicher auch gar nicht wollten; sie wären lediglich entsetzt
ob dieser Unterbrechung des geschäftigen, friedlichen Gegen-
zeichnens von Formularen; und seine geduldige und passive
Not würde sie nur erzürnen.

Also ließ er seine Fliegerkluft im Royal Automobile Club
und stand dann, fremd und ohne Bindung und fast verstört, am
Rande des Bürgersteigs in diesem London, in diesem England,
in diesem Frühling 1918 –, die Frauen, die Soldaten, die Blitz-
mädels, die Freiwilligen Hilfstruppen, die Frauen in der Uniform von Bus- und Straßenbahnschaffnerinnen und in der Zi-
viluniform des alten Gewerbes, des alten, geschmähten, das
stets in Kriegszeiten blüht, weil die Schnellbeweibten wissen,
daß der Tod sie sowieso zum Hahnrei machen wird –, die Pla-
kate: ENGLAND ERWARTET; die Anschläge: SCHLAGT DEN
BOCHE MIT BOVRIL; die Sondermeldungen: FRONT STEHT
VOR AMIENS (BEKANNTER KRIEGSSCHAUPLATZ AN DER
SOMME) –, und er bewegte sich unter ihnen, der Ausländer, der
aus Neugier gekommen war, um sein Leben in den Kriegen der
alten Männer zu wagen, der nicht einmal merkte, daß er das

wild pochende Herz einer Nation beobachtete, die eine ihrer schwärzesten Stunden erlebte.

Als er am nächsten Morgen Brooklands erreichte, regnete es. Die Camel stand bereit, obwohl die Kanonen noch nicht montiert waren. Außerdem versuchten sie, ihn mit Logik und Vernunft von seinem Plan abzubringen. »Über dem Kanal wird es dreckig. Sie haben doch dienstfrei; warum waschen Sie sich nicht gründlich und gehen bis morgen in die Stadt?«

Aber da war bei ihm nichts zu machen. »Ich habe bereits einen Tag Verspätung – ganz davon abgesehen, daß ich dieses Flugzeug gestern schon gründlich genug abgespült habe. Britt war fuchsteufelswild. Man muß ihn wahrscheinlich festbinden, wenn ich nicht bis zum Mittagessen da bin.« Sie hatten Landkarten für ihn vorbereitet; sein Weg bis zur Staffel war säuberlich eingezeichnet (sie lag im Süden von Amiens), und Flugfelder, auf denen er zwischendurch auftanken konnte, waren ebenfalls ausgewiesen. Er hatte zwar keinen Bezugsschein für die Camel, aber er hatte die Erfahrung gemacht, daß er es hier mit Leuten zu tun haben würde, die alles andere waren als professionelle Soldaten: entweder tatsächlich Flieger oder Leute, die – trotz der letzten dreieinhalb Jahre – immer noch nach Neigung, Denkungsart und Verhalten Zivilisten waren und nur daran interessiert, den Krieg so zügig wie möglich hinter sich zu bringen. Also ließen sie ihn die Empfangsbestätigung für das Flugzeug unterschreiben und machten ihn startklar. Gerade als er die Drosselklappe öffnete, glaubte er, jemand habe etwas gerufen, aber da rollte er schon, und er fuhr weiter und hob ab. Als er wieder auf das Feld zurücksehen konnte, sah er, daß sie ihm zuwinkten, und als er einen zweiten Kreis flog, hatten sie eine Bodenmarkierung ausgerollt, auf der das Symbol zum Landen stand. Aber wenn irgend etwas mit der Maschine nicht stimmte, hätten sie keine Bodenmarkierung gebraucht, um ihn wieder herunterzubekommen, und falls vielleicht ein Rad fehlte oder sowas, so daß er eine Bruchlandung machen mußte, konnte er das genausogut auch in

Frankreich machen. Außerdem war mit der Camel alles in Ordnung; er ließ sie ein bißchen wippen und veranstaltete ein paar Albernheiten; es war eine gute Camel, nur hinten etwas zu leicht für ihn. Das waren sie immer, weil die Fabrik oder wer auch immer sie aufrüstete; er mochte ein Flugzeug, das, sobald man den geringsten Druck vom Knüppel nahm, nach oben zog wie ein Expreß-Aufzug. Aber das konnte bei der Staffel behoben werden, und sie flog sich wie eine Feder; er landete auf einem Rennplatz und rollte die ganze Innenbahn entlang, dann machte er mit Hilfe des Seitenwinds, der dort wehte, die Dreivierteldrehung, wobei er nur ganz wenig rutschte, und auch das nur wegen des Schlamms, bevor er wieder abheben mußte, um nicht in die Zuschauerbarriere zu krachen.

Er kletterte auf tausend Fuß und steuerte seine Route an. Es gab Regenwolken; er blieb dicht darunter, flog von einem regnerischen Fleck zum nächsten. Es wurde nie ernst, obwohl es auch nicht aufklarte, so daß er, als der Kompaß sich eingependelt hatte und er mit dem Gefummel an der Feineinstellung fertig war und die Maschine richtig lief, den Kopf einziehen konnte, hinunter ins Kontor, hinter die Windschutzscheibe, aus dem Regen heraus. Aber sofort begann es richtig zu gießen. Zu seiner Linken konnte er in der Ferne das flache Glitzern sehen, wo sich die weite Mündung der Themse zu öffnen begann; er war vom Weg abgekommen, zu weit östlich; also machte er Kurskorrektur und flog weiter, und daraufhin flog er plötzlich und ohne Vorwarnung voll in die nasse Unsichtbarkeit hinein. Er senkte die Nase; die Bewegung war nicht in seinem Gehirn; sondern in seiner Hand entstanden. Das Flugzeug war verschwunden; es gab nur noch den Rand der Windschutzscheibe, das Armaturenbrett, die Begrenzungen des Cockpits. Der Kompaß zuckte hin und her. Als er versuchte, ihn ruhigzustellen, begann er heftig um neunzig Grad oder noch mehr zu oszillieren, und obwohl die Drosselklappe weit geöffnet war, fiel die Fluggeschwindigkeit. Eine Sekunde lang war der Knüppel ohne jeden Druck, und die Camel begann fürchterlich zu vibrieren; das Vieh konnte jederzeit ins Trudeln kommen, und er hatte weniger als eintausend Fuß.

Er raste hinunter, aus der Wolke heraus, in böig fliehende Fetzen aus Wolken und treibendem Regen hinein. Als er wieder atmete und sein Herz wieder dort war, wo es hingehörte, flog er wie gewünscht mit hundertvierzig Meilen in der Stunde über der von Wolkenfetzen und Regenströmen verdeckten Erde nach Osten. Als er den durchgedrehten Kompaß endlich beruhigt hatte und wieder auf Kurs war, gab es vor ihm weder das Glitzern noch das Blinken von Wasser. Statt dessen sah er den festgefügten, klobigen Rand von England, in eine Wand aus schräg nach Osten gepeitschtem Regen geschweißt. Unter ihm war eine Stadt, das konnte entweder Dover oder Folkestone sein. Auf einer Landzunge stand ein Leuchtturm; zwischen dem Lizard und den Downs konnte das so gut wie alles sein, falls man ihn fragte. Dort mußte es irgendwo Flugfelder geben, die dem Küstenschutz dienten, aber wenn er auf einem dieser Flugfelder landete, war er wieder rettungslos und ohne Regreßanspruch und ohne einen Funken Hoffnung dem starren ehernen Eichenlaub und den eisernen scharlachroten Kragenspiegeln ausgeliefert, sobald seine Räder den Boden berührten. Und jetzt war doch alles bestens; er konnte fast eine Meile weit sehen und brauchte sich eigentlich nur noch darum zu kümmern, daß er nicht in die Wolken geriet, und solange Regen unten aus ihnen herausfiel, blieben sie zumindest fünfhundert Fuß über ihm, von den Myriaden von Speeren aus Regen aufgespießt.

Deshalb sah er sich gar nicht erst nach einem Flugfeld um. Die Zwölf auf seinem Kreiselkompaß wurde unerbittlich vom Peilstrich halbiert, und er huschte trotzig über die Böschung, die granitene Bastion des Festlands, und mit hundertzwanzig Meilen in der Stunde ließ er sich bis auf etwa fünfzig Fuß über dem Wasser herab und steckte den Kopf wieder unter die Windschutzscheibe, wo der Regen nicht hinkam. Der Kanal war an seiner engsten Stelle sechsundzwanzig Meilen breit;

selbst wenn er sich zufällig dort befand, was wenig wahrscheinlich war, brauchte er sich wegen des Kliffs auf der anderen Seite (oder womit Frankreich sonst beginnen mochte) keine Sorgen zu machen. Also flog er weiter, den Kopf schön im Kontor versteckt, ein Auge auf die Armbanduhr und das andere auf das Wasser zwischen seiner linken Schulter und dem Cockpit-Rand gerichtet, um Höhe und Kurs schön dort zu halten, wohin die Mühle flog, als – es war noch keine sechs Minuten her; er hatte den Kanal erst zur Hälfte überquert – die Luft, der Regen mit entsetzlichem Getöse zu röhren begann. Es war nicht vor ihm, es war überall: über, unter, in ihm: Er atmete es ein, er flog in ihm herum – so, wie er die Luft immer schon eingeatmet und durchflogen hatte. Er blickte nach oben. Direkt geradeaus und offensichtlich etwa fünfundzwanzig Fuß entfernt war eine riesengroße brasilianische Flagge. Sie war auf ein Schiff gemalt, das etwa so lang aussah wie ein Häuserblock und höher ragte als jedes Kliff. *Ich bin bereits abgestürzt*, dachte er. Er tat drei Dinge gleichzeitig: Er hackte die Drosselklappe voll auf und griff sich den Steuerknüppel und zerrte ihn nach hinten und machte die Augen zu: Die Camel ging neben dem Schiff hoch wie ein Falke, wie eine Möwe vor der Steilküste. *Warum stürze ich nicht ab?* dachte er. Er öffnete die Augen. Die Camel hing an ihrem Propeller, und der bewegte sich nicht mehr. Vor dem Flugzeug endete der Mast des Schiffs in einem mit Leinwand verhängten Krähennest, aus dem ihn zwei Gesichter, starr vor geräuschlosem Gebrüll, anstarrten; später entsann er sich, daß er sogar in diesem Augenblick gedacht hatte: *Das sind keine Itaker-Gesichter; das sind englische Gesichter.* Aber es gab keine Bewegung; wenn man es richtig betrachtete, hingen alle beide, das Flugzeug und das Krähennest, so einzigartig und friedlich im regenerfüllten Nichts wie zwei Vogelnester vom letzten Jahr. *Propeller und Räder habe ich schon drüber*, dachte Sartoris. *Wenn ich jetzt nur noch den Schwanz hinüberwuchten kann.* Nur: Wenn er jetzt versuchte, das Seitenruder zu bedienen, würde er durchsacken und trudeln. *Aber ich bin doch schon durchgesackt,* dachte er. Also prüfte er die Instrumente noch einmal, rammte ein Höhenruder nach unten und knallte das andere gegen das Brandschott. Dann war er drüber; das Krähennest floh nach oben und war verschwunden. Die Brüstung der Brücke schoß vorbei; auch dort war ein lautlos schreiendes englisches Gesicht. In den Davits hing ein Rettungsboot; er flog entweder darüber weg oder zwischen Boot und Schiffsrumpf; er wußte es einfach nicht; obwohl er bisher noch nichts gerammt hatte. Dann wurde ihm klar, daß er unter einem *Schornsteinstag* hindurchgeflogen war. Er glitt seitwärts über das Achterdeck. In dem Winkel zwischen seinen Tragflächen und dem Flugzeug bewegte sich jetzt ein Lüftungsrohr, aber er hatte immer noch keinen Schock verspürt, und zwei Seeleute rannten wie verrückt auf eine Tür im Heckaufbau zu. Er stellte den Motor ab. *Wenn ich nicht bald mit irgendwas zusammenstoße, habe ich nicht mehr genug Schiff und falle in den Ozean,* dachte er. Der zweite Mann schwang sich durch die Tür und ließ sie hinter sich offen. Sartoris bemerkte, daß die Camel offensichtlich vorhatte, ihm zu folgen. Auf jeden Fall hatte er zwei Gurtzuführungen, und diesmal mußte er versuchen, ihnen auszuweichen. Und allein die Vorstellung, daß sie ihm vielleicht eine Camel für Nachtflüge gegeben hatten, mit Leuchtraketen. Oder Bomben.

Als der Krach von bollerndem Metall und zerreißender Leinwand und berstendem Holz nachließ, saß Sartoris, dessen Nase schon wieder blutete, auf Deck neben einem ausgefransten Loch (das Lüftungsrohr war komplett verschwunden; als hätte er es nie gesehen), aus dem in Schwaden heiße Luft aufstieg, und das stille Keuchen von Maschinen war zu hören. Dann sagte eine barsche, verbitterte Liverpooler Fischkutter-Stimme:

»Jetzt bist du aber dran. Weißt du nicht, daß du für viele Jahre in den Knast wanderst, wenn du auf neutralem Territorium landest?«

II

Er stand neben dem Bootsmann aus Liverpool, leicht zur Seite geneigt, damit das Blut besser abfloß, und tastete nach der Knietasche seiner Fliegerkombination, in die er gestern sein Taschentuch gestopft hatte, während eine weitere kräftige und verärgerte Stimme durch ein Megaphon von der Brücke röhrte: »Schafft es vom Schiff runter! Hievt es über Bord! Aber ein bißchen plötzlich!« Eine zweite, ruhigere Stimme sagte: »Dann treibt es.«

»Meinetwegen! Runter vom Schiff damit! Holt die Feueräxte und zerhackt es und hievt es über Bord!«

»Augenblick«, sagte Sartoris. »Ich muß noch die Uhr retten.«

»Und verhaftet diesen Mann da unten!« röhrte das Megaphon. »Haut ihn, wenn nötig, auf den Kopf!« Jetzt stand ein zweiter Mann an seinem anderen Ellenbogen. Da bewegte er sich schnell auf die Tür im Heckaufbau zu, wo vorher die Camel hatte eintreten wollen.

»Augenblick«, sagte er. »Ich muß die Uhr haben...« Dann ging er auch schon durch die Tür. Und hinter sich hörte er den Lärm von Äxten, er sah sich um und sah zwei Männer, die mit der gesamten Heckflosse der Camel an die Reling hetzten.

Er wurde durch einen langen Korridor gezerrt, der am anderen Ende von einer einzigen trüben Glühbirne erleuchtet war. Der Boden fühlte sich nicht nur kalt, sondern auch fettig an; das merkte er, als er entdeckte, daß er seinen rechten Fliegerstiefel trug, immer noch zugeschnallt, er trug ihn in der Hand, und daß sowohl die Wollsocke, als auch die Seidensocke, die er darunter getragen hatte, fort waren. Die Männer blieben stehen und hielten ihn fest; der Bootsmann öffnete eine Tür. Dahinter war ein Zimmer, von einer weiteren trüben und schmutzfarbenen Birne beleuchtet; er hatte den Viehtransporter, mit dem er vor einem Jahr nach Europa gekommen war, um sich anwerben zu lassen, noch gut genug in Erinnerung, um es als die Kabine des Dritten Maats oder des Dritten Maschinisten zu erkennen. »Hören Sie mal«, sagte er. »Sehen Sie mal . . .« Eine Hand berührte ihn am Rücken. Beinahe unpersönlich stieß sie ihn nach innen. Er stolperte über die Schwelle, fand das Gleichgewicht wieder und drehte sich um, als ihm die Tür ins Gesicht schlug. Er hörte, wie der Riegel vorgeschoben wurde, als er nach dem Knauf griff. »Verdammtnochmal, ich bin Luftwaffenoffizier«, sagte er. »Sie können doch nicht . . .« Er muß wohl noch ein wenig hysterisch gewesen sein, weil er eine verschlossene Tür anschrie, man könne etwas nicht tun, was man bereits getan hatte. Aber zumindest mußten sie ihm bestätigen, daß er versucht hatte, die Uhr zu retten.

Er badete seine Nase vorsichtig am Waschtisch. Es gab keinen Spiegel, aber er konnte es fühlen; wenn er noch einmal abstürzte, brauchte er ein Periskop, um auch nur zu Fuß gehen zu können. Dann zog er den anderen Fliegerstiefel aus und wechselte mit der Wollsocke auf den linken Fuß, so daß er jetzt eine Socke an jedem Fuß hatte, und er zog die Stiefel an und legte sich auf die Koje, lauschte dem schwachen Beben und dem Pulsieren der Maschinen und betrachtete das sachte Baumeln der Kleidungsstücke, die an den Schotthaken hingen; keiner der Ärmel trug irgendeinen Streifen, kein Knopf irgendein Insignium.

Jetzt würde man Britt wirklich festbinden müssen. Ihm blieb wohl nichts anderes übrig, als nach Brooklands zurückzufahren und sich eine neue Camel zu besorgen. Das bedeutete, daß er kaum damit rechnen konnte, bis morgen seinen Verband zu erreichen. Die Uhr, die er innen am rechten Handgelenk trug, tickte noch, aber Armband und Uhrglas und alle drei Zeiger waren verschwunden, hatten sich in jener bizarren Vorhölle von Abstürzen aufgelöst, in der Schuhe und Socken und Talismane und Fliegerbrillen und manchmal sogar Schlipse und Hosenträger verschwanden; er wußte nicht, wieviel Uhr es war. Aber es war vier Minuten nach zwölf gewesen, eine Sekunde bevor er aufblickte und die gemalte Flagge vor sich sah; und selbst wenn es ihm gelingen sollte, Brooklands so rechtzeitig zu erreichen, daß er noch am Nachmittag aufbrechen konnte, würden sie ihm wahrscheinlich ohne offiziellen Befehl keine neue Camel geben. Das bedeutete, daß er nicht nur den Rest des angebrochenen Nachmittags damit verbringen würde, Klopapier zu unterschreiben, auf dem der Verbleib der letzten erläutert wurde, sondern er mußte außerdem auch noch erklären, wie er sie ergattert hatte, und damit fing es doch schon mal an, da er nicht den vorgesteckten Instanzenweg durchlaufen hatte. Wenn er überhaupt noch heute abend die Küste erreichte, seinetwegen sogar die englische. Er hatte die Fahne nicht erkannt, durch die er beinahe hindurchgeflogen wäre; sie barg lediglich zuviel Gelb und Grün, als daß sie außerhalb Südamerikas hätte angesiedelt sein können, aber die Männer, die ihn aus dem Wrack hervorgezerrt und hierhinein geschleudert hatten, waren Engländer gewesen. Hier war offensichtlich irgendeine Gaunerei am Werk; das Schiff mochte sonstwohin gehen – nach Skandinavien oder sogar nach Rußland. Direkt über seiner Koje war ein Bullauge, das Glas schwer mit schwarzer Farbe bestrichen und davor ein schweres Gitter aus Metall. Wenn er nur einen Schraubenzieher gehabt hätte, einen Eispickel, irgendwas Langes, lang genug, daß es bis ans Glas reichte, so daß man es zerbrechen konnte, dann konnte er wahrscheinlich Land sehen. Es wäre Frankreich (nicht, daß ihm das irgendwie nützte; sogar wenn das Schiff anlegte und ihn in Frankreich absetzte, konnte er die Einheit günstigstenfalls irgendwann nach Einbruch der Dunkelheit erreichen, und zwar zu Fuß); das Schiff hatte östlichen Kurs, und seinen Unfall hatte er rechts vom Schiff gehabt; die Camel hatte ihr mutwilliges und unbesiegbares Haupt in eine Rechtsdrehung geschraubt, und er war immer noch auf der rechten Seite. Er wußte sogar, wie das Land aussehen würde, wenn es schließlich hinter der wogenden Ödnis des Ozeans in Sicht kam: so, wie er es nach zwei Wochen auf dem Viehfrachter gesehen hatte – ein hohes und plötzliches Aufragen einer dunstumwallten Lotrechten aus einem waagrechten und unsteten Brachland über den grünen Brechern in der Dämmerung mit einem erleichternden Ausblick, der mittschiffs an der Reling vorbeizog und Bishop's Rock sein sollte...

Zehn Stunden später wachte er auf und blinzelte in das grausame Auge einer elektrischen Taschenlampe. Die trübe Glühbirne an der Decke war aus; die Kleidungsstücke hingen bewegungslos zwischen ihren schwankenden Schatten, während sich die Taschenlampe bewegte. Diesmal machten die beiden Männer mit einer solchen verzahnten und hölzernen Präzision kehrt, um ihn in ihre Mitte zu nehmen, daß er weder die weißen Gamaschen noch die Flinten brauchte, um zu wissen, daß sie Marineinfanteristen waren. »Dann wollen wir mal, Kitchener«, sagte eine Stimme hinter der Taschenlampe, und auch diese erkannte er – die gesetzte Stimme des Hauptfeldwebels, drei oder vier Jahre vor der wohlverdienten Pension, dessen einziger Vorgesetzter – in Uniform oder nicht – jemand gleichen Alters und Ranges auf dem Flaggschiff der Kampfflottille war. »Wer steht denn diesem Verein vor?« sagte Sartoris. »Ich bin Offizier. Falls ich unter Arrest stehe, muß es...«

»Ab«, sagte die Stimme hinter der Taschenlampe. Sie trampelten wieder über den trüben Korridor, der nun ohne jedes Beben und Gemurmel von Bewegung war. Sie machten kehrt. Die Taschenlampe ging hinter ihnen aus, und sie machten noch einmal kehrt. Dann war er in hartem, schwarzem Wind, ohne Regen jetzt und viel kälter, unter einem niedrig dahintreibenden Wolkenfetzen. Dann begann er ein wenig zu sehen; es war das Deck, auf dem er aufgeprallt war. Drei Schatten warteten.

»Alles klar, Bootsmann?« sagte eine neue Stimme, diesmal die Stimme eines Offiziers.

»Alles klar, Sir«, sagte die Stimme der Taschenlampe. Dann konnte Sartoris Gestalt und Winkel der Offiziersmütze sehen.

»Bitteschön«, sagte er.

»Na gut«, sagte die neue Stimme. Sie überquerten das Deck. Unter der Reling war eine Strickleiter; sie mochte aus eigener

Kraft und aus eigenem Antrieb an der schwarzen und augenlosen eisernen Flanke hinunter in die Nordsee gekrochen sein. Aber irgend etwas, das menschliches Leben enthielt, wogte zu ihm herauf und sackte weg und brandete wieder unter ihm hoch; Hände berührten ihn, eine Stimme sagte: »Loslassen«, und er war im Beiboot. Er war in irgend etwas, er saß auf einer Ducht zwischen seinen beiden Marineinfanteristen, inmitten des schattenreichen Einerleis aus Rudern, war sich der starken Bewegung der schwarzen See bewußt, der schwarzen Tiefen des starken Meeres, nur eine dünne Plankendicke weit von ihm entfernt. Dann war da eine andere Leiter, eine andere schwarze eiserne Flanke, nach der ersten scheinbar so niedrig, daß er sich im Boot hätte aufrichten und das Dollbord erreichen können. Aber es war dann doch höher. Dann war er auf einem anderen lichtlosen und unordentlichen Deck. Da war ein Umriß, den er nicht erkannte, der Umriß eines Torpedorohrs, eine schräge Mündung, die er kannte, eine Luftabwehrkanone, und vier magere Trichter ohne jede Proportion zu dem Rumpf, aus dem sie sich erhoben, der, als er auf ihm ging, in eine heftige Bewegung fiel. Es machte eine Kehrtwendung; es schien zu kauern und dann mit einem enormen Wasserschub auf Höchstgeschwindigkeit zu kommen, wie es nicht einmal Flugzeuge konnten.

Er nahm die Geschwindigkeit mit einem kurzen Blick wahr. Er folgte dem Offizier. Sie kletterten; jäh lehnte sich der harte schwarze Wind gegen ihn; da war ein unbewegter Umriß, ungefüge in seiner Kleidung, mit einem Fernglas; dann sah er jenseits der Leinwand, mit der die Brücke verhängt war, die schmalen und gedrungenen Bögen zwischen zwei siedenden und gewaltigen Schwingen aus weißem Wasser. Dann war kein Wind mehr. Er schlüpfte an einem trüben Licht vorbei, in dem sich die Speichen eines Mahagonirades leicht bewegten. Hinter ihm schloß sich eine Tür, und an der anderen Seite eines Tisches, auf dem eine Karte unter einem Licht mit einem nach unten gekehrten Lampenschirm ausgebreitet lag, machte er sofort einen Mann mit einer Lederjacke aus, der ihn ansah. Der Mann sagte überhaupt nichts. Er saß nur hinter seinem Tisch, sah Sartoris an, sah ihn dann plötzlich, ohne die geringste Bewegung, nicht mehr an. »Hier entlang«, sagte der Offizier. Dann schlängelten sie sich durch eine beengte Passage, die vor lauter Geschwindigkeit summte und so schmal war wie ein taghell erleuchtetes Grab.

»Was sollte das?« sagte Sartoris.

»Nichts«, sagte der Offizier. »Er wollte Sie nur mal ansehen.« Die Offiziersmesse war länglich, stahlgrau gestrichen. Sie enthielt einen langen Tisch und sonst nicht viel. Als sie eintraten, sagte der Bootsmann: »Hopp!«, und die beiden Marineinfanteristen standen habtacht und flankierten ihn zu beiden Seiten, wieder mit dieser Präzision eines Metronoms. Nun standen sechs Mittschiffsleute stramm; sie trugen ihr einfaches, unauffälliges Blau und sahen aus wie sechs x-beliebige Burschen aus einer x-beliebigen Schulmannschaft zu Hause in Amerika; sie ähnelten sechs jungen Leuten, die man aus der gesamten jugendlichen Bevölkerung einer Nation nach Maßgabe unglaublicher Vortrefflichkeit ausgewählt hatte. »Verdammt noch mal«, sagte der Offizier, »ich habe euch doch gesagt, ihr sollt jetzt bitten, wegtreten zu dürfen.« Sie gingen hinaus, lösten sich auf, verschwanden. Der Offizier knöpfte seinen Zweireiher auf und löste sein Halstuch. Sein Gesicht war vielleicht dreißig Jahre alt, stumpf und eiskalt. Eine ganze Hälfte war von einer krausen Narbe bedeckt wie von einem Flächenblitz. Dann sah Sartoris unter dem Rock – von keinem anderen Ordensband hervorgehoben und farblich dem Uniformtuch so angeglichen, daß es fast nicht zu erkennen war – das Band des Victoria Cross. »Als was würden Sie sich bezeichnen?« sagte der Offizier.

»Leutnant; Luftwaffe«, sagte Sartoris. »Na?« Er öffnete seine Montur weit genug, daß man die Flügel sehen konnte. Der andere schenkte ihnen einen flüchtigen Blick, bar jeder Anteilnahme.

176

»Sowas kann man ganz leicht werden«, sagte er.

»Ganz leicht?« sagte Sartoris. »Ich habe acht Monate dafür gebraucht. Schneller ist das, soviel ich weiß, noch nie geschafft worden.«

»Warum waren Sie auf dem Schiff?«

»Absturz.«

»Ich weiß. Warum?«

»Ich habe es nicht gesehen. Ich hatte den Kopf innen, damit er keinen Regen abkriegt. Als der Mann mich zurückgepfiffen hat, konnte ich gerade noch hochziehen. Ich habe einen Sackflug gemacht. Hätte ich wassern sollen?«

»Keine Ahnung«, sagte der andere. »Wo wollten Sie denn hin?«

»Ich wollte meine Einheit einholen«, sagte Sartoris. »Wo soll man denn schon hin, wenn dieses Schiff im Wege ist?«

»Keine Ahnung«, sagte der andere. »Haben Sie schon etwas gegessen?«

»Seit dem Frühstück nichts mehr.«

»Der Steward soll ihm bringen, was da ist«, sagte der Offizier.

»Ab«, sagte der Bootsmann.

Das neue Zimmer war sogar noch kleiner als das auf dem anderen Schiff; der Marineinfanterist hatte gerade Platz, sich neben der Tür hinzustellen, die Flinte Gewehr bei Fuß und den Kopf vier Zoll unter der Zimmerdecke, und er schien das Zimmer voll und ganz auszufüllen, ließ es so zwergenhaft erscheinen wie eine Puppenstube. Einen Augenblick lang ähnelte es dem anderen Zimmer. Da war die eingebaute Koje, aber mit sauberen Decken, und der Waschtisch. Aber es gab nicht einmal eine geteerte Öffnung; die Wände waren nicht durchbrochen, und nicht nur das Geräusch der Geschwindigkeit hatte ihn aufgenommen, sondern auch das Geräusch des Wassers. Ihm schien, als könnte er seine Hand gegen die Wand legen und fühlen, wie die stählerne Muschel vom langen und unaufhörlichen Dröhnen des fliegenden Wassers dort draußen bebte.

Der Steward trat ein, und er hatte einen Krug mit heißem, bitterem Tee mitgebracht und kaltes Fleisch und Brot. Er aß, und dann wollte er eine Zigarette, aber die Zigaretten waren in derselben Knietasche gewesen, in die er gestern das blutige Taschentuch gestopft hatte; auch sie waren dahin. So legte er sich auf die saubere Koje unter die einzige helle Glühbirne, nur zwei Fuß vom Hahn der Flinte des Wachtpostens entfernt, lauschte dem Sieden und Dröhnen von Wasser hinter der Stahlwand, bis ihm schien, als hinge die heile Zerbrechlichkeit der Muschel nur von ihrer Geschwindigkeit ab, wie bei Flugzeugen, und daß sie nach innen zerbräche, wenn das Gewicht des Wassers plötzlich nachließe und sie in ihm zur Ruhe käme. Er wußte nicht, was mit ihm geschehen würde. Gestern hatte er noch geglaubt, es zu wissen, und das war ein Irrtum gewesen. Aber er hatte noch nie von einem Zerstörer gehört, der es die Themse flußaufwärts geschafft hätte, bis kurz vor London. Und er hatte gestern zehn Stunden lang geschlafen, bis ihn die Taschenlampe weckte. Demnach mußte er sich inzwischen längst ein gutes Stück in der Nordsee befinden, und er versuchte sich einiger Häfen an der Ostküste zu entsinnen, aber es gelang ihm nicht. Außerdem war es möglicherweise genau ihre Richtung; wer wußte das schon? Und das bedeutete, daß er wahrscheinlich nicht nach Brooklands zurückfinden würde, um sich bis übermorgen eine neue Camel abzuholen; und wenn er jetzt die Einheit erreichte, würde Britt ihn wahrscheinlich erschießen lassen. *Das Victoria Cross*, dachte er und spürte das dröhnende Treiben des Schiffsrumpfs. Aber man mußte als Brite geboren sein, um so etwas zu kriegen, von Britts Military Cross ganz zu schweigen, was seiner Meinung nach gleich dahinter rangierte. *Aber irgendwas kriege ich schon noch*, dachte er. Und das stimmte. Am nächsten 5. Juli sollte er es kriegen. Aber um das zu kriegen, was er kriegen sollte, brauchte man dazu nur geboren zu sein. *Vielleicht kann ich mit jemandem um ein übrig gebliebenes Ritterkreuz würfeln*, dachte er.

Diesmal wurde er wachgerüttelt. Es war ein Oberleutnant mit dem Messingschild der Militärpolizei. Jetzt lag das Boot still; kein Sieden, kein Dröhnen des Wassers mehr, und als er, zu beiden Seiten von bewaffneten Feldjägern begleitet, das Deck überschritt, gab es kein Rettungsboot, keinen schwarzen Ozean. Statt dessen lag das Boot längsseits an einer steinernen Kaimauer, jenseits der beginnenden Dämmerung und einer sie umgebenden Stadt. Aber es war nicht London. »London ist das nicht«, sagte er.

»Kaum«, sagte der Leutnant. So war er denn irgendwo im Firth of Forth, wie er sich das auch bereits gedacht hatte. Vielleicht Edinburgh, denn eine Stadt war es wohl – falls Edinburgh sich bis zum Meer hinunter erstreckte. Dann konnte er heute abend noch London erreichen. Dann konnte er den morgigen Tag damit verbringen, den Verbleib der alten Camel zu erklären und eine neue zu kriegen. Seine Einheit konnte er dann unter Umständen übermorgen erreichen. Am Ende der Pier stand ein Wachtposten. Man mußte also noch einen Oberfeldwebel ausschalten, bevor sie passieren konnten; Sartoris wußte nicht, warum, da der Leutnant mit seinen beiden Männern ihn bereits einmal passiert haben mußte, und alles, was alle Beteiligten sich nur wünschen konnten, konnte nur sein, daß sie endlich passierten und machten, daß sie weiterkamen. Aber in diesen zwei Tagen hatte er bereits vergessen, wie es an Land war, er hatte den alten, muffigen Geruch der Mütze eines Obersten der Etappe vergessen. Aber vielleicht war er in zwei Tagen in Frankreich; Britt und Tate und Sibleigh sagten übereinstimmend, wenn man erst einmal nah genug am Krieg dran wäre, hätte man das alles hinter sich.

Dann waren sie in einem Auto auf den dunklen und leeren Straßen; bald bogen sie in einen Hof, auf dem ein ständiges Kommen und Gehen von anderen Autos und Kradmeldern vor einem großen Haus mit erleuchteten Fenstern herrschte. Es mag nicht unbedingt das gewesen sein, was er von einem typischen Hof in Edinburgh erwartet hatte, aber ein Bahnhof

179

war es auch nicht, nicht einmal ein schottischer, und er war
schon mal in Turnberry und in Ayr gewesen. Dann merkte er,
daß er auch das erwartet hatte; nun war er im Gebäude, in
einem riesigen Dienstraum voller Melder und Boten und
Schriftführern im Range eines Obergefreiten und Telefoni-
stinnen, beschäftigt, friedlich und mit dem altehrwürdigen,
unbesiegbaren Gestank behaftet; nach all der Aufmerksamkeit, die ihm hier zuteil wurde, hätte er genausogut einen der
hier Anwesenden um ein neues Flugzeug bitten können.
»Hören Sie mal«, sagte er. »Ich bin . . .« Es kam ihm wie eine
Woche vor; es war unglaublich, daß seine Einheit erst vor zwei
Tagen nach Frankreich aufgebrochen war. ». . . jetzt seit zwei
Tagen hinter meiner Einheit her. Sie sollten vielleicht mal tele-
fonieren, und zwar mit . . .« und er nannte den Colonel auf dem
Flugfeld, von dem die Einheit aufgebrochen war.

»Man wird sich darum kümmern«, sagte der Leutnant.

»Wer?« sagte Sartoris.

»Man«, sagte der Leutnant. »Wenn man mit ihm reden
möchte.«

Verglichen mit den beiden anderen sah sein neues Zimmer
aus wie eine Landebahn. Er lag wieder auf dieser eisernen Koje
und nahm den Helm ab – er hatte seine Fliegerbrille auf den
Kopf hochgeschoben, kurz bevor er den Schalter der Camel
umgelegt hatte; die Brille war heil –, da er wohl einige Zeit lang
hier bleiben und darauf warten würde, daß man nach ihm
schickte; er wünschte jetzt, er hätte seit vergangenem Mittag
nicht soviel geschlafen. Es verstrich ein gewisser Zeitraum,
und sie brachten ihm Frühstück. Es war ein recht anständiges
Frühstück, aber es stank ebenfalls nach dem alten Fluch, der
auf einer Ehe zwischen dem guten alten Offizierskoppel und
einer Schreibmaschine lastete, und da er jetzt in Schottland war,
hätte ihm auch ein Frühstück nach Art der Eingeborenen voll-
auf genügt; das Essen hätten sie sogar behalten können. Nun,
wahrscheinlich würde er sogar dies Getränk in etwa zwei Tagen bekommen, wenn er Frankreich erreicht hatte. Also lag er

auf der Koje, und die zeigerlose Uhr tickte und tickte innen an seinem Handgelenk. *Jetzt bin ich schon zwei Stunden hier*, dachte er. *Jetzt bin ich schon vier Stunden hier*, dachte er. Und dann war er bereits sechs Stunden dort gewesen, denn endlich erschien ein Gefreiter an der Tür und gab ihm eine Zigarette und sagte ihm, es sei zwölf Minuten vor elf. Also hörte er auf zu warten, denn man würde nie und nimmer nach ihm schicken. Er würde nie nach Frankreich kommen. Einmal hatte er es versucht, und nun war er in Schottland. Beim nächstenmal wäre er dann auf dem Baltikum oder in Skandinavien; beim drittenmal wäre es Ruß- oder Island. Er würde bei allen Alliierten Streitkräften zur Legende; er sah sich als alten Mann, mit wildem Gesicht und weißem Bart, wie er in fünfzig bis sechzig Jahren irgendwo zwischen Brest und Oostende ein Kliff erklomm und die Nummer einer längst aufgelösten und vergessenen Schwadron herauskeuchte: »Wo ist der Krieg?« plärrte er. »Wo ist er? Wo ist er?«... Der Wachtposten und derselbe Leutnant waren an der Tür. Sartoris erhob sich von der Koje.

»Hat man sich inzwischen innerlich auf mich vorbereitet?« sagte er.

»Ja«, sagte der Leutnant. Sartoris ging zur Tür. »Wollen Sie Ihre Mütze nicht mitnehmen?« sagte der Leutnant.

»Komme ich denn nicht hierher zurück?« sagte Sartoris.

»Weiß ich nicht. Wollen Sie denn?« Also ging Sartoris zurück und holte seinen Helm. Dann standen alle drei in einem langen Korridor. Dann erklommen Sartoris und der Leutnant eine Treppe. Wieder ein Flur, wieder ein Kommen und Gehen von Kurieren. Dann war der Leutnant fort, und ein anderer Mann hob sich gegen das Licht ab. Er sah Sartoris an. Es war Britt.

»Was führt Sie nach Schottland?« fragte Sartoris.

»McArschloch«, sagte Britt. »Setzen Sie sich Ihre dämliche Mütze auf, und kommen Sie raus.«

III

»Ich bin in Frankreich«, sagte Sartoris. Sie befanden sich auf einem Hof, und die Kräder der Kradmelder knatterten eilig hin und her; es gab auch ein Auto, das sich den Anstrich eines Autos von einem Oberbefehlshaber des Flugwesens gab, sowie einen Motorradbeiwagen, in welchem ein Fahrer vom Verteidigungsministerium saß.

»Sie sind in Frankreich«, sagte Britt. »Der Name dieses Ortes lautet Boulogne. Wie alt sind Sie?«

»Ich werde nächsten Monat einundzwanzig«, sagte Satoris. »Falls es mir bis dahin gelingt, nicht ins Gefängnis zu kommen.«

»Sie sollten wirklich Ihre Memoiren schreiben. Wenn Sie damit warten, bis Sie dreißig sind, haben Sie so viel erlebt, daß Sie sich nicht mehr an alles erinnern können. Sie suchen sich das einzige Schiff in sämtlichen europäischen Gewässern aus, dem es höchstwahrscheinlich gar nicht paßt, daß man es unter die Lupe nimmt, und dann landen Sie auch noch mit einem Aeroplan auf demselben...«

»Spanische Kuffnucken waren sie schon mal nicht«, sagte Sartoris. »Es gab da zwar eine spanische Kuffnuckenflagge in der einen oder anderen Form, aber die Leute waren Engländer. Und aus dem Flugzeug haben sie mich gezerrt, ohne meinen Verwundungen auch nur einen Blick zu gönnen. Und dann nahmen sie mich und warfen mich in ein...«

»Und wer hat Sie damit beauftragt, durch den Ärmelkanal zu rasen und Schiffe auszuspähen?«

»Aber es war doch irgendwie merkwürdig...«

»Das war es zweifellos«, sagte Britt. »Deshalb wurden Sie so schnell eingesperrt, und deshalb hat man auch so schnell Leute besorgt, die Sie verhaften konnten. Höchstwahrscheinlich wurde angenommen, Sie seien ein Hunnen-Spion... oder, noch schlimmer, einer von der Haager Konvention. Egal, dieses Schiff geht Sie gar nichts an; es geht *die* was an – die Etappenhengste in London oder wo. Ein Schiff dürfen Sie nämlich überhaupt nicht gesehen haben; das habe ich in Ihrem Namen versprochen. Es passiert viel in diesem Krieg, auf der anderen Seite wahrscheinlich auch, was die niedrigen Ränge bis hinauf zum Hauptmann nicht sehen sollen.«

»In Ordnung«, sagte Sartoris. »Was habe ich danach getan?«

»Dann hat ein Zerstörer Sie von dem Schiff abgeholt. Und das war nicht irgendein gewöhnlicher Kahn; ein Kriegsschiff seiner Majestät – daß es kein erstklassiges Schlachtschiff war, hat gar nichts zu sagen – wird von seiner U-Boot-Mission dreihundert Meilen weit abkommandiert, um Sie aufzusammeln und an Bord zu nehmen, als wären Sie der Oberste Kriegsherr persönlich, und zurückzubringen. Finden Sie nicht, daß das eine Eintragung wert wäre?«

»Eine Haftstrafe ist es zumindest nicht wert.« Jetzt sah Britt ihn an. Er blickte auf und sah in Britts kalte Augen.

»Das ist auch nicht der Grund für Ihre Verhaftung.« Sie sahen sich an. »Sie wurden vor drei Tagen für eine Staffel eingeteilt. Sie haben sie immer noch nicht erreicht.«

Nach einem Augenblick sagte Sartoris: »Also meinten die, ich hätte Angst. Sie haben das auch geglaubt.«

»Was hätten Sie denn gedacht? Sie werden zum erstenmal nach Frankreich kommandiert. Sie starten, aber Sie schaffen es nicht einmal bis zum Ärmelkanal. Sie verlassen ohne Grund Ihre Formation...«

»Direkt vor mir ist einer aus der A-Gruppe geflogen! Ich war so nah an ihm dran, daß ich einen verbogenen Stift an seinem Bolzenkopf erkannt hätte!«

»...Ihre Formation und steigen auf achttausend Fuß, tauchen weg, so daß ein ungeheurer Druckverlust entsteht, und dann – es steht Ihnen eine Landebahn von einer halben Meile Länge in weniger als einer Meile Entfernung zur Verfügung – stellen Sie sich in einem Stück Getreide auf die Nase, auf dem es nicht einmal Sibleigh gelungen wäre, mit einer Camel zu starten. Und dann verschwinden Sie. Sie haben den Befehl, sich an einem bestimmten Ort zu melden. Sie melden sich nicht. Bis zum nächsten Tag hört man nichts mehr von Ihnen, und dann erscheinen Sie plötzlich in Brooklands, wo man bereits befehlsgemäß ein Flugzeug für Sie bereithält. Man überläßt es Ihnen, obwohl Ihnen der Befehl zur Übernahme noch gar nicht ausgestellt wurde; Sie starten, kurz bevor die Meldung eintrifft, daß Sie noch nicht starten sollen. Man signalisiert Ihnen, daß Sie landen sollen, aber Sie ignorieren das Signal. Dann verschwinden Sie mitsamt dem Flugzeug. Offensichtlich sind Sie zu Ihrer Einheit in Frankreich aufgebrochen; dazu sollte man maximalstens anderthalb Stunden brauchen. Aber Sie kommen nicht dort an. Sie verschwinden, bis der Kapitän des bewußten Schiffes noch am selben Nachmittag wie besessen telegraphiert, daß Sie offenbar absichtlich auf etwas gelandet sind, was Sie zweifelsohne für ein neutrales Gefährt gehalten haben – und das bedeutet automatisch längeren Karzer, wie Sie sicherlich wußten.«

»Ich habe es aber doch nicht gesehen«, sagte Sartoris. »Ich hatte lediglich Zeit, den Vogel hochzuziehen und abzuwürgen. Entweder ins Schiff oder ins Wasser. Ich...«

»Das hat sich inzwischen erledigt«, sagte Britt. »Ich kenne jetzt den wahren Hergang, denn kein Mensch wird absichtlich versuchen, mit einer Camel auf einem sechzig Fuß breiten Stahldeck in der Mitte des Ärmelkanals zu landen. Das ist jetzt alles vergessen. Sie haben nie ein Schiff gesehen; niemand braucht zu erfahren, wo Sie abgestürzt sind, und heute morgen sind Sie in Boulogne angekommen, und wir haben uns hier zufällig getroffen.«

»Und was soll ich jetzt tun?«

»Dieser Marschbefehl ist für Sie. Damit kommen Sie nach Candas. Dort werden Sie von Atkinson erwartet, der Ihnen zeigt, wie Sie zu Ihrer Einheit zurückkommen. Sie und er kriegen dann zwei neue Camels. Und die Camel, die Sie dann kriegen, ist *Ihre* Camel. Diesmal gilt also: rechte Hand am rechten Griff; alles klar?«

»Keine Sorge«, sagte Sartoris. Er stieg in den Beiwagen. Er hätte sich noch etwas von Frankreich ansehen können, zumindest von den hinteren Regionen des Krieges. *Da haben sie also tatsächlich gedacht, ich hätte Angst*, dachte er. Atkinson wartete bei den geparkten Maschinen.

»Wo bist du . . .«, sagte er.

»Auch das geht dich nichts an«, sagte Sartoris. Die Camels waren ebenfalls bereit. Atkinson zwinkerte ihm zu.

»Sie halten uns das Mittagessen warm«, sagte er. »Komm mit.«

»Ich möchte nichts. Laß es dir schmecken.« *Sie dachten, ich hätte Angst*, dachte er. Atkinson zwinkerte ihm zu.

»Dann möchte ich auch nichts«, sagte er. »Wir können uns immer noch in der Messe was besorgen.« Das Bodenpersonal machte sie startklar, und sie hoben ab. Es kam ihm vor, als habe er schon einen Monat lang kein Flugzeug mehr gesehen. Aber er hatte noch nichts vergessen. Er würde nie vergessen, wie man fliegt – selbst wenn er Angst hatte. Er hob mit einer wild entschlossenen Kehrtschlaufe ab. Diese Maschine war hinten sogar noch leichter als die in Brooklands, und sie zog sogar noch besser ab; er war fast schon oben, als Atkinson eben abhob. Er kam herum und überholte Atkinson und rammte seine Tragfläche zwischen die Tragfläche und das Seitenruder von Atkinson, woraufhin Atkinsons Kopf herumfuhr und sein Umriß aussah, als brüllte er tief beunruhigt. Atkinson bedeutete ihm mit wildem Fuchteln, er möge sich entfernen, und glitt schließlich davon, woraufhin Sartoris hochzog und kletterte und diesmal Atkinson von hinten nachsetzte, und er sah, wie sich Atkinsons zutiefst beunruhigtes Gesicht ihm immer wieder ruckartig zuwandte, erst über die eine Schulter, dann über die andere; er führte ein kleines Luftduell mit Atkinson, das heißt, er fiel ihm zur Last, denn Atkinson konnte nichts weiter tun, als ihn in wilder Wut zu verscheuchen, und er tauchte unter ihm weg, huschte fort, tauchte, gab soviel Gas, daß er weit genug vor Atkinson war, um jäh zu wenden und ihn frontal zu attackieren, und als er diesmal seine Tragfläche zwischen Atkinsons Tragfläche und Seitenruder setzte, konnte dieser ihm nur noch die geballte Faust zeigen. Aber mit dem Kopf fuhrwerkte er weiter herum, um die Spitze von Sartoris' Tragfläche im Auge zu behalten, bis Sartoris bald genug bemerkte, daß Atkinson allmählich nach rechts flog, so daß sie irgendwann in einer Gegend landen würden, in der man mit Recht Paris vermuten durfte. Außerdem machte es ihm Schwierigkeiten, seine Camel zurückzuhalten; sie wollte nicht bleiben, wo sie war; als er sie genügend gedrosselt hatte, wurde die Vibration so schlimm, daß er den Kompaß nicht mehr ablesen konnte.

Also schwirrte er ab und ließ den Motor zur Ruhe kommen, woraufhin er wieder vor Atkinson war. Aber er wußte, wo das Flugfeld lag, und Atkinson beobachtete ihn, wie er davonzog, ohne irgendeine Reaktion zu zeigen. Also stimmte die Richtung. Ein Flugfeld konnte er sowieso jederzeit finden; wenn es das falsche war, machte das auch nichts, denn einen Menschen, der Angst hat, kann man nicht belangen. Und, genau, da stand etwas, was die Kirche von Amiens sein mußte, und ragte aus der Ebene hervor; er sah das verästelte Quellgebiet der Somme und dann die unglaublich gerade Straße, die nach Roye führt. Dann sah er das Flugfeld; es war ein Flugfeld, da gab es keinen Zweifel, denn direkt daneben waren Eisenbahnschienen. Er sah sich um. Atkinson kam ihm gelassen in drei bis vier Meilen Entfernung nach, und demnach mußte es sogar das richtige Flugfeld sein, und als er sah, wie die Eisenbahn mit Höchstgeschwindigkeit neben dem Flugfeld fuhr, noch dazu wesentlich schneller als ein Mensch zu Fuß gehen konnte, wußte er, daß es das richtige Flugfeld war. Aber an den Eisenbahnschienen hätten auch gut und gern ein paar Telegraphenmasten stehen können, obwohl der Zug als solcher auch nicht schlecht war, denn er mußte entweder gegen den Wind landen oder über den Zug hereinkommen, denn der Sprit würde ihm ausgehen, wenn er weiterhin oben sitzenblieb und darauf wartete, daß der Zug ein

Ende nahm, weil eine Camel nämlich nur drei Stunden mit dem Schwerkraft-Tank fliegt, wenn der andere trocken ist. Nur leider hatte er Angst; es schien ihm weder zu gelingen, sich an dies zu erinnern oder jenes zu vergessen, noch gelang ihm sonst irgendwas; vielleicht hatte er auch Angst vor Eisenbahnen; auf jeden Fall hatte er Angst vor Frankreich, und deshalb konnte man nicht von ihm erwarten, daß er darauf landete: Statt dessen erwartete man natürlich, daß er auf dem Asphalt vor dem Eingang zur Messe landete. Also setzte er sich volle Kraft voraus und mit Seitenwind etwa zehn Fuß über dem fahrenden Zug zurecht, als wollte er auf ihm landen, und dann kam er schräg in den Wind hinein, bis er die Messe genau vor sich hatte, und als er glaubte, genug Geschwindigkeit zu haben, mit dem Vogel vor der Messe aufzutauchen, schaltete er ab und ließ die Camel zur Ruhe kommen. Er hatte etwas zu viel Geschwindigkeit, von allem anderen ganz zu schweigen, aber dann beschloß er, eine dieser Schleuder-Landungen (nach Sibleigh) zu wagen, bei denen es darauf ankommt, daß man, wenn man erstmal damit angefangen hat, weitermachen muß, weil es dann zu spät ist, anderen Sinnes zu werden; also glitschte er, bis er genau den richtigen Zeitpunkt fürs Hochziehen erwischt hatte, und er richtete sich auf, brachte den Schwanz nach unten, noch etwas tiefer, und in einem Sekundenbruchteil, bevor es soweit war, wußte er, daß er nicht tief genug gegangen war. Er prallte auf. Die Messe schien ihm näher als vorher das Schiff, allerdings nicht so groß. Aber drüber mußte er. Er schlug auf die Drosselklappe ein. Aber statt der Drosselklappe traf er das Treibstoffgemischventil. Der Motor spotzte und soff ab. Die Camel prallte noch einmal auf und überschlug sich dann.

Er war weiter von der Messe entfernt, als er gedacht hatte; die Menschen, die vor der Messe standen und ihn beobachteten, schienen nicht mehr auf seiner unteren Tragfläche zu stehen. Es war ein ziemlich großes Flugfeld; er schien ein gutes Stück Weges zu Fuß zurücklegen zu müssen; er neigte sich, um den Fluß seiner blutenden Nase von sich abzulenken (er hatte immer noch kein Taschentuch), bis er die Menschen erreicht hatte. Eine Ordonnanz holte ihn beinahe schon an der Tür mit dem feuchten Handtuch ab. Britt beobachtete ihn. »Geht es Ihnen jetzt besser?« sagte Britt.

»Es war nur die Nase«, sagte Sartoris. »Dabei sollte man annehmen, daß sie sich allmählich an Bruchlandungen gewöhnt hat.«

»Sie ist ja noch jung«, sagte Britt. »Geben Sie ihr Zeit. – Sehen Sie mal«, sagte er. »Irgendwie verstehen wir uns nicht richtig. Ich glaube nicht, daß Sie die richtige Einstellung haben. Es hat die Regierung den Gegenwert von drei feindlichen Flugzeugen gekostet, Sie auszubilden und hierherzuschaffen. Und jetzt haben Sie drei von unseren Maschinen ausgemerzt, bevor Sie auch nur in Frontnähe gekommen sind. Verstehen Sie, was ich damit sagen will? Sie werden sechs Hunnen abschießen müssen, bevor Sie überhaupt mit Zählen anfangen können.« Die Ordonnanz kam zurück, diesmal wieder mit etwas anderem. Es war eine Fliegerbrille. Dann entdeckte Sartoris, daß er nur noch den Rand einer Brille auf der Stirn hatte. Britt nahm der Ordonnanz die Brille ab und überreichte sie ihm.

»Wozu verwendet man das?« sagte er.

»Das ist eine Fliegerbrille«, sagte Britt. »Damit fliegt man. Sie fahren jetzt nach Candas und besorgen sich dort eine Camel. Und noch etwas: Versuchen Sie, noch vor dem Tee mit ihr wieder hier zu sein, und zwar fein säuberlich abgestürzt.« Sartoris nahm die Fliegerbrille.

»Genügt es nicht bis zum Abendessen?« sagte er. »Die neue brennt vielleicht. Und im Dunkeln sieht das doch viel schöner aus.«

»Nein; zum Tee«, sagte Britt. »Bis dahin sollte auch General Ludendorff mit Ihrem Ritterkreuz hier sein. Vor Amiens ist er schon.«

Anmerkungen

Frankie und Johnny

Am 4. Januar 1925 reiste Faulkner von Oxford nach New Orleans, von wo aus er die Überfahrt nach Europa anzutreten gedachte. Dort wollte er von der Schriftstellerei leben, bis er sich, wie Robert Frost und T. S. Eliot, im Ausland einen Namen gemacht hätte. Sein Aufenthalt in New Orleans dehnte sich jedoch auf sechs Monate aus; in der angenehmen Atmosphäre der Stadt ließ es sich schreiben, und Faulkner konnte seine Arbeiten in der am Ort erscheinenden *Times-Picayune* und in einer neuen Zeitschrift namens *The Double Dealer* unterbringen. Diese druckte in der Januar/Februar-Nummer seinen ersten Text ab: ein aus elf Skizzen bestehendes Werk mit dem Titel »New Orleans«, das dreitausend Wörter umfaßte. Die dritte dieser Skizzen, »Frankie und Johnny«, war ein 450 Wörter langer, in der ersten Person abgefaßter Bericht eines jungen Ganoven über seine Begegnung mit einem flachshaarigen, grauäugigen Mädchen, das vorübergehend seine Geliebte wird. Anscheinend handelte es sich um eine verkürzte Fassung des zweiten Teils der unveröffentlichten Erzählung (die Faulkner nicht mit einem Titel versah), wobei der erste Absatz ausgelassen und im restlichen Teil leichte Veränderungen vorgenommen wurden. Später verarbeitete und erweiterte Faulkner Material aus »Frankie und Johnny« für die Story »Noch bist du Lehrling, mein Junge«, die am 31. Mai in *Times-Picayune* erschien. Dort endete die Verbindung mit Johnnys Tod, und obwohl seine Freundin in Mary umgetauft und am Ende »Kleine Schwester Tod« genannt wurde, handelte es sich unverkennbar um das grauäugige Mädchen der Originalgeschichte. Die schwangere Frankie im letzten Absatz dieser Story, »ein Streifen besäten fruchtbaren Lands«, dürfte einige

Leser an Dewey Dell Bundren in *Als ich im Sterben lag* erinnern, »wie ein feuchter Keim, wild in der heißen blinden Erde«.

Nachmittag einer Kuh

Als Faulkner nach seiner Rückkehr am Ende des Ersten Weltkriegs mit einer Reihe von Vers- und Stilformen experimentierte, schrieb er im Sommer 1919 ein vierzig Zeilen langes Gedicht über unerwiderte Liebe und entlieh den Titel aus Stéphane Mallarmés »L'Après-Midi d'un Faune«. Das Gedicht erschien am 16. August 1919 in *The New Republic* und am 29. Oktober, in einer überarbeiteten Fassung, in der Studentenzeitung der Universität von Mississippi, *The Mississippian*. Am 28. Januar des folgenden Jahres veröffentlichte Faulkner darin ein Gedicht namens »Une Ballade des Femmes Perdues«, das zum Vergleich mit einem Gedicht von François Villon herausforderte. Es überrascht nicht, daß Lyrik dieser Art verschiedene Reaktionen hervorrief. Eine solche Reaktion war ein am 12. Mai 1920 im *Mississippian* veröffentlichtes Gedicht mit dem Titel »Une Ballade d'une Vache Perdue«, in dem die Autoren (vermutlich Drane Lester und Louis M. Jiggitts) unter dem Pseudonym Lordgreyson die fern der Heimat umherirrende Färse Betsy beschreiben. Das amüsante Gedicht war eine Glanzleistung, die Faulkner siebzehn Jahre später – wie er sich erinnerte, »eines Nachmittags, als ich mich beschissen und fürchterlich verkatert fühlte« – wieder eingefallen sein mochte. Zu der Zeit arbeitete er bei Twentieth Century-Fox und war sehr unglücklich. Am 25. Juni 1937 las Faulkner seinen Dinnergästen eine Erzählung namens »Nachmittag einer Kuh« vor, die von einem talentierten Jungen namens Ernest V. Trueblood verfaßt sei. Der einzige, der Faulkners *jeu d'esprit* zu würdigen schien, war sein Hausgast und französischer

Übersetzer Maurice Coindreau. Am nächsten Tag schenkte ihm Faulkner zur Erinnerung einen Durchschlag seines Typoskripts. Als Faulkner im Februar 1939 am Teil 2, Kapitel 1 von »Der lange Sommer«, dem dritten Buch seines Romans *Das Dorf* arbeitete, erinnerte er sich offensichtlich dieser Geschichte und verwendete einige Elemente daraus für die im Stil der Ritterromantik gehaltene Behandlung von Ike Snopes Liebe zu Jack Houstons Kuh. Er schloß die Story in Teil 3 ab, mit dem das Kapitel endete. Als nicht lange danach die deutschen Besatzungsbehörden in Frankreich den Druck amerikanischer Bücher untersagten, schrieb Jean-Paul Sartre, daß »die Lektüre von Romanen Faulkners und Hemingways für manche zum Symbol des Widerstands geworden« seien. So war es denn nicht unpassend, daß der frankophile Faulkner die Erstveröffentlichung von »Nachmittag einer Kuh« in Maurice Coindreaus Übersetzung in *Fontaine* (Algier), H. 27–28 (Juni–Juli 1943), S. 66–81, billigte. Anfang 1947 bat der Herausgeber der Vierteljahresschrift *Furioso*, Reed Whittemore, um eine Story für eine Sondernummer. »Verkauf den Text, wenn du kannst«, schrieb Faulkner an seinen Agenten Harold Ober. »Vielleicht ist er ja doch komisch, wie ich angenommen hatte. Ich denke, ich habe ihn an den verkehrten Leuten ausprobiert.« So erschien denn die Erzählung »Nachmittag einer Kuh« endlich auch auf englisch, und zwar unter dem Namen Ernest V. Truebloods in *Furioso*, H. 2 (Sommer 1947), S. 5, 8–10, 13, 16–17 – ein Jahrzehnt nach ihrer Niederschrift und fast drei Jahrzehnte nach »L'Après-Midi d'un Faune« und »Une Ballade d'une Vache Perdue«.

Beisetzung Süd: Gaslicht

Faulkner hatte von seinem Freund Anthony West ein Photo zugeschickt bekommen, das Walker Evans von einem schattigen Friedhof gemacht hatte. Im Vordergrund war ein halbes Dutzend lebensgroßer Marmorstatuen zu sehen. Nicht lange nachdem Faulkner etwa Mitte September 1954 in New York eingetroffen war, begegnete ihm West eines Tages in den Büroräumen von *Harper's Bazaar*. Faulkner drückte sein Gefallen an dem Photo aus. In der Hoffnung auf einen Beitrag zu der Zeitschrift fragte West ihn, ob er darüber nicht etwas schreiben könne. Obwohl er sich nicht festlegen wollte, begann er binnen kurzem mit der Arbeit. Fragmente einer Fassung namens »Sepulchure South: in Gaslight« und einer weiteren Fassung mit dem Titel »Sepulchre South: Gaslight« haben sich erhalten. Faulkner schloß die Skizze noch vor Ende des Monats ab und sandte sie an West. Unter dem Titel »Sepulture South: Gaslight« erschien sie in *Harper's Bazaar*, LXXXVIII (Dezember 1954), S. 84–85, 140–141.

Das hohe Tier

Wie in »Evangeline« verwendet Faulkner in dieser Story einen Ich-Erzähler und einen Vertrauten namens Don, der sich mit jenem die narrative Funktion teilt. Vermutlich geht die Figur des Don auf William Spratling zurück, den Freund aus der Zeit in New Orleans, mit dem Faulkner 1925 nach Europa reiste. Faulkner reichte »Das hohe Tier« irgendwann vor dem 23. Januar 1930 beim *American Mercury* und anschließend bei vier weiteren Zeitschriften ein – ohne Erfolg. Der Stil läßt darauf schließen, daß die Story nach den in New Orleans verfaßten Skizzen und Erzählungen, aber vor den sehr viel ausgereifteren Arbeiten der späten zwanziger Jahre wie etwa *Sartoris* entstanden ist. Versatzstücke der Story tauchen in etlichen späteren Werken wieder auf. Die bekannteste Gestalt ist Popeye, dessen Erscheinung und Herkunft zum großen Teil denen Popeyes in *Die Freistatt* entsprechen. Einige Merkmale Wrennie Martins

deuten auf eine erste Studie zu Temple Drake aus dem nämlichen Roman hin. Dal Martins Vorwegnahme von Eigen-
schaften so unterschiedlicher Charakter wie Thomas Sutpen,
Wash Jones und Flem Snopes ist bemerkenswert. Die Krän-
kung, die er von seiten des Plantagenbesitzers erfährt, bei dem
sein Vater Pächter ist, nimmt bereits Sutpens ähnlich traumati-
sche Erfahrung vorweg. Auch diese ist Grund für Sutpens Ent-
schlossenheit, Besitztümer zu erwerben, die ihm den gesellschaftlichen Aufstieg ermöglichen. Martins Beziehung zu dem
Plantagenbesitzer, zumal wenn letzterer in einer Hängematte
liegt und sich von Martin heißen Grog servieren läßt, deutet
bereits auf mehrere Szenen zwischen Wash Jones und Thomas
Sutpen in *Absalom, Absalom!* hin. Martins Aufstieg zum
Kaufmann, der zu Wohlstand gelangt, sich dabei aber seinen
bäurischen Lebensstil bewahrt, ähnelt dem Aufstieg von Flem
Snopes in der Snopes-Trilogie, und der Kenotaph, den er über
dem Grab seiner Frau errichtet, verweist womöglich schon auf
den der Eula Varner Snopes. Dr. Gavin Blounts Verkettung
mit der toten Vergangenheit sollte schließlich zur Charakteri-
sierung Gail Hightowers in *Licht im August* beitragen.

Eine Rückkehr

Am 7. November 1930 sandte Faulkner eine Erzählung mit
dem Titel »Rose of Lebanon« an die *Saturday Evening Post*,
die sie ablehnte. Im darauffolgenden Jahr versuchte er zwei
weitere Male, sie unterzubringen, jedoch ohne Erfolg. Freilich
zeitigten seine Bemühungen durchaus lohnenswerte Resul-
tate, hat es doch den Anschein, als sei Dr. med. Gavin Blounts
Obsession gegenüber der Vergangenheit in die Erfindung des
D. Gail Hightower in *Licht im August* eingeflossen. Ebenso
nimmt der Tod Charley Gordons in einem Hühnerhaus in
Holly Springs den Tod von Hightowers Großvater vorweg.

Anschließend überarbeitete Faulkner den Stoff erneut und erzählte die Geschichte in »Eine Rückkehr«. Faulkners Agent Harold Ober bekam die Story am 13. Oktober 1938 zugeschickt. Anscheinend versuchte er ohne Erfolg, sie zu verkaufen, und in einem Brief an Faulkner vom 2. November 1938 begrüßte Ober die Entscheidung des Autors, die Geschichte neu zu bearbeiten. Ob dies nun tatsächlich geschah oder nicht, die Erzählung blieb unveröffentlicht. In dem einunddreißig Seiten umfassenden Typoskript der »Rose of Lebanon« begann Faulkner im Präsens, und Dr. Gavin Blount erzählt die Geschichte einem seiner Patienten. In dem dreiundfünfzig Seiten langen Typoskript der »Rückkehr« nahm er nicht nur an der Abfolge der Geschehnisse Veränderungen vor, sondern setzte auch den Major, der Charles Gordons Einheit befehligte, mit einem früheren Gavin Blount gleich und verwandelte ihn in Gordons Rivalen, der vergebens um Lewis Randolphs Hand anhält. Darüber hinaus gestaltete er die Gefühle, die Dr. Gavin Blount für diese Dame hegte, um vieles intensiver.

Evangeline

Faulkner hatte seinen Freund in New Orleans, William Spratling, in den New Orleans-Skizzen »Geburtsort Nazareth« und »Episode« erwähnt. Nachdem die beiden Männer 1925 zusammen von Genua nach Paris gereist waren, hatte Faulkner seinen Freund als Vorlage für die Gestalt des Don in der Erzählung »Mistral« verwendet, die im Juni und Juli 1930 von Magazinen abgelehnt und 1931 schließlich von Faulkner in dem Sammelband *These Thirteen* veröffentlicht wurde. In »Snow«, einer Geschichte, die Faulkner 1942 seinem Agenten Harold Ober zugeschickt hatte (bei der es sich indessen um die Überarbeitung einer früheren Fassung gehandelt haben könnte), setzte er ebenfalls Don und einen Ich-Erzähler ein. Diese beiden sind

194

es denn auch, die uns in »Evangeline« begegnen. Faulkner sandte die Story zunächst am 17. Juli 1931 an die *Saturday Evening Post*, die eine Veröffentlichung ablehnte, daraufhin am 26. Juli an *The Woman's Home Companion*, der sie gleichfalls verwarf. In den ersten Monaten des Jahres 1934 beschäftigte er sich erneut mit dem Stoff, ersetzte den Ich-Erzähler und Don durch zwei Charaktere namens Chisholm und Burke und diese schließlich durch Quentin Compson und Shreve McCannon, die Sutpens Geschichte in dem späteren Roman *Absalom, Absalom!* erzählen. Als im Oktober 1932 *Licht im August* erschien, tauchte der Titel der Erzählung wiederum in dem Namen der Ehefrau und einer der Töchter von Calvin Burden auf.

Mit aller gebotenen Vorsicht und ohne jeden Verzug

Faulkner machte, namentlich in Kurzgeschichten wie »All die Toten Flieger« und in seinem Roman *Eine Legende*, ausgiebigen Gebrauch von seinen Erlebnissen während seiner kurzen Dienstzeit in der Royal Air Force. Er sprach davon, daß die vorliegende Geschichte etwa zur gleichen Zeit wie die am 5. März 1932 in der *Saturday Evening Post* veröffentlichte Erzählung »Der Reihe nach!« entstanden sei. »Mit aller gebotenen Vorsicht und ohne jeden Verzug« war freilich noch bis 1939, als Faulkner auf den Rückseiten der Druckvorlage von *Das Dorf* wenigstens einen Teil des Textes neubearbeitete, nicht verkauft. Ein unvollständiges siebenundvierzig Seiten umfassendes Typoskript der Story, das auf diese Zeit zurückgehen könnte, stellt den Zusammenhang zwischen den Aktivitäten des jungen John Sartoris in der Frühzeit seines Dienstes im Royal Flying Corps und seiner todbringenden Mission in »All die Toten Piloten« und *Sartoris* her. Diese siebenundvierzig Seiten lange Fassung hat einiges gemein mit einem hundert Seiten langen Drehbuch des Titels *A Ghost Story*, das Faulkner für Howard Hawks abfaßte, das jedoch nicht zur Verfilmung gelangte. Die Gemeinsamkeiten erstrecken sich insbesondere auf die Behandlung der Liebesaffären Sartoris' zu Kriegszeiten, bei denen er meist mit Offizierskameraden rivalisieren muß, die einen höheren Dienstrang bekleiden als er. Faulkner überarbeitete die kürzere Fassung, indem er vor allem umsichtig kürzte (auch wenn er etwas mehr als eine Seite neuen Materials hinzufügte). So beseitigte er eine detaillierte Beschreibung der Bemühungen seines Helden, dem Flugkommandanten Britt aus dem Weg zu gehen, eine Schilderung ihres Besuchs in einem Landhaus in Kent und Sartoris' unbefugten Ausflug nach London, wo er sich von einem Mädchen namens Kit verabschieden will, sowie die unmittelbaren Folgen. Das siebenundvierzig Seiten umfassende Fragment bricht an der Stelle ab, wo Sartoris' Camel-Maschine im Ärmelkanal auf dem Schiffsdeck zu zerschellen droht. Das maschinegeschriebene Manuskript der hier abgedruckten revidierten Fassung gliedert sich in zwei Abschnitte, deren fortlaufende Seitenzählung jeweils mit der Ziffer 1 beginnt. Teil 1 der Erzählung umfaßt siebzehn getippte Seiten. Teil 2 und 3 der Erzählung bestehen aus einem einundzwanzig Seiten langen Abschnitt, dessen erste Seite den Titel zusammen mit Faulkners Namen und Anschrift trägt, geradeso als wäre Faulkner zu dem Schluß gelangt, daß »Mit aller gebotenen Vorsicht und ohne jeden Verzug« in seiner Gesamtlänge für Zeitschriften wie *Post* und *Collier's* zu umfangreich sei, es sei denn, man gliedere den Text in zwei Fortsetzungen. Faulkners Agent Harold Ober bot die Story zum Abdruck an, mußte Faulkner indessen am 23. April 1940 mitteilen, daß sie als »zu veraltet« abgelehnt worden sei.

*Bitte beachten Sie auch
die folgenden Seiten*

William Faulkner
im Diogenes Verlag

Werkausgabe in Einzelbänden:

Frankie und Johnny
Uncollected Stories. Aus dem Amerikanischen von Hans-Christian Oeser, Walter E. Richartz, Harry Rowohlt und Hans Wollschläger. Leinen

Brandstifter
Erzählungen. Deutsch von Elisabeth Schnack. detebe 20040

Eine Rose für Emily
Erzählungen. Deutsch von Elisabeth Schnack. detebe 20041

Rotes Laub
Erzählungen. Deutsch von Elisabeth Schnack. detebe 20042

Sieg im Gebirge
Erzählungen. Deutsch von Elisabeth Schnack. detebe 20043

Schwarze Musik
Erzählungen. Deutsch von Elisabeth Schnack. detebe 20044

Die Unbesiegten
Roman. Deutsch von Erich Franzen detebe 20075

Als ich im Sterben lag
Roman. Deutsch von Albert Hess und Peter Schünemann. detebe 20077

Schall und Wahn
Roman. Deutsch von Elisabeth Kaiser und Helmut M. Braem. detebe 20096

Absalom, Absalom!
Roman. Deutsch von Hermann Stresau detebe 20148

Go down, Moses
Chronik einer Familie. Deutsch von Hermann Stresau und Elisabeth Schnack. detebe 20149

Der große Wald
Vier Jagdgeschichten. Deutsch von Elisabeth Schnack. detebe 20150

Griff in den Staub
Roman. Deutsch von Harry Kahn detebe 20151

Der Springer greift an
Kriminalgeschichten. Deutsch von Elisabeth Schnack. detebe 20152

Soldatenlohn
Roman. Deutsch von Susanna Rademacher detebe 20511

Moskitos
Roman. Deutsch von Richard K. Flesch detebe 20512

Wendemarke
Roman. Deutsch von Georg Goyert detebe 20513

Die Freistatt
Roman. Deutsch von Hans Wollschläger, Vorwort von André Malraux detebe 20802

Wilde Palmen und Der Strom
Doppelroman. Deutsch von Helmut M. Braem und Elisabeth Kaiser. detebe 20988

Die Spitzbuben
Roman. Deutsch von Elisabeth Schnack detebe 20989

Eine Legende
Roman. Deutsch von Kurt Heinrich Hansen detebe 20990

Requiem für eine Nonne
Roman in Szenen. Deutsch von Robert Schnorr. detebe 20991

Das Dorf
Roman. Deutsch von Helmut M. Braem und Elisabeth Kaiser. detebe 20992

Die Stadt
Roman. Deutsch von Elisabeth Schnack detebe 20993

Das Haus
Roman. Deutsch von Elisabeth Schnack detebe 20994

New Orleans
Skizzen und Erzählungen. Deutsch von Arno Schmidt. detebe 20995

Briefe
Nach der von Joseph Blotner edierten amerikanischen Erstausgabe von 1977, herausgegeben und übersetzt von Elisabeth Schnack und Fritz Senn. detebe 20958

Außerdem liegen vor:

Stephen B. Oates
William Faulkner
Sein Leben. Sein Werk. Deutsch von Matthias Müller. Mit vielen Fotos, Werkverzeichnis, Chronologie und Register. Leinen

Über William Faulkner
Aufsätze und Rezensionen von Malcolm Cowley bis Siegfried Lenz. Mit Essays und Zeichnungen und einem Interview mit William Faulkner. Chronik und Bibliographie. Herausgegeben von Gerd Haffmans. detebe 20098

Joseph L. Fant & Robert Ashley
Faulkner in West Point
Die Entwicklung der amerikanischen Ideale im Spiegel der amerikanischen Literatur Deutsch von Elisabeth Schnack. Broschur

Herman Melville
im Diogenes Verlag

Moby-Dick

Roman. Aus dem Amerikanischen von
Thesi Mutzenbecher und Ernst Schnabel
Mit einem Essay von W. Somerset Maugham
detebe 20385

Das gewaltige Epos vom großen weißen Wal im Diogenes Verlag.

»Das größte Buch der amerikanischen Literatur.«
William Faulkner

»Ein großes Buch, ein sehr großes Buch, das größte Buch... eines der seltsamsten und erstaunlichsten Bücher der Welt.« *D. H. Lawrence*

»*Moby-Dick* ist der größte amerikanische Roman.«
C. G. Jung

»*Moby-Dick* ist der einzige dicke Roman, den ich zu Ende gelesen habe.« *Friedrich Dürrenmatt*

Billy Budd

Novelle. Deutsch von Richard Moering
Mit einem Essay von Albert Camus
detebe 20787

»*Billy Budd* ist eine abseitige, unirdische Episode, aber es ist als Lied nicht ohne Worte; man sollte es um seiner Schönheit willen lesen, aber auch als Einübung in schwierigere Werke.« *E. M. Forster*

»Er war der modernste unter den dreien – Poe, Hawthorne, Melville –; er war auch der pessimistischste. Er hatte stets den Verdacht, daß etwas im Menschen korrupt bleiben würde. Ohne sich dessen bewußt zu sein, daß er schrie, hat Melville dies immer wieder herausge-

schrien, und er sah Apotheosen der Reinheit in Bildern der Selbstzerstörung: wie in dem des *Billy Budd*.«
Elio Vittorini

»Es erscheint mir natürlich, wenn Melville alttestamentarisch, biblisch wird. Und wenn er barbarisch wird, so erscheint mir das ebenfalls natürlich. Ich hatte bei der Lektüre keine Zeit zur Frage gehabt: wo hört jetzt das Biblische auf und wo beginnt das Barbarische?« *William Faulkner*

»Von den drei Giganten der großen amerikanischen Epoche – Poe, Hawthorne, Melville – ist uns Melville heute am nächsten. Und *Billy Budd* ist das Kronjuwel seines Werkes.« *Eugenio Montale*

Billy Budd wurde unter der Regie von Peter Ustinov verfilmt und von L. O. Coxe dramatisiert; Benjamin Britten vertonte die Novelle.

O. Henry
Meistererzählungen

Mit einem Nachwort
von Heinrich Böll
detebe 21992

O. Henry ist der Vater und Meister der rasanten, schnoddrigen amerikanischen Großstadt-Story, Vorbild Faulkners, Fitzgeralds, Tom Wolfes und vieler mehr.
Die Geschichte *Ein Dinner bei...* beschreibt die Abenteuer eines Autors mit seinem etwas zu selbstsicheren Helden. In *Bekenntnisse eines Humoristen* entdeckt ein kleiner Angestellter fortgeschrittenen Alters, daß er Talent zum Berufshumoristen besitzt. Für seine Familie hat das furchtbare Konsequenzen. Realistisch und zugleich voll exzentrischer Einfälle und Pointen sind auch Geschichten wie *Gummikomödie für zwei Spanner* oder *Die klügere Jungfrau.*

»Ich kann nur versichern, daß man sich bei O. Henry immer amüsiert... Sein Temperament, sein geistreicher Witz sind kaum zu übertreffen.« *Cesare Pavese*

»Die amerikanische *short story*, wie sie Hemingway, Sherwood Anderson und Faulkner entwickelt haben, ist in O. Henrys Geschichten vor- und ausgebildet worden.« *Heinrich Böll*

»Kein Talent. Nur Genie.« *Encyclopaedia Britannica*

Carson McCullers
im Diogenes Verlag

Die Ballade vom traurigen Café
Novelle. Aus dem Amerikanischen
von Elisabeth Schnack
detebe 20142

»Alle Eigenheiten des Werks der Carson McCullers sind in der *Ballade* zur Vollendung entwickelt. Es ist, als habe ihre Dichtung nunmehr die wahre Gestalt gefunden. Die hitzegedörrte Kleinstadt, die kannibalische Sonne, die Baumwollspinnerei, die Café-Bar – all das erreicht hier die Kulmination. – Das tragische Dreieckgeschehen zwischen Miss Amalia, dem Buckligen und dem Zuchthäusler Marvin Macy rührt an die elementaren Bedingungen der menschlichen Existenz.«
Dieter Lattmann

»In dieser Geschichte ist etwas von der Beschwörungs- und Verwandlungskraft der Poesie zurückgewonnen, die Beteiligung einfach erzwingt.«
Peter Kliemann

Das Herz ist
ein einsamer Jäger
Roman. Deutsch
von Susanna Rademacher
detebe 20143

»Der Roman spielt im Staat Georgia, in einer häßlichen heißen Industriestadt. Personen erfindet sie mit Hilfe der Erinnerung; ihr mitleidiges Engagement gilt den Sonderlingen, die in diesen öden merkantilen Städten geradezu als Mißgeburten gelten, weil sie nicht zu den anderen passen, nicht mitmachen in deren Alltag... Was simpel erscheinen mag, ist Methode: ohne Interpretation indirekt darzustellen. Daß angelsächsische Autoren erstaunlicherweise genau das erreichen, was sie beabsichtigt haben, bewies bereits mit ihrem

ersten Buch Carson McCullers, von der V. S. Pritchett
sagte: ›Wie alle genialen Dichter überzeugt sie uns davon, daß wir im Leben etwas übersehen haben, was
ganz offenkundig vorhanden ist. Sie hat das uner-
schrockene „goldene Auge".‹« *Gabriele Wohmann*

Frankie
Roman. Deutsch
von Richard Moering
detebe 20145

Frankie ist die Geschichte eines Reifeprozesses und
einer großen Sehnsucht. Es ist die Sehnsucht eines her-
anwachsenden Mädchens, dabeizusein. Dabei: beim
Leben der Erwachsenen, im speziellen Falle auf der
Hochzeit des Bruders, der unbegreiflicherweise ent-
führt wird von einer fremden, nicht einmal viel älteren
Frau. Frankies Ruf, der unerhört dem abreisenden
Paar nachhallt, ist der Ruf des verzweifelten ›Nehmt
mich mit!‹, den jedes alleingelassene Kind kennt.

»In diesem Kindmädchen verkörpert sich zweifellos
die poetische Kernsubstanz des ganzen Werkes von
Carson McCullers. Mit Recht hat man *Frankie* als
ebenbürtig neben Salingers *Fänger im Roggen* gestellt...« *Gerd Fuchs*

Spiegelbild im goldnen Auge
Roman. Deutsch
von Richard Moering
detebe 20144

»Es gibt in einem der Südstaaten ein Fort, wo vor einigen Jahren ein Mord geschah. An dieser unglücklichen
Begebenheit waren beteiligt: zwei Offiziere, ein Soldat, zwei Frauen, ein Filipino und ein Pferd.«
Carson McCullers

»Carson McCullers geht an Čechovs Hand durch Georgia... Der scheinbare Report ist ein Sinnbild für die

nüchterne Deskription seelischer Entblößungen; Sinnbild, das nicht für etwas anders steht, sondern auf es hinweist: auf die häßliche, gräßliche Realität und unsere Einsamkeit.« *Helmut M. Braem*

Uhr ohne Zeiger

Roman. Deutsch
von Elisabeth Schnack
detebe 20146

»Carson McCullers hat in ihrem letzten Roman versucht, den Tod gewissermaßen zu einer eigenen Angelegenheit zu machen, zu einer Wirklichkeit, die uns persönlich betrifft, zu einem unabwendbaren Vorgang, der für den einzelnen allgegenwärtig ist und zu einer übergreifenden Wahrheit wird, in der er sich wiederfindet. Dieser einzelne ist hier der Apotheker Malone, dem von seinem Arzt die Wahrheit eröffnet wird, daß sein durchschnittliches Dasein nur noch ein gutes Jahr dauern kann – ohne Zweifel eine naheliegende Modellsituation, in der man zur Bilanz eingeladen, angehalten wird. Wie nimmt Malone diese Eröffnung auf, wie reagiert er auf sie, wie erträgt er sie? Das ist das Thema dieses ruhigen, eindringlichen Romans... Das Außergewöhnliche wird am Gewöhnlichen dargestellt. Carson McCullers ist eine Autorin, die mit anscheinend müheloser Sicherheit die Hauptsache in der Nebensache findet. Dadurch kommt sie einer verdeckten Wirklichkeit in empfindlicher Weise nahe; sie macht Begebenheiten erfahrbar und erfaßbar, die sich tief unter der Oberfläche ereignen.« *Siegfried Lenz*

Madame Zilensky
und der König von Finnland

Erzählungen. Deutsch
von Elisabeth Schnack
detebe 20141

»Die McCullers vermittelt kein Anliegen, keine Moral, keine didaktischen Absichten; sie erzählt in einer sub-

tilen, nuancenreichen Sprache vom Leben im amerikanischen Süden. Alle Probleme breitet sie vor uns aus – aber das geschieht unauffällig, menschlich, sie sind künstlerisch integriert. Nicht von Mitleid, von Mit-Leidensfähigkeit ist ihre Prosa durchtränkt, das überträgt sich auch auf den Leser, der sich diesem eigenartigen Zauber auch heute nicht entziehen kann. Mit ihren Augen sehen wir Amerika genauer.«
Horst Bienek

»Das Land ihrer Kindheit mustert Carson McCullers nicht anders als am Anfang: protestierend.«
Der Spiegel, Hamburg

Wunderkind

Erzählungen. Deutsch
von Elisabeth Schnack
detebe 20140

»Es gibt Schriftsteller, die erfinden große Grausamkeiten, um unseren Zustand zu schildern. Das gerät gern ins Schönliche. Carson McCullers verherrlicht nicht. Sie erfindet keine dekorativen Bestien. Sie lenkt nicht ab vom Befund. Sie zeigt: die großen Grausamkeiten sind die alltäglichen.« *Martin Walser*

»Sie ist ein Wanderer mit einem Rucksack voll selbsternannter Dämonen.« *Truman Capote*

Meistererzählungen

Herausgegeben von Anton Friedrich
Deutsch von Elisabeth Schnack
detebe 21928

»Für mich gehört ihr Werk zu den besten unserer Zeit.«
William Faulkner

Harold Brodkey
Erste Liebe und andere Sorgen

Erzählungen. Aus dem Amerikanischen
von Elizabeth Gilbert
detebe 20774

»Brodkey sammelt Stimmungen und Erinnerungen, auf der Suche nach der verlorenen Zeit, doch anders als Proust, der noch einmal ein geschlossenes Epochengewölbe beschwören konnte, kann Brodkey nur Trümmerfelder mustern, Bruchstücke einer amerikanischen Kindheit und Jugend bergen, in einer Prosa, die geborsten ist unter den Keulenschlägen der modernen Welterfahrung – Joyce viel näher als Proust. – Brodkey kann die gestochenste und gleichzeitig sinnlichste Prosa der amerikanischen Literatur schreiben.«
Matthias Matussek / Der Spiegel, Hamburg

»Ein genialer amerikanischer Autor, der die ungeheure Wucht des Schreckens zu intensivieren weiß, indem er jede Spur von Sentimentalität aus seinen Texten behutsam herausdestilliert. Darin liegen seine wahrhaft ›klassischen‹ Qualitäten.«
Thomas Linden / Kölnische Rundschau

»Brodkey ist ein Archäologe. Seine Grabungen dienen dazu, psychische Ablagerungen zu untersuchen. Seine Fundstücke schillern. Mißverständnisse, falsche Erwartungen, kurz, das normale Leben ist sein Spezialgebiet.«
Verena Auffermann / Süddeutsche Zeitung, München